구체적인 오픈의

구체적인 오류

김유진

오류의 책들을 읽으며
다정한 오류가 되는 법

민음사

차례

어린이책을 읽는 어른에게

어린이책에는 늘 어린이 독자와 함께 어른 독자가 있었습니다. 어른이 되고서도 계속 이를 읽는 어른들입니다. 먼저 어린이책의 작가는 어른이니, 작가나 작가가 되려는 어른이 읽습니다. 아동문학을 비평하는 평론가, 출판하는 편집자, 가르치는 교육자도 읽습니다. 어떤 부모들은 자녀에게 건네줄 책을 고르느라 어린 시절 이후 다시 충성스런 독자가 되기도 하고요. 어린이, 청소년기를 지나 청년기에 들어서도 여전히 동시나 동화 읽기를 놓지 않는 어른도 있습니다. 아기들의 책이라고 여겨지던 그림책은 이제 많은 어른에게 관심을 받고 있죠. 저 역시 그런 사람입니다. 아동문학에 매혹되어 25년이 넘는 동안 열심히 어린이책을 읽고 쓰고 비평하고 연구했습니다.

우리는 왜 어른이 되어서도 어린이책을 읽을까요. 어린이책을 쓰고, 만들고, 가르치는 일을 하는 어른들, 그들이 '어른문학'이 아닌 '아동문학'을 선택한 이유는 무엇일까요. 어른이 되었으면 어른들을 위한 책만 읽으면 될 것을 굳이 어린이책까지 찾아 읽는 이유는 정말이지 무얼까요. 어린이 독자를 위한 이 문학은 대체 어른 독자에게 무얼 선사하기에 이들을 영원한 독자로 붙들어 맬까요. 어른 독자는 아동문학에서 무얼 확인하고, 기대하는 걸까요.

아동문학은 굉장히 독특한 텍스트입니다. 아동문학은 어린이 독자를 1차 독자로 하면서도 어른 독자를 2차 독자로 고려해 창작됩니다. 앞서 말했듯 아동문학 주변에는 어른 독자가 있기 마련이니까요. 이처럼 어린이와 어른이라는, 차이 나는 두 독자층을 염두하며 창작된 아동문학은 여느 텍스트보다 다채로운 해석의 층위를 갖습니다. 어른 독자는 그 층위의 진폭을 오가며 즐거움을 느낍니다.

아동문학에는 어린이 독자에게 다가가는 노력으로 지금까지 완성해 온 미학적 장치들이 있습니다. 간결함의 미학입니다. 간결함은 아름다운 동시에 매우 용감합니다. 자신, 타인, 그리고 이 세계에 대한 긍정을 결코 포기하지 않습니다. 희망과 진실과 아름다움을 끝까지 따라잡고 끝내 실현하려고 합니다. 무조건적인 긍정이 아닌 부정을 넘어선 긍정이요, 무조건적인 희망이 아닌 절망을 딛고 일어선 희망입니다. 이 용기는 어린이에게서 흘러나와 책을 통해 어린이 독자에게로 되돌아갑니다. 어른을 위한 것은 아니었지만 함께 책을 읽는 어른 독자까지 덩달아 이러한 용기를 얻게 됩니다.

어른 독자는 오직 아동문학만이 줄 수 있는 즐거움과 용기에 사로잡혀 자신이 어린이였던 시간보다 더 오랜 시간 동안 어린이책의 독자로 남아있는 듯합니다. 그러니 설령 지금까지 어린이책의 독자가 아니었다 하더라도 늦지 않았습니다. 어제의 어린이와 같으면서 또 다른 오늘의 어린이가 함께 놀자고 부르고 있습니다. 아이를 기르거나 가르치느라 날마다 어린이를 만날 일이 없다 해도, 함께 사는 시민인 그들 곁에서 다정하고 친절한 이웃이 되고 싶어 하는 어른들이 많다는 것을 압니다. 어린이책을 읽는 일은 어린이 곁에 설 수 있는 좋은 방법 중 하나입니다. 책 속에서 만나는 어린이들이 현실의 어린이들을 어떠한 시선과 마음으로 만나야 할지 우리 어른들에게 알려줄 겁니다.

바로 그 때문에 아동문학의 어른 독자들은 내내 어린이책을 읽어 왔습니다. 책 속의 어린이와 현실의 어린이가 꼬리잡기 놀이하듯 어린이라는 존재를 밝히는 과정을 따라오고 감탄하면서 말이죠. 어린이책을 읽는 어른이 되어 누리는 가장 큰 선물은 무엇보다 어린이라는 타자와의 만남 자체입니다. 좋은 작품을 읽으며 만나는 여러 어린이는 나의 경계를 한껏 넓혀 줍니다. 어느새 경계를 넘어 내 안에 성큼 들어앉아 마치 주인인 양 당당하고 자연스레 자리 잡은 어린이는 그 어떤 타자보다 더 나를 기쁘고 행복하게 만듭니다. 나아가 이 경험이 다른 타자들, 특히 가장 작고 보잘것없는 존재들에게 열리도록 이끕니다.

그런데 만약 아동문학에서 만나는 어린이가 늘 같다면 그건 가짜 어린이일 수 있습니다. 세상 모든 어린이는 저마다 다르고 계속 변화하는데 그저 하나의 모습으로만 그려낸 것이죠. 어른이 지어낸 보편적 어린이상이 오늘날 살아 숨쉬는 어린이에게 덧씌워진 것은 아닌지 의문해야 합니다. 작품 속에서 만나길 기대하는 어린이가 혹시 자신이 원하는 특정 모습은 아닌지 습관처럼 돌아봐야 합니다. 어린이를 대상화하지 않고 주체로서 재현할 때, 타자와의 진정한 만남이 가능할 테니까요.

이 책에서는 우리가 지금껏 미처 몰랐거나 외면한 어린이의 모습을 다양한 장르와 주제의 작품을 통해 가능한 한 많이 발견하려고 했습니다. 어린이라는 타자를 잘 만나기 위해서입니다. 책에서 소개한 대다수 작품은 국내외에서 오랜 시간 사랑받아 온 고전이거나 오늘날 가장 앞선 자리에서 새로운 고전이 되어가고 있습니다. 아동문학의 고전은 늘 어른들이 만들어낸 과거의 어린이상을 전복하며 오늘을 살아가는 어린이를 불러왔습니다.

어른인 우리는 결코 어린이가 아니지만 어린이와 만나고 어린이 곁에 설 수 있습니다. 어린이 곁에 좀 더 가까이, 좀

더 조심히 서는 데 어린이책은 꽤 정확하고 따뜻한 안내자가
됩니다. 더 많은 어른 독자와 어린이책을 읽으며 어린이 곁
에 서는 기쁨을 나누고 싶습니다.

내 옆의
어린이와
내 안의
어린이

1부

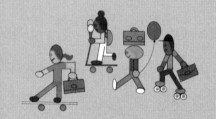

내 옆의 어린이와
내 안의 어린이가 만나다

어린이에게는 거주 장소를 선택할 권한이 없다. 종종 자기 의사와 상관없이 집 안에 발이 묶이기도 한다. 필리퍼 피어스의 『한밤중 톰의 정원에서』(김석희 옮김, 시공주니어, 1999)의 주인공 톰 역시 동생 피터가 홍역에 걸리자 갑자기 이모 집에서 지내게 된다. 톰은 여름 방학에 동생과 정원에 놀이 집을 지을 계획이었지만 쫓기듯 이모 집으로 가야 했다. 혹시 벌써 감염됐을지 모르니 당분간 꼼짝없이 집 안에 격리되어야 하는 상황인데 이모 집은 정원도 없는 공동주택이다.

"차라리 피터랑 함께 홍역에 걸리는 편이 나았을 거예요!" 톰의 외침이 합리적으로 보일 만큼 갑갑한 심정이 충분히 이해된다. 우리도 불현듯 닥친 신종 바이러스로 사회적 거리두기며 자가 격리, 재택근무를 한 경험이 있으니 말이다. 집으로 돌아가고 싶은 생각밖에 없는 톰은 이모부가 때리기라도 하면 어떨까 하는 상상까지 해 보지만 다행히(!)

그런 일은 일어나지 않는다. 이모가 날마다 한껏 솜씨를 발휘한 음식이 너무나 맛있기만 하다. 아마 톰은 온갖 달콤한 음식에도, 이모와 이모부는 홍역에 대한 면역이 있어 자기를 돌볼 수 있단 사실에도 부아가 났을 것 같다. 어른들의 결정에 꼼짝없이 따라야 하는데 거부할 명분이 하나도 없다.

그러던 톰은 어느 날 밤 이모 집 뒤뜰에서 자기 집 정원과 비교도 안 될 정도로 넓고 아름다운 정원을 발견한다. 물론 이 정원은 괘종시계가 열세 번 종을 치는 한밤중에만 열리는 환상 속 정원이다. 고물차와 쓰레기통으로 비좁은 뒤뜰은, 밤이면 히아신스 향기가 가득하고 아스파라거스가 자라나는 정원으로 변한다. 동생과 나무집을 짓고 여름 내내 정원에서 놀고 싶어 하던 톰의 간절한 마음이 환상 속 정원의 문을 열었다. 온종일 집 안에 격리되어 갑갑하게 지내던 톰은 이제 밤 13시에 열리는 마법의 정원에서 마음껏 뛰놀 수 있게 됐다.

13시, 환상과 현실의 경계

환상 속 정원은 한밤중에만 들어갈 수 있다. 새벽 1시, 한 번 울려야 할 괘종시계가 열세 번 울릴 때 환상으로 넘어갈 수 있는 틈새가 삐걱, 열린다. '시간'이 현실과 환상의 경계다. 『사자와 마녀와 옷장』(C. S. 루이스, 햇살과나무꾼 옮김, 시공주니어, 2001)이나 '해리 포터' 시리즈(J. K. 롤링, 강동혁 옮김, 문학수첩, 2019)에서 현실과 환상의 경계가 '공간'으로 그려지는 것과 비교된다. 어마어마하게 큰 옷장에 걸린 털옷들을 헤치며 걷다 보면 눈 덮인 나니아가 펼쳐지고, 킹스크로스역 9와 4분의 3 플랫폼을 지나면 호그와트 마법학교에 도착하듯 열세 번 종이 울리면 환상 속 정원으로 가는 빗장이 열린다.

　이처럼 '시간'이라는 경계에서 톰은 환상의 공간과 아울러 환상의 시간까지 만들어 냈다. 톰은 공간뿐 아니라 시간도 구속당했기 때문이다. "너만 한 나이에는 열 시간은 자야" 한다던 이모부와의 약속을 깨뜨리지 않으면서 놀기 위해서는 마법의 공간과 함께 마법의 시간 또한 필요했다. 톰의 간절한 열망이 정원을, 그리고 정원으로 들어갈 수 있는 밤 13시를 만들었다.

　　"밤 9시부터 아침 7시 사이에 어디엔가 13시가 있다면 그건 열 시간이 아니라 열한 시간이 되는 거야. 그렇다면 열 시간 동안 침대에 누워 있으면서도 한 시간을 여분으로 가질 수 있어. 자유로운 한 시간을⋯⋯."
　　　　　　　　　　　　　　──『한밤중 톰의 정원에서』, 29쪽

　이렇듯 밤 13시에 열리는 정원은 어른들이 톰에게 일방적으로 규정한 시간과 공간의 규칙을 뛰어넘으며 생겨났다. 원대한 여름 방학 계획을 포기하고 이모 집으로 갔다, 온종일 집 안에 틀어박혀 있다, 고열량 음식과 운동 부족으로 밤에 잠이 올 리 없는데 억지로 열 시간씩 침대에 누워 있다……. 이때 어린이가 할 수 있는 유일한 일은 오직 하나, 다른 세계를 꿈꾸는 일이다.

그러니 아동문학의 판타지는 낭만 넘치는 상상이나 허무맹랑한 공상이 아니다. 세상 물정에 신경 쓰지 않아도 되거나 현실 세계의 엄혹함을 몰라도 되는 어린 시절에 한시적으로 부여된 나른한 특권이 아니다. 아동문학의 판타지는 어른이 규제한 현실 세계의 시공간을 뛰어넘으려는 어린이의 욕망이고 의지다. 어린이가 새로운 세계를 기획하고 실행하며 자신의 현실을 전복하는 행위다.

어린이가 잃어버린 시간과 공간

어린이들은 현실을 깨고 탈출한 판타지의 세계에서 비로소 해방된다. 『사자와 마녀와 옷장』의 사 남매는 전쟁 중 공습을 피해 런던을 떠나 시골 친척 집으로 가야 했다. 하지만 거기서 머무르지 않고 옷장을 통해 마법의 나라 나니아로 들어가 선과 악이 대립하는 장대한 모험을 벌인다. 작가 C. S.

루이스는 2차 세계대전 시기 영국에 소개령이 내려져 100만 명에 이르는 어린이가 실제로 피난길에 오른 1939년경 총 7부작인 '나니아 연대기'의 첫 책 『사자와 마녀와 옷장』을 집필하기 시작했다. 작가는 부모와 집을 떠나 갑자기 낯선 장소에 유폐되다시피 했던 어린이들에게 나니아로 들어가는 옷장 문을 열어 주었다. 동화가 문이 되어 어린이들이 새로운 세계를 창조하길 바랐다.

홍역으로, 전쟁으로, 자신의 의지와 상관없이 갑작스레 집에 갇힌 어린이 주인공이 등장하는 이 동화들에는 당시 어린이 독자의 현실이 담겨 있다. 1950년(『사자와 마녀와 옷장』)과 1958년(『한밤중 톰의 정원에서』) 출간된 이 판타지 동화의 고전들은 코로나 팬데믹 기간 학교도 제대로 가지 못하고 집안에 격리되어 생활했던 우리 어린이들까지 더욱 헤아려 보게 한다. 어른들이 마스크도 제대로 쓰지 않고 식당, 교회, 술집, 피트니스 센터, 목욕탕을 돌아다닐 때 어린이들은 누구보다 철저하게 사회적 거리두기를 이행했다. 누구보다 가장 많은 시간과 공간을 빼앗겼지만 어린이들의 목소리는 정작 듣기 힘들었다. 뒤뜰은커녕 더 조그만 집에서 어른의 돌봄도 없이 지내야 했던 어린이는 자신만의 옷장과 정원을 찾았을지, 아동문학과 어린이를 대상으로 하는 수많은 콘텐츠가 그 문이 되었을지 생각하면 마음이 무겁고 몹시 미안해진다.

이때 시인 메리 올리버의 말이 더욱 뼈아프게 다가온다.

'어른들은 자신의 환경을 바꿀 수 있고, 아이들은 그럴 수 없다. 아이들은 무력하며 곤경에 처했을 때 그들을 둘러싼 모든 슬픔과 불운, 분노의 제물이 된다. 그런 것을 전부 느끼면서도 어른들처럼 그것들을 바꿀 능력이 없기 때문이다. 아이들이 그런 상황에서 벗어날 수 있도록 해 주는 건 하나의 위안, 하나의 축복이다.

나는 그런 축복 두 가지를 신속히 찾아냈다. 자연계 그리고 글의 세계인 문학. 이 둘은 내가 고난의 장소에서 벗어날 수 있게 해 주는 문이 되었다.[*]

그러나 시인이 어린 시절 위안이자 축복이라고 말한 자연계는 지금 병들고 있고, 문학은 낡은 매체로 취급받는다. 자연과 문학 모두 어린이에게서 점점 멀어져 가는 것 같다. 그럼에도, 자신의 환경을 바꿀 수 없는 어린이에게 어쩌면 유일한 위안이자 축복일지 모를 문학을 계속 따라가며 찾고 싶다.

톰은 정원에서 해티라는 여자아이와 만난다. 판타지 세계에서 톰은 그 세계 사람들의 눈에는 보이지 않는 유령 같은 존재이지만 고아 해티만은 톰을 알아보고 친구가 된

---

[*] 메리 올리버, 민승남 옮김, 『긴 호흡』(마음산책, 2019), 45쪽.

다.(정원사는 톰을 볼 수 있었지만 해티를 해코지하는 '악마'로 여긴
다.) 함께 놀이집을 지으며 놀고 서로의 삶까지 깊숙이 알게
되면서 한밤중 정원은 톰과 해티에게 비로소 가장 소중한 공
간으로 자리하게 된다. 톰이 나타나기 전, 해티에게 정원은
큰어머니와 사촌 오빠들의 학대를 피해 숨어드는 피난처였
다. 하지만 톰을 만나고서 해티는 정원을 지나 들판으로 달
려갈 수 있었다. 이 판타지 세계의 진정한 울림은 고립된 톰
과 학대받던 해티가 만나 각자 자신의 현실 세계를 살아갈
힘을 얻는 데 있다.

서로 다른 시간의 어린이들이 만나려면

  여러 번 책을 읽어 익히 알면서도 읽을 때마다 빛나는 결
말이 하나 남았다. 톰과 해티의 정원이 이모네 집 다락에 살
고 있는 집주인 바솔로뮤 부인의 기억과 꿈의 정원이었다는
결말이다. 바솔로뮤 부인이 바로 해티였다. 나이 들고 이제
는 노파가 된 해티. 지금은 쓰레기로 가득한 이모네 집 뒤뜰
은 도시가 번화하기 전 어린 시절 바솔로뮤 부인이 진짜로
뛰놀던 정원이었다. 톰은 현재의 자신이 과거의 바솔로뮤 부
인인 해티와 만나는 이 시간선의 꼬임을 스스로 설명해 내고
싶어 궁리하다 이런 결론에 이른다.

"이렇게 말할 수도 있지 않을까요? 우리는 저마다 다른 시간을 갖고 있다고…… 그 시간들은 실제로는 하나의 거대한 '시간'의 일부지만요."

—『한밤중 톰의 정원에서』, 224쪽

SF와 판타지를 일상적으로 접하는 오늘날 우리에게는 익숙한 시간 개념이지만 아마 출간 당시에는 꽤 놀라웠을 것 같다. 좀 더 구체적으로 두 시간의 만남은 이렇게 만들어진다. 톰이 이모 집으로 온 후부터 바솔로뮤 부인은 밤에 꿈을 꾸기 시작한다. 자신이 해티라고 불리던 어린 시절에 어느 날 갑자기 정원에 나타난 톰이라는 아이와 놀던 기억을 꿈에서 다시 만난다. 한밤중 톰의 정원은 바솔로뮤 부인의 과거 기억과 현재의 꿈으로 마련된 정원인 것이다.

그런데 바솔로뮤 부인은 왜 하필 이번 여름에 수십 년 전 기억을 꿈으로 되새기게 된 걸까. 톰이 이모네 집에 왔기 때문이다. 어른들이 규정한 시공간의 제약 틈새에서 톰이 애타게 정원을 찾아서였다. 그러니 한밤중 정원은 현재의 어린이 톰, 현재의 어른 바솔로뮤 부인, 과거의 어린이 해티가 다 함께 만들어 낸 정원이다.

톰은 바솔로뮤 부인의 내면에 있는 어린이인 해티를 불러냈다. 내 옆의 어린이가, 어른인 나에게도 있는 어린이를 부른다. 모든 어른은 어린이였고, 과거에 어린이였던 나를 지금도 품고 있으니까. 마트료시카 목각 인형의 동그란 몸 안에서 하나씩 나오는, 조금씩 더 조그만 인형들 같은 내 안의 어린이. 어른인 나는 내 옆에 있는 어린이의 부름에 응답한다. 내 안의 어린이가 내 옆의 어린이와 만난다. 오랜만에 다시 만나는 어린이 친구다. 그때 괘종시계의 종이 열세 번 울리며 히아신스 향기 가득한 정원이 나타난다.

내 옆에 실재하는 어린이와 만나는 일은 우리 일상 곳곳에서 일어난다. 어린이를 양육하거나 교육하며 꾸준히 관계 맺기도 하고, 그저 잠시 엘리베이터를 함께 타거나 놀이터에서 마주치기도 한다. 하지만 톰과 바솔로뮤 부인의 만남 같은 일은 흔치 않다. 내 옆의 어린이와의 만남이 내 안의 어린이까지 불러내는 일 말이다.

서로 다른 시간의 어린이들이 만날 수 있는 방법 중 하나는 아동문학 작품을 읽는 일이다. 그것이 내가 아는 한 가장 밀도 있는 방식이다. 어른인 나는 어린이의 문학을 읽는 시간에 내 안의 어린이와 내 옆의 어린이를 동시에 만난다. 내 안의 어린이를 기억하며 내 옆의 어린이를 조금씩 투명하게 바라볼 눈과 그를 다시 알아 갈 힘을 얻는다.

1958년에 출간된 이 동화를 읽으며 어른이 규제한 시공간에 갇힌 어린이가 어떤 마음일지, 어른은 무엇을 할 수 있을지를 생각한다. 출간되고 지금까지 60년이 넘는 시간이 길게 놓여 있지만 현재의 어린이는 톰과 해티, 그리고 60여 년 전 어린이 독자들과 여전히 비슷한 상황에 있는 것 같다.

『한밤중 톰의 정원에서』는 말한다. 어린이가 현실의 제약에서 새로운 세계의 틈새를 꿈꾸며 안간힘을 쓸 때 어른이 함께 꿈꾸어야 한다고. 그래야 비로소 녹슨 빗장이 열리고 넓은 정원과 숲을 지나 강이 흐르는 풍경 속에 나란히 설 수 있다고. 정원에서 만난 마지막 날 톰과 해티가 얼어붙은 강에 달빛이 비칠 때까지 온종일 스케이트를 타는 아름다운 장면이 말하듯 그 세계의 문을 함께 여는 건 어른에게 주어진 황홀한 초대다. 내 옆의 어린이가 내 안의 어린이를 잊지 않는 어른에게 주는 특별한 선물이다.

어린이는 부모를 포기하지 않았다

현대 아동문학의 탄생

어느 작은 마을 변두리에 잡초가 무성한 오래된 정원이 있었다. 그 정원에는 낡은 집 한 채가 있었고, 이 집에 삐삐 롱스타킹이라는 아이가 살고 있었다. 그 아이는 아홉 살인데 혼자 살고 있었다. 삐삐한테는 엄마 아빠가 없었지만 사실 그것도 아주 잘된 일이었다. 왜냐하면 한창 신나게 놀고 있는데 "자, 이제 자야지." 한다거나, 캐러멜이 먹고 싶은데 간유를 먹으라고 할 사람이 없으니까.[*]

---

[*] 아스트리드 린드그렌, 햇살과나무꾼 옮김, 『내 이름은 삐삐 롱스타킹』(시공주니어, 2000), 9쪽.

1945년 출간된 아스트리드 린드그렌의 동화 『내 이름은 삐삐 롱스타킹』의 첫 문단이다. 현대 아동문학의 주요한 시작으로 평가받는 이 작품은 출간 당시 엄청난 논란을 불러일으켰다. 혹평과 찬사가 팽팽히 맞붙었다. 당대 이름난 학자이자 평론가였던 란드퀴스트 교수는 "상상력도 없이 그저 기계적으로 꿰맞춘 난센스일 뿐"이며 "비도덕적"이라고 혹평했다. 교사 대상 잡지 《폴크스 콜레라르나스 티드닝》 역시 "불건전하고 부자연스러우며 철없는 내용을 담고 있다."라고 비판했다. 반면 아동심리학자 요아킴 이스라엘과 미리암 발렌틴 이스라엘 부부는 대부분 어린이책들과 달리 훈계하거나 교훈을 강요하지 않는 "반권위주의적 어린이책"으로 추천했다. 세상의 규약에서 벗어나 제 맘대로 행동하는 씩씩하고 유쾌한 여성 어린이의 이야기가 비판과 처벌로 점철된 양육 방식에 구속당하는 어린이들에게 심리적 안전밸브가 되어준다고 보았기 때문이다.*

이 특별한 작품이 오늘날 아동문학의 고전이 된 사실에서 짐작할 수 있듯 논란은 결국 긍정적인 의견으로 기울어졌다. "비도덕적"인 게 아니라 "반권위주의적"이라고 평가하

---

* 옌스 안데르센, 김경희 옮김, 『우리가 이토록 작고 외롭지 않다면』(창비, 2020), 242~249쪽 참조.

게 된 것이다. 당시의 논란은 이제 이 작품이 아동문학에 대한 생각의 전환을 얼마나 혁명적으로 이루어 냈는지를 뒷받침해 줄 뿐이다. 이전 작품과 달리 어린이의 감정과 욕망을 담았고, 어린이 독자가 이해할 수 있도록 서술됐으며 이것이 바로 현대 아동문학이라는 생각이 자리 잡았다. 현대 아동문학은 이렇듯 어린이 독자를 최우선으로 두며 탄생했다. 독자를 가르치려 드는 교훈주의나, 어른의 시선으로 어린이를 이상화하는 감상주의는 점차 물러났고 어린이 독자가 작품의 진정한 주인이 되는 문학이 들어섰다.

어린이가 주인인 작품에서 더 이상 어른은 어린이를 통제하고 억압하는 존재가 되지 못했다. 여전히 현실에서는 어린이보다 더 강한 존재로 군림한다 해도, 어린이의 욕망을 살펴 말하는 동화들은 어른의 권력을 끊임없이 전복시켰다. 『내 이름은 삐삐 롱스타킹』의 주인공 삐삐에겐 아예 엄마와 아빠가 없다. 동화의 첫 문단은 이 사실을 아주 호탕하게 선언하듯 시작한다. 삐삐는 서커스의 천하장사를 번쩍 들어 올리고, 집에 들어온 도둑들을 제압할 만큼 힘도 세다. 삐삐의 자유와 독립은 어린이를 통제하는 어른을 없애고서 가능했다.

부모의 억압에 맞서는 성장

1989년 출간된 로알드 달의 대표작 『마틸다』(김난령 옮김, 시공주니어, 2000)의 결말에서도 주인공 마틸다는 자신을 방임하던 부모를 떠나 '하니 선생님'과 함께 살기로 한다. 로알드 달의 다른 작품처럼 『마틸다』 역시 블랙 유머에 바탕을 두었음을 감안하더라도 어린이가 부모를 버리고 자신의 보호자를 스스로 선택하는 결말은 꽤 충격적이다. 마틸다는 훌륭하고 자애롭고 이해심 많고 존경할 만하며 지적인 부모를 바랐지만 그의 부모는 속물적이고 부도덕하며 도저히 보호자 자격이 없는 인물이었다. 마틸다가 부모를 따라가지 않고 역시 아동학대 피해자였던 '하니 선생님'과 남는 마지막 장면은 잘못된 부모 권력을 비판하며, 어린이들의 연대로 적극 대항하는 시도이다.

부모와 어른의 존재를 지우거나, 그들의 허위를 고발하고 이에 맞서는 서사는 현대 아동문학이 어린이를 주체로 드러내는 방식 중 하나로 자리 잡았다. 이러한 서사에 나타난 어린이와 부모의 관계는, 일본 아동문학 작가이자 평론가인 우에노 료가 말한 "어른의 왜소화"라는 용어에서 보다 분명한 의미를 살펴볼 수 있다. 그는 일본 아동문학 작품들을 예로 들며 작품에 나타난 어른의 왜소화가 "압도적으로 강한 어른을 부정하는 한 방법"[*]이라고 해석한다. 왜소화는 원래

"왜소하지 않은 것"을 왜소하게 만드는 방식이며, 어린이에게 "왜소하지 않은 것"이란 바로 어른이라는 설명이다. 즉 아동문학은 어른을 왜소하게 만들면서 어린이의 성장과 독립에 대한 열망을 채워 주고, 이끈다.

미하엘 엔데의 『마법의 설탕 두 조각』(유혜자 옮김, 한길사, 2001)에서는 "어른의 왜소화" 개념과 완벽하게 일치하는 시각적 이미지가 나타난다. 이 동화에서 주인공 렝켄은 부모에게 마법의 각설탕을 먹이고 부모를 요정만큼 '작게' 만들어 버린다. 렝켄의 말에 반대하고 토를 달 때마다 부모의 키가 절반, 또 절반씩 줄어드는 장면은 부모라는 존재와 부모의 권력을 눌러 버리고 싶은 어린이의 욕망을 선뜩하게 보여 준다.

반권위주의로의 확장 혹은 정체

우리 아동문학 역시 어린이와 부모의 권력관계를 전복하며 어린이 주체의 탄생을 말해 왔다. 『내 이름은 삐삐 롱스타킹』처럼 부모의 존재를 삭제하거나 왜소화하는 작품은 흔

---

* 우에노 료, 햇살과나무꾼 옮김, 『현대 어린이문학』(사계절, 2003), 9쪽.

치 않고, 『마틸다』처럼 부모의 방임과 학대에 저항하는 구도로 어린이의 성장과 독립을 이야기하는 방식이 대부분이다. 2000년대 한국 판타지 동화의 대표작인 공지희의 『영모가 사라졌다』(비룡소, 2003)에서 영모는 아버지의 폭력에서 탈출해 판타지 세계인 '라온제나'로 넘어가, 그곳에서 상처를 치유하고 성장한다.

그런데 영모의 가출은 페터 헤르틀링의 『길 위의 소년』(문성원 옮김, 한길사, 2002), 야마나카 히사시의 『내가 나인 것』(햇살과나무꾼 옮김, 사계절, 2003) 등 유명 외국 동화들이 어린이의 가출을 사실적으로 재현한 방식과 비교된다. 영모가 겪는 폭력은 현실 세계가 아닌 판타지 세계에서 해결된다. 부모에게 학대받는 어린이가 생존하려면 '집'을 '탈출'해야 하지만 어린이의 '가출'을 리얼리즘 형식으로 그린 작품은 우리 동화에서 찾아보기 힘들다.

우리 아동문학에서 부모의 권력은 리얼리즘 형식보다는 유독 판타지나 SF 형식에서만 더 과감하게 도전받는다. 판타지나 SF의 어린이, 청소년 주인공들은 더 결연히 부모를 비판하고, 부모와 결별하고, 부모를 넘어선다. 우리 동화가 어린이와 부모의 권력관계를 현실 배경에서 잘 다루지 않는 까닭은 혹시 이를 사실적으로 재현하기에는 여전히 반권위주의와 비도덕 사이에서 갈등되거나, 반권위주의가 비도덕으로 받아들여질까 봐 저어되기 때문이리라 짐작해 본다.

SF 형식의 특장을 살려 어린이, 청소년과 부모의 관계를 전복적으로 제시한 작품으로는 이희영의 SF 청소년 소설 『페인트』(창비, 2019)가 있다. 이 작품에서 국가가 관리하는 양육 센터에서 성장한 어린이, 청소년은 열세 살이 되면 자신이 입양될 가정의 부모를 직접 선택한다. SF 세계 속 전도된 현실에서 어린이, 청소년은 부모-자녀 관계의 성립에서부터 결정권자가 된다. 그들이 원하는 부모의 조건들을 탐색하며 입양 부모를 신택하는 기준을 세워 나갈 때 현실의 공고한 권력관계는 무너진다. 부모가 어린이, 청소년 자녀를 규정하고 제약했던 기준들은 부메랑처럼 부모에게 되돌아간다. 더군다나 이 책의 주인공인 '제누 301'은 부모를 선택할 권리를 거부하고 입양 가정이나 부모 없이 홀로 성장하겠다고 결정하기까지 한다.

제누 301의 결정은 『내 이름은 삐삐 롱스타킹』과 『마틸다』에서 부모의 존재를 삭제한 것과 비슷해 보인다. 부모 권력을 끊임없이 의문해 온 최근 어린이, 청소년 SF의 경향이 드러난다. 좀 더 해석하고 싶은 지점은 제누 301이 입양 부모를 거부하는 태도에서 드러나는, 부모 권력에 대한 시선이다. 제누 301의 선택은 근대적이고 가부장적인 부모-자녀 관계를 반성하게 하고 일말의 통쾌함까지 선사하지만 그의 선택에는 기성세대를 냉소하며 소통을 거부하는 태도가 숨겨져 있다.

부모는 "명령이 아닌 질문과 반성을 할 수 있는"(『페인트』, 189쪽) 사람이어야 하며, "진짜 어른"은 "자신들이 보지 못하는 것을 우리가 볼 수 있다고 믿고, 자신들이 모르는 걸 우리가 알 수 있다고 믿으며, 자신들이 느끼지 못하는 것을 우리가 느낄 수 있다고 인정하는 사람"(같은 책, 112쪽)이라는 기준은 분명 어린이와 청소년의 소수자성을 일깨우는 오늘날 반권위주의의 언어이다. 그럼에도 "어른이라고 다 어른스러울 필요 있나요."(같은 책, 109쪽)라 말하는 태도는 기성세대와의 평등한 관계를 지향하는 관용과 포용보다는, 냉소와 거부에 가깝다.

반권위주의는 어린이가 주인이 되는 아동문학의 구체적이고 명확한 지향으로 자리하며, 어린이와 어른의 권력 관계를 뒤엎고 어린이 존재의 소수자 정체성을 상기시켰다. 그와 동시에 요즘 우리 아동청소년문학의 반권위주의는 앙상한 이데올로기로 기능하며, 부모와 어른을 비롯한 사회적 관계로부터 어린이를 소외시키는 듯 보이기도 한다. 현실의 부모는 무시하고 지운다고 해서 사라지지 않는다. 여전히 어린이와 청소년은 보다 더 많은 권력을 지닌 부모와 관계 맺고 살아가야 한다. 부모와 어린이, 어른과 어린이는 어떠한 관계로 만날 수 있는지, 어린이가 시민의 일원으로 세계와 관계 맺는 방식에 대한 질문은 여전히 남아 있다.

부모를 돌보는 어린이

『엄청나게 시끄러운 폴레케 이야기』(전 2권, 휘스 카위어, 김영진 옮김, 비룡소, 2011)에는 폴레케에게 결코 권위 있는 부모가 될 수 없는 아빠가 등장한다. 폴레케의 아빠 헤리트는 마약중독자이고 노숙자지만 딸에게 다정한 아빠이고 폴레케 또한 아빠를 사랑한다. 부모의 권위적인 양육으로 억압당하는 어린이 수인공과 달리 부모를 돌봐야 하는 폴레케의 이야기는 어쩌면 오늘날 상당수 어린이들의 현실일 것이다. 폴레케는 현실을 직시하고 용기를 내어 아빠에게 중독치료를 받길 권유하고, 아빠의 부탁에 따라 중독치료 센터에서 함께 지내기로 결심하기까지 한다.

폴레케가 감당하는 짐이 가혹하고 부당하게만 여겨지지 않는 까닭은 폴레케에겐 단단하면서도 탈권위적인 양육자이자 보호자인 엄마와 조부모, 엄마의 남자 친구인 담임선생님 등 여러 어른이 있기 때문이다. 비록 아빠는 보호자가 되어 주지 못하지만 다른 관계들이 폴레케의 두 발이 딛고 선 땅이 되고, 폴레케는 그 중력으로 아빠의 손을 놓치지 않는 인력을 지닌다. 이렇듯 어린이는 여러 어른들의 관계망 안에서, 부모 위에 군림하거나 부모와 단절하지 않고서도 성장할 수 있다.

폴레케의 엄마와 조부모는 폴레케 아빠에게 이미 절망

한 상태지만 폴레케만은 아빠의 재활을 희망하며 아빠를 포기하지 않는다. 폴레케의 할아버지는 집을 찾지 않은 지 오래인 아들을 위해 식사 자리에서 기도한다. "하느님, 부디 우리 헤리트를 지켜 주시옵소서. 우리는 더 이상 그 애를 위해 할 수 있는 일이 없습니다." 그리고 폴레케의 할머니에게 말한다. "우린 지금까지처럼 계속 그렇게 살아야 해. 헤리트는 그 애 인생을 사는 거고, 우린 우리 인생을 사는 거니까."(『엄청나게 시끄러운 폴레케 이야기』, 1권 79쪽) 폴레케가 아빠를 따라 중독치료 센터에 가겠다고 하자 어른들은 모두 폴레케가 애쓰다 소득 없이 상처받을 일을 염려하며 폴레케를 만류한다. 하지만 할아버지가 할머니에게 말하는 대화에서 폴레케가 지닌 희망의 의미를 읽을 수 있다.

"우린 끝까지 희망을 지키지 못했어. 변치 않는 믿음이 있었던 것도 아니고. 폴레케는 희망과 믿음을 간직하고 있어. 우리가 그걸 함부로 뺏을 수는 없지. 우리는 그럴 권리가 없어요, 없고말고. 우리는 그저 폴레케를 뒷받침해 줄 수 있을 뿐이야. 그리고 우리한테 폴레케가 있는 걸 하느님께 감사드리는 일밖에는 할 수 없어."

— 같은 책, 2권 158쪽

폴레케의 희망은 어린이의 희망이다. 어른들이 수많은

절망 끝에 놓아 버린 희망을 어린이들은 결코 포기하지 않는다. 폴레케의 희망은 어린이인 자녀가 부모에게 갖는 희망이기도 하다. 어린이는 부모에게 사랑받기를, 부모를 사랑하기를 결코 포기하지 않는다.

그렇다면 지난 시기 아동문학은 부모를 억압과 등치시킨 후 부모로부터의 해방과 어린이의 성장을 단순 교환함으로써 어린이가 부모와 맺는 깊은 관계에 소홀했는지 모르겠다. '반권위'와 '탈권위'를 외쳐 온 이데올로기의 시대에 여전히 어린이의 마음에는 무심했고, 권위의 기계적인 전도를 넘어선 새롭게 평등한 관계로의 상상을 보여 주지 못했다는 반성이 든다. 어른의 일은 항상 어려우니, 다시 한번 어린이들에게 물어봐야겠다.

가족이 필요한
진짜 이유

대부분 어린이는 가족 안에서 돌봄을 받으며 성장한다. 가족이라는 사회가 어린이를 먹이고, 입히고, 재우고, 가르친다. 가족은 여러 형태의 돌봄을 직접 제공하거나 연결하며, 한 어린이가 어른이 되어 독립적으로 생활하기까지 도와준다. 가족은 어린이가 자라나는 데 있어 소중한 사회다.

『일요일의 아이』(구드룬 멥스, 김라합 옮김, 비룡소, 2006)는 고아원에 사는 주인공이 새 가족을 찾는 이야기로, 어린이에게 가족이 지닌 의미를 보여 준다. 주인공은 일요일에 태어난 자신을 '일요일의 아이'라고 부른다. 그렇지만 일요일의 아이에게는 늘 행운이 따른다는 이야기를 믿지는 않는다. 고아원의 다른 아이들은 결연된 '주말 부모'가 있어 맛있는 음식을 먹거나 교외로 소풍을 나가 신나게 놀다 돌아오지만 자기에게는 아직 주말 부모가 없어서다. 일요일의 아이에게 일요일은 학교에 가는 게 더 낫다는 생각이 들 만큼 오히려 더 외롭고 쓸쓸해지는 날이다.

그러던 중 일요일의 아이에게도 드디어 주말 부모가 생긴다. 주말 부모, 정확히 말하면 미혼의 주말 엄마인 울라는 다른 주말 부모들처럼 자동차나 멋진 집도 없는 가난한 작가다. 기대가 잠시 무너졌지만 곧 일요일의 아이는 활기찬 친구처럼 스스럼없이 다가오는 울라를 좋아하게 된다. 작은 실수를 두고도 혼날 일을 걱정하거나, 앞으로 자신을 만나고 싶지 않아 할 거라고 불안해하던 마음은 어느새 사라졌다. 별것 아닌 말도 가리고 조심하느라 늘 입안에서만 맴돌던 말들이 어느 날 여과 없이 툭, 하고 튀어나왔을 때 아이는 생각한다.

"그때 갑자기 내가 처음으로 아줌마한테 아무렇지도 않게 얘기를 했네 하는 생각이 들었다. 말하기가 이렇게 쉬운 걸 왜 못했을까?"

——『일요일의 아이』, 108쪽

이제 일요일의 아이는 일요일에 태어났어도 행운이라곤 찾아오지 않는 아이에서, 일요일마다 엄마가 생겨 행복한 아이가 된다. 울라는 아이가 으레 상상했듯 부자도 아니고, 아늑한 집에서 손수 만든 음식을 챙겨 주지도 못하지만 어린이를 동등한 인격체로 대하며 마음을 나눌 줄 아는 사람이기 때문이다. 일요일의 아이는 사랑받으려면 잘 보여야 한다는 강박에서 벗어나, 조건 없이 사랑받고 사랑하는 관계를 신뢰하게 된다. 울라를 만나고서부터 책장 가득 넘실대는 아이의 기쁨을 보고 있으면 어린이에게 가족이 필요한 진짜 이유가 무엇인지 알 것 같다. 함께 시간을 보내며 서로에게 오롯이 관심을 쏟고 감정을 나누는 것, 일요일의 아이는 부모라는 이름에서 바로 그걸 애타게 갈망했다.

"이제 나는 울라 아줌마가 나랑 같이 뭘 하기를 바란다는 걸 알게 되었다. 나도 그러고 싶다. 배가 간질거린다. 여름이 지나도 우리는 계속 함께 뭔가를 할 것이다. 한 해가 지나고 두 해가 지나도……. 배가 점점 더 간지러웠다. 그리고 간지러움이 목으로 올라왔다. 하지만 목을 타고 밖으로 나오려고 하는 건 전처럼 설탕 넣은 차가 아니라 기쁨이었다. 나의 울라 아줌마, 내 주말 엄마, 울라 아줌마는 일요일에는 앞으로 영원히 나만의 울라 아줌마일 것이다."

— 같은 책, 119~120쪽

사랑에 대한 갈망, 버림받음에 대한 두려움

『일요일의 아이』는 가족이 없는 어린이가 가족 관계에서 이루어지는 사랑을 간절히 바라는 마음을 보여 주며, 어린이에게 가족이 필요한 가장 중요한 이유가 사랑이라고 말한다. '사랑'에 대한 갈망과 '버림받음'에 대한 두려움, 동전의 양면 같은 두 마음은 어린이의 마음 깊숙이 자리한다. 아마도 '버림받음'에 대한 두려움이 더 먼저이고, 더 강렬하지 않을까 싶다. 유기 불안은 가족이라는 이름의 타인에게 전적으로 생존을 의지해야 하는 어린이들의 존재적 본능 같다.

인간 무의식에 자리 잡은 유기 불안을 담고 있는 서양 민담이 바로 '헨젤과 그레텔'이다. 어린이의 유기 불안은 『일요일의 아이』 같은 유사 가족이나, '헨젤과 그레텔'처럼 계모로 구성된 가족 형태에서만 일어나지 않는다. '헨젤과 그레텔'은 계모와 마녀의 이야기라기보다 부모와 어린이의 이야기다. 실제로 잭 자이프스를 비롯한 민담학자들은 '헨젤과 그레텔'의 1810년 초고본에서는 친모였다가 1857년 최종본에서 계모로 수정된 사실을 밝혀내기도 했다. 어린이 독자의 심리적 충격을 완화하기 위해서라고 해석했다. 친모가 유기한다는 모티브는 충격적이니 그걸 계모에게로 전가하고, 친부는 유약한 캐릭터로 만들어 면죄부를 준 것이다.[*]

사실 '헨젤과 그레텔' 이야기의 핵심은 '계모냐 친모냐'가

---

[*] 김환희, 『옛이야기와 어린이책』(창비, 2009), 302~304쪽 참조.

아닌, 어린이를 유기하는 사회 현실이다. 그래서 민담학자들은 이 민담이 어린이 심리에 긍정적 영향을 미친다고 본다. 아동 유기, 유괴, 학대, 굶주림이 일어나는 현실에서 불안과 공포를 안고 살아가는 어린이들에게 위기 대처 능력 내지 생존 법칙을 가르쳐 준다는 것이다. 그러한 현실은 민담이 기록된 이백여 년 전은 물론 지금까지도 계속되고 있다. 혈연 가족이라 해서 언제나 어린이에게 심리적, 실제적으로 든든하고 안온한 울타리가 되어 주는 것은 아니다. 슬프고 처참한 현실을 살아가는 어린이들이 여전히 있다.

가족 안에 머물 자리

『바니의 유령』(마거릿 마이, 햇살과나무꾼 옮김, 비룡소, 2007)에는 어린이가 가족에게 온전히 받아들여지는 과정을 겪으며 자신의 유기 불안을 자연스레 떨쳐 내는 이야기가 그려진다. 주인공 바니는 어느 날 학교에서 돌아가는 길에 문득 푸른 벨벳 옷을 입은 유령 소년을 만난다. 유령이 바니의 원래 이름인 '바너비'를 부르며 "바너비는 죽었어! 나는 너무 외로워질 거야."라고 외쳐 대니 바니는 이를 자신의 죽음에 대한 예견처럼 ㄴ끼며 극심한 공포에 떤다.

하지만 바니는 가족 누구에게도 이 사실을 말하지 못하

고 혼자 끙끙댄다. 가족 가운데 자신을 가장 사랑해 주는 새엄마는 임신 중이고, "아기를 가진 사람들은 단순하고 행복하게 생활해야 하며, 자기 아이가 유령을 본다거나 혹시 정신이 나갔을지도 모른다며 불안해하면 안 된다"(『바니의 유령』, 62쪽)고 여겼기 때문이다. 물론 새엄마의 안위를 염려하는 마음에는 친모가 자기를 낳으며 돌아가셨듯 또다시 엄마를 잃을지 모른다는 두려움이 깔려 있다. 바니는 자꾸 유령이 보이는 것만도 무서울 지경인데 자신의 죽음과 새엄마의 부재까지 두려워지는 상황으로 빠져든다.

유령이라는 환상 세계가 불러낸 바니의 공포는, 있는 그대로의 내가 가족에게 받아들여지지 않을지도 모른다는 두려움과 겹친다. 유령은 우리 같은 사람들은 가족 안에 머물 자리가 없다며 계속 바니를 겁주고, 바니를 가족에게서 떼어 내 마법사들의 세계로 데려가려고 한다. 바니는 마음에서 계속 일어나는 질문으로 불안했을 것 같다. 유령은 내가 남들과 다르다고 하는데, 유령의 말이 사실이라면 과연 나는 지금처럼 가족 안에서 계속 사랑받고 수용될 수 있을까.

바니에게 유령이 나타난다는 사실을 결국 가족들이 알게 되면서부터 바니의 공포는 집안의 비밀과 함께 해소된다. 유령은 집안의 마법사 콜 할아버지가 보낸 형상이었다. 어린 시절 콜 할아버지는 마법을 지녔다는 이유로 증조할머니에게 거부당했고 집에서 쫓겨나 죽은 사람인 양 지내 왔다. 그는 다른 가족 몰래 유일하게 연락하던 형제인 바너비 할아버지가 죽고 완전히 혼자가 되자 집안에서 유일하게 마법을 지녔다고 생각한 바니를 억지로 데려가려고 했던 것이다.

콜 할아버지를 가족 밖으로 내쫓은 증조할머니의 태도는 가족의 비밀이 밝혀지는 과정에서 여러 인물의 목소리로 한결같이 비판된다.

> "곧게 자라는 상미를 키우듯 우리를 가지 치며 다듬었고, 결국 우리는 하나같이 반듯하고 곧게 살아갔단다."
>
> ―같은 책, 98쪽

> "마법을 인생에서 완전히 몰아내고 자신만의 특별한 개성을 파괴하기 시작했어요. 주위의 사물에 거짓 질서를 부여하고요. 정돈하고 정돈하고 또 정돈해서 자유로운 놀이들을 모조리 할머니만의 체스 게임으로 바꾸었어요."
>
> ―같은 책, 175쪽

바니를 절대로 콜 할아버지처럼 쫓겨나도록 두지 않고 가족 안에서 받아들이겠다고 반복하며 신뢰를 주려는 듯하다. 즉 이 동화에서 '마법'이란 어린이 저마다의 개성을 상징한다. 그 개성이 어떠하든 가족은 어린이의 존재 자체를 수용해야 하며, 그에 대한 믿음을 주어야 한다고 말한다. 그것이 어린이를 버리지 않겠다는 약속이라고. 콜 할아버지가 바니를 억지로 데려가려 할 때 가족의 이름으로 적극 막아선 사람은 바니의 새엄마다. 마법사의 능력이 혈연으로 계승되는 태생적 성격인 데 비해 새엄마가 주장하는 가족의 핵심은 그와 다른 의미다.

> "바니는 제 아들이에요. 우리 식구들은 서로에게 속해 있어요. 아니, 서로 잘 어울리고 있죠. 전 지금까지 일 년간 바니를 키웠어요. 셔츠를 다려 주고, 도시락을 싸 주고, 이야기를 들려주었죠. 바니가 입고 있는 잠옷도 만들어 주었지만, 할아버진 지난주까지만 해도 죽은 줄만 알았던 분이에요. 어쨌든 가장 중요한 것은 바니가 우리랑 살고 싶어 하지 할아버지와 살고 싶어 하지 않는다는 거예요. 중요한 건 바로 그거예요."
>
> ─ 같은 책, 158~159쪽

새엄마는 가족을 구성하는 핵심이 혈연이 아닌 돌봄에 있다고 한다. '돌봐 주는 게 가족이다. 가족을 선택하는 데는 어린이 본인의 의지가 중요하다.' 가족의 비밀이 유령과 마법사의 판타지로 흥미롭게 흐르다가 마지막에 이르는 자리가 무척이나 통쾌하다. 새로운 가족 개념은 바니의 누나인 타비사가 "가족이란 다 우연히 만난 거예요."(같은 책, 32쪽)라고 말하는 데서도 드러난다.

가족이란 우연한 것

『신비로운 그녀, 아버지의 딸』(E. L. 코닉스버그, 이보미 옮김, 문학과지성사, 2016)이 말하는 가족도 비슷하다. 이 소설에서 유일하게 하이디의 발달장애를 수용하며 교육한 사람은 부모가 아닌 가짜 누이 캐롤라인이었다. 캐롤라인은 17년 전 납치되어 행방불명되었다가 가족 앞에 갑자기 나타나며 엄청난 재산의 상속자가 된다. 소실은 내내 캐롤라인이 진짜 상속자인지 사기꾼인지를 쫓다가 결말에 가서는 지금까지 서사를 스스로 뒤집는다. 캐롤라인이 친딸인지 여부보다 하이디의 성장을 응원하고 지지하는 관계인지 여부로 진정한 가족인지를 판가름한다. 자신의 정체가 담긴 서류를 앞에 두고 "내가 누구인지 아는 게 더 중요한지, 아니면 나라는 사람이 어떤 사람인가를 아는 게 더 중요한지"(『신비로운 그녀, 아버지의 딸』, 169쪽) 알아서 결정하라는 캐롤라인의 당당함은, 오직 혈연만이 가족을 이루는 요소가 아니라는 걸 분명히 말한다.

지금까지 살펴본 동화들은 1970년대 후반과 1980년대 초반에 출간됐으면서도 오히려 지금 우리 동화들보다 가족의 의미를 좀 더 다양하게 탐색한다. 우리 동화는 여전히 '정상가족' 이데올로기에 갇혀 있어서 다양한 가족의 모습을 만나 보기 힘들다. 한부모 가족, 조손 가족, 다문화 가족, 이민 가족의 어린이는 대개 결핍을 겪는 인물로만 등장하며 편견을 강화하기도 한다. 그러나 『비밀 소원』(김다노, 사계절, 2020)은 부모님이 별거를 시작한 '이랑'과, 부모님이 사고로 돌아가신 후 외할머니, 비혼 이모와 사는 '미래'의 가족을 편견 없이 그려 내어 돋보인다. 어떤 가족 형태로 지내든 각자 행복하기를, 새로 구성된 가족이 잘 살기를 바라는 이랑과 미래의 소원은 정상 가족의 굴레를 벗어나야 비로소 꿈꿀 수 있는 희망을 어린이 독자에게 안겨 준다.

우리가 몰랐던 할머니

　우리는 할머니를 '호랑이 할머니'라고 불렀다. 할머니는 목소리가 컸고 야단을 잘 쳤다. 명절에 할머니 집에 가는 게 썩 기대되지 않을 만큼 할머니가 무서웠다. 동화 속 할머니를 보면 할머니들은 모두 인자하던데 우리 할머니는 왜 그렇지 않을까 이상했다. 친구들은 방학마다 시골 할머니 집에 간다는데 할머니는 서울에 사시는 것까지 특이하게 여겨졌다. 우리는 할머니를 '서울 할머니'라고도 불렀다. 그러던 할머니가 첫 증손주인 내 아이를 안고는 무척이나 예뻐하셨다. 할머니는 눈을 반짝이며 기쁘게 말씀하셨다. "남들이 손주 예쁘다 할 때 사실 나는 잘 모르겠던데 증손주를 보니 이제야 알겠다." 무섭던 할머니가 사랑 많은 증조할머니가 되신 게 반가웠다. 세월이 더 흐른 이제는 할머니가 좀 더 이해된다. 오 남매를 홀로 키우느라 삶의 문턱에 부딪힐 때마다 할머니의 마음은 단단해져야 했을 거다. 함경북도 끝자락에서 타고나신 성정 또한 그러했겠지만.

사람마다 삶의 이력과 타고난 성정이 다른데 세상 모든 할머니가 인자하다고 말하는 게 사실 이상한 일이다. 동화 속 고정관념과 편견은 인자하지 않은 할머니를 더 특이하게 여기게 만들었다. 할머니 잘못이 아니라 동화 잘못이었다. 요즘과 같이 윤여정 배우나 박막례 할머니처럼 다양한 할머니가 존경과 사랑을 받는 시대였다면 우리 할머니도 의지가 굳고, 에너지 넘치고, 주체적인 여성으로 바라볼 수 있었을 것 같다. 진짜 '호랑이'로 말이다.

오늘날 여러 할머니의 얼굴들

다행히 요즈음 그림책과 동화의 할머니는 확연히 달라졌다. 먼저 『엄마의 초상화』(유지연, 이야기꽃, 2014)는 모성이라는 환상에 가두던 할머니를 해방시켜 유일한 한 사람으로 바라보게 한다. 그림책은 왼쪽 면에 '엄마'를, 오른쪽 면에 '미영 씨'라는 사람을 그린다. 책장을 넘기며 조금씩 완성되는 '엄마'와 '미영 씨'의 모습은 차이가 난다. '엄마'는 파마머리를 질끈 묶고는 생선 머리만 먹지만 '미영 씨'는 멋쟁이인 데다 여행과 탐험을 꿈꾼다. '엄마'의 초상화에서는 흑백으로 엄마의 옆모습을 그린 데 반해 '미영 씨'의 초상화에서는 화사한 컬러에 정면을 바라보는 인물이 프레임 밖으로까지 몸을 내밀게 했다. 왼쪽과 오른쪽에 나란히 비교되던 두 인물은 그러나 한 사람이었다. 그림책은 마지막에서야 "둘은 서로 다르게 생겼어요. 하지만 하나뿐인 우리 엄마, 미영 씨입니다."라고 비밀을 밝힌다. 우리가 몰라봤던 '엄마'의 얼굴인 '미영 씨'를 보게 한다.

모성이란 일률적인 굴레에서 벗어나며 여러 할머니의 얼굴이 속속 그림책과 동화에 등장했다. 그림책 『물개할망』(오미경 글, 이명애 그림, 모래알, 2020)은 제주 해녀인 할머니를 그린다. 푸른 바다 속에서 천하장사가 되어 생계 노동하는 할머니 해녀를 보고 있으면 할머니에 대한 관심과 상상력이 그간 빈약했던 게 부끄럽다. 그림책 『잘 가, 안녕』(김동수, 보림, 2016)은 가난한 독거 노인의 전형으로 그려졌던 폐지 줍는 할머니를 새롭게 그린다. 할머니는 로드킬을 당한 동물들의 마지막 길을 배웅하는 수호자다. 할머니의 삶은 고단하고 불쌍한 삶이 아닌 모든 생명과 함께 걷는 길 위의 삶이 된다.

동화에서는 좀 더 디테일한 할머니 캐릭터를 만날 수 있다. 『비밀 소원』(김다노, 사계절, 2020)의 할머니는 작은 사건에 휘말린 손녀 미래를 구하기 위해 헌법 책을 들고 달려온다. 헌법을 짚어 가며 하나씩 따지던 모습에 대해 미래가 묻자 할머니는 대답한다.

"나 혼자서 네 이모랑 너를 지키려면 어떻게 해야겠냐. 아는 게 많아야 해. 문화 센터에서 수업도 들었고, 그때 알게 된 할머니들이랑 따로 공부 모임도 하고 있다."

— 『비밀 소원』, 67쪽

정말이지 우리 주변의 할머니들이야말로 평생교육의 실천자였는데 동화는 여태 할머니들을 무학자로만 그렸으니 제대로 현실 반영조차 하지 못할 정도로 게으른 편견에 빠져 있었구나 싶다. SF 동화 『우주로 가는 계단』(전수경, 창비, 2019)에는 물리학자 할머니도 나온다. 한시에 가족을 잃은 지수는 평행 우주에서 건너온 할머니 과학자와 만나며 슬픔을 치유하고 다시 미래를 꿈꾼다. 과학책 읽기를 좋아하는 지수에게 할머니 과학자는 인생 멘토이자 슬픔의 연대자가 된다.

할머니의 역사

뭐가 달라지겠어
할머니가 돼도
나는 장미꽃을 보면
눈을 감고 향기를 들이켤 거야

기르는 개랑 툭탁툭탁

장난을 칠 거야

친한 친구들과 키득거리며

맛있는 걸 먹으러 갈 거야

(……)

뭐가 달라지겠어

새로 나온 책이 뭐 있나

새로 개봉한 영화가 뭐 있나

더듬더듬 검색하겠지

좋아하는 가수 콘서트 티켓값이 모자라

발을 동동 구르며

음료수를 벌컥벌컥 들이켜겠지

쪼글쪼글 희끗희끗하다고

뭐가 달라지겠어

— 김개미, 「나란 할머니」 부분,

『미지의 아이』(문학동네, 2021)

　　어린이 독자보다는 어른 작가의 목소리에 가깝게 들리
긴 하지만 그래도 상관없다. 내가 늙어도 나일 거라는 예상
은 어린이에게도 해당되는 유쾌한 상상이니까. 오늘날 아동

문학에 등장하는 할머니의 얼굴이 각양각색인 까닭은 지금 우리의 얼굴이 저마다 달라서다. 어린이라고 해서 몽땅 한데 묶고 똑같이 취급해서는 안 되듯 할머니도 마찬가지다. 할머니의 현재는 할머니의 과거와 연속성을 지닌다. 그러니 다 다르다.

그림책 『일곱 할머니와 놀이터』(구돌, 비룡소, 2022)는 옛이야기 같은 말투와 현대적 이미지의 이질적인 조합으로 할머니의 현재와 과거를 신나게 넘나든다. 놀이터 정자에서 낮잠을 자던 일곱 할머니는 문득 왕년의 자기가 얼마나 대단했는지 자랑한다. 시장 모퉁이에서 뜨개방을 하던 홍장미 할머니, 자전거를 타고 온 동네에 신문을 돌리던 배달자 할머니, 대학에서 학생을 가르치던 나박사 할머니, 아이 열 명을 낳아 기르고 독립시킨 구주부(아마 '주부 9단'에서 떠올린 이름 아닐까?) 할머니…….

할머니들은 한 명씩 놀이터에서 뛰고 구르며 아직도 녹슬지 않은 재주를 보여 주고는 각자 특기를 발휘해 놀이터의 '동물 학대범'을 붙잡기까지 한다. 옛이야기 '재주 많은 오 형제'를 연상시키는 이야기 구조와 캐릭터 때문에 할머니는 일상의 영웅처럼 보인다. 자기 자랑이 퇴행적인 회상으로 끝나지 않는 이유는 젊은 날의 삶과 노동이 밝혀지면서 할머니의 오늘과 연결되기 때문이다. "지나간 시간이란…… 눈에 보이진 않지만 엄청나게 멋진 거군요!"라는 말은 추억의 미화라기보다는 가려져 있던 여성의 역사에 대한 경외로 들린다.

할머니가 등장하는 작품에서는 남성 중심으로 서술되면서 여성이 삭제된 인류의 역사를 복원하고 재구성하는 시선 또한 만날 수 있다. 역사 현실에서 고통당한 여성 수난사를 강조했던 아동문학은 이제 역사를 만들어 간 여성의 주체성에 집중한다. 그림책『막두』(정희선, 이야기꽃, 2019)는 6·25 전쟁으로 열 살에 고아가 되어 두려움에 떨던 여성 어린이가 홀로 꿋꿋하게 생애를 일구어 온 역사를 말한다. 어린 막두에게 응축된 한국 현대사는 막두 할머니가 자신의 인생을 개척하는 가운데 비로소 이 땅의 여성들과 이어진다. 그림책『엄마가 수놓은 길』(재클린 우드슨, 주니어 RHK, 2022)과『할머니의 조각보』(패트리샤 폴라코, 미래아이, 2018)에서는 보다 긴 역사의 차원에서 퀼트와 바느질에 담긴 이주민의 문화가 여성사로 자리매김한다. 8대 걸친 흑인 여성 가족과 7대에 걸친 유대인 가족의 역사가 여성들의 저항과 용기로 구성됐다는 걸 보여 준다.

할머니와 나

어린이 독자는 종종 할머니가 등장하는 작품에서 자신과 상당히 다른 한 사람을 만나고 그의 이야기를 듣기도 한다.

어린이와 할머니가 가장 다른 점은 시간에 있겠다. 우선 지금까지 살아온 시간의 길이가 다르고, 과거와 현재와 미래의 시간에 대한 감각도 다를 거다. 1976년 독일아동청소년문학상을 수상한 동화『할머니』(페터 헤르틀링, 박양규 옮김, 비룡소, 1999)에서 부모가 돌아가신 후 할머니와 살게 된 여섯 살 칼레가 느끼는 차이는 이렇다.

칼레는 할머니가 옛날 얘기만 하는 것을 이해할 수 없었다. 어제 일어난 일에 대해서는 관심도 없으면서 이십 년 전, 혹은 사십 년 전에 겪은 일은 지금도 생생히 기억한다. 처음 기차를 탔을 때나 결혼식 때 어떤 옷을 입었었는지, 잔치 음식으로 무엇이 나왔었는지도 훤히 알고 있었다. (……) 할머니는 항상 이렇게 말했다. 추억이 있다는 건 좋아. 현재가 늘 최고는 아니거든. 이런 게 바로 칼레와 할머니의 차이였다. 칼레에겐 오늘 일어난 일, 친구와 약속한 일, 그리고 어떤 것을 경험했거나 계획을 세우거나 하는 등의 일만이 중요했다.
—『할머니』, 34쪽

『어느 할머니 이야기』(수지 모건스턴, 최윤정 옮김, 비룡소, 2005)에서도 어린이와 할머니가 달리 생각할 만한 일들을 발견할 수 있다. 제목처럼 이 동화는 서술자가 어느 할머니의 일상과 추억을 어린이 독자에게 옛이야기처럼 들려준다. 예전처럼 몸을 움직일 수 없기에 할머니는 소파에 가만히 앉아서 생각한다. "자기가 하고 싶은 걸 다 할 수 없다면 자기가 할 수 있는 걸 하고 싶어 하면 된다"(『어느 할머니 이야기』, 15쪽)고 여기면서 말이다. 할머니는 전쟁 중 잃은 자식을 떠올리며 "세상의 사탕이란 사탕을 다 모아도 마음의 상처 때문에 생기는 쓴맛을 없앨 수는 없다."(같은 책, 27쪽)고 느끼던 걸 기억한다. 또, 다시 젊어지면 좋겠냐는 손주들의 질문에 전혀 망설임 없이 대답한다. "아니, 내 몫의 젊음을 살았으니 이제 늙을 차례야. 내 몫의 케이크를 다 먹어서 나는 배가 불러."(같은 책, 50쪽) 아마도 손주들은 언제라도 다시 젊어지고 싶다는 대답을 예상하지 않았을까?

할머니의 시간 감각이나 삶에 대한 태도를 어린이가 동감하기는 힘들지 몰라도 짐작해 볼 수는 있겠다. 인생의 온 시기를 겪고 마지막 자리에 서 있는 사람에 대해. 유년은 노년과 만나며, 자신과 아주 다르고 크게 차이 나는 누군가와도 서로 이해하며 마음을 나눌 수 있다는 사실을 깨달을 것 같다. 아동문학의 할머니 캐릭터가 오직 사랑과 돌봄의 전형성으로만이 아니라 인격성으로 살아 숨 쉴 때 그렇다. 한쪽이 일방적으로 무조건 시혜하는 관계가 아니라 서로 이해하고 맞춰 나갈 여지가 있는 고유한 인간으로서 평등한 관계일 때. 어린이와 할머니는 예전부터 친하고 서로를 사랑했으니 충분히 가능할 거다.

심부름 가는 길

일곱 살이 되면서 '국민학교'에 입학했으니 유치원에 다닌 건 만 다섯 살 때였다. 다섯 살 어린이가 집에서 유치원까지 오백 미터 남짓한 거리를 매일같이 혼자 걸어가고, 걸어왔다. 먼 거리는 아니지만 도심부였고, 횡단보도가 네 개였고, 신호등이 한 군데도 없었다. 신호등 없이 건너야 했던 도로 중에는 버스 노선도 있었다. 인구 십만가량의 소도시이고 차량이 적었다 해도 지금으로서는 상상이 안 된다. 다섯 살 어린이가 어떻게 그 길을 안전하게 오갔을까. 자녀를 방임하는 법이 없던 부모님은 어떻게 안심하고 보낼 수 있었을까.

다섯 살인 내가 횡단보도를 네 번씩 건너는 모습을 연상해 보다 깨달았다. 아, 그 길에서 나는 수많은 운전자의 보호를 받았겠구나. 횡단보도 대기선에 종종거리며 서 있는 어린 나를 보고 멈춰 섰을 어른들이 문득 눈물 나게 고마웠다. 내가 손을 높이 들고 길을 다 건널 때까지 자동차들이 감싸 주며 보호하는 듯 든든한 기분이 들었다.

반면 부모가 된 나는 아이들이 혼자 길을 건너기까지 더 긴 시간을 기다려야 했다. 아파트 단지 앞 2차선 도로의 횡단보도만 건너면 초등학교까지 갈 수 있는데도 안심되지 않았다. 하교 시간이 다가오면 불안했고 집에 도착했다는 아이의 연락을 받고서야 가슴을 쓸어내렸다. 비라도 내리는 날이면 더 조심스러웠다. 아이의 시야를 가리지 않는 투명 비닐 우산이 안전할지, 운전자 눈에 잘 띄는 노란 우산이 안전할지 고민스러웠다. 유독 자녀의 안전을 두고서는 강박증처럼 번지는 마음이 낯설고 힘들면서도 별 도리가 없었다. 횡단보도 근처 불법 주정차 된 차들 옆에서 어린이의 작은 몸은 굳이 숨지 않아도 보이지 않았다. 어른인 나의 시선을 되짚어 보자니 어린이는 너무 약해 보였고, 내 아이 입장이 되어 어린이의 눈높이에서 보는 세계는 너무 위험했다. 그 격차가 걱정을 만들었다.

모든 양육자는 얼마쯤 어린이의 눈높이를 얻고, 어른이자 때로 어린이인 두 겹의 시선을 갖게 되어서일까. 초등학교에 입학한 어린이의 등하교를 보호자가 함께 하는 기간이 점점 길어지는 느낌이다. 예전에는 봄날 한 철 풍경이었는데 요즘은 교문 앞에서 어린이를 기다리는 보호자의 행렬이 일 년 내내 계속된다. 갈수록 더 많은 보호자가, 더 오랜 기간 어린이의 등하교를 직접 지킨다. '어린이보호구역(스쿨존) 교통안전 강화대책'이 시행되면서 드디어 집 앞 횡단보도에는 신호등이 생겼다. 이제라도 어린이가 안전하게 다닐 수 있으면 좋으련만 법 개정을 못마땅해하며 어린이를 탓하는 어른들이 있는 한 신호등 하나로 모든 게 해결되지는 않는 상황이다.

넷플릭스에서 잔잔한 인기를 끌고 있는 일본 리얼리티 쇼 「나의 첫 심부름」을 보면서 마음 한편이 조마조마했던 이유도 그 때문이다. 출연자인 다섯 살 미만 어린이들의 첫 심부름 길에는 제작진이 동행했으니 안전은 보장된다. 교통안전은 물론 범죄 위험에서 보호되니 부모는 심부름을 보낼 수 있었을 거다. 그에 비해 우리의 동네는 과연 몇 살 어린이가 심부름에 나서도 충분히 안전한 환경이 될까. 초등학교 1학년이 다 지나도록 매일 가는 학교도 혼자 보내지 못하는데 말이다. 그러고 보니 요즘 어린이에게는 심부름이 점점 사라지는 듯 보인다. 어린이 혼자 마음 놓고 다니기에 너무 위험한 길이 심부름까지 빼앗아 갔다.

나도 이제 다섯 살인걸

심부름이라는 소재 역시 요즘보다는 예전 그림책이나 동

화에 더 많다. 그림책 『이슬이의 첫 심부름』(쓰쓰이 요리코 글, 하야시 아키코 그림, 한림출판사, 1991)은 「나의 첫 심부름」이란 프로그램 제목을 보자마자 가장 먼저 떠올렸을 정도로 유명한 '심부름 책'이다. 아기 침대에서 우는 동생을 달랠 새도 없이 식사 준비에 분주한 엄마가 이슬이를 부른다. "이슬아, 너 혼자 심부름 다녀올 수 있겠니?" "우유가 있어야겠는데, 엄마가 너무 바쁘구나. 네가 심부름 좀 다녀오렴." 지금껏 혼자 밖에 나가 본 적 없던 이슬이는 엄마의 주문에 깜짝 놀랐지만 곧장 "나도 이제 다섯 살인걸."이라 대답하며 집을 나선다.

'나도 이제 다섯 살'이니 심부름을 다녀오겠다는 결심에는 다섯 살 정도면 할 수 있겠다는 예측과, 다섯 살 정도면 그쯤은 해야 하겠다는 수락이 담겨 있다. 어른이 새로운 과업을 두고 자기 역량을 가늠해 보듯 어린이도 끊임없이 도전하고, 응전한다. 한 해가 다르고, 한 달 만에도 달라지는 어린이 존재의 특성상 어린이의 도전은 정말로 '무한도전'에 가깝다. 갓 태어나 목을 가누고, 뒤집기를 하고, 기어다니다가, 걷는다. 양육자가 눈앞에서 잠시만 사라져도 하늘이 무너지는 줄 알다가, 혼자 밖을 나선다. 세발자전거를 굴리다, 네발자전거를 거쳐 두발자전거를 탄다. 매 순간 도전과 모험인 어린이의 일상이 만약 어른이 되어서도 이어진다면 과연 버틸 수 있을까 싶을 정도다.

첫 심부름은 혼자 집 밖으로 나서 오로지 혼자 힘으로 과제를 수행하는 엄청난 모험이다. 다섯 살 이슬이는 이를 선뜻 감행했지만 도전부터 쉬운 일은 아닌 게 당연하다. 「나의 첫 심부름」에 출연한 어린이들은 종종 심부름을 나서길 두려워하고 거부한다. "엄마가 없으면 울 거다!"라고 외치며 엉엉 울어 버린다. 몇 번의 시도 끝에 오빠 손을 잡고 가까스로 집을 나섰으면서도 결국 뒤돌아 달려가 엄마에게 안긴다. 심부름에 대해 똑같은 질문을 여러 번 반복하며 과업을 지연시킨다. 잔꾀를 부리는 게 아니라 마음을 준비하는 데 필요한 시간을 벌어야 했을 거다.

일단 집을 나서는 데 성공했어도 집 밖에는 예상치 못한 모험이 기다리고 있다. 『이슬이의 첫 심부름』에서 이슬이는 멀리서 빠르게 다가오는 자전거를 보고 벽에 바싹 붙어 선다. 언덕길에서 넘어지면서 손에 쥔 동전 두 개가 굴러가 버리자 아파할 새도 없이 얼른 일어나 동전을 찾는다. 겨우 도착한 가게에서 "우유 주세요!"라고 외치지만 아무도 나와 보지 않았는데, 나중에 온 어른 손님들이 먼저 물건을 사 가 버린다. 「나의 첫 심부름」에도 어른들의 세계에서 어린이가 겪는 난관이 드러난다. 1미터 안 되는 작은 키로는 자판기 버튼을 누르지 못하고, 계산대 위에 동전을 올려놓지도 못한다. 심부름에 성공해 획득한 물건은 소중한 마음 그대로 다루어지지 못하고 늘 땅에 끌려 다닌다.

그럼에도 어린이들은 심부름을 완수하기 위해 정말로 눈물겹도록 온 힘을 다한다. "엄마가 부탁했어." "해낼 수 있어!"라고 소리 내어 말하며, 어른이 자기계발서로 힘겹게 배우는 자기 암시까지 실행하면서 노력한다. 밭에서 자라는 양배추를 단번에 뽑을 힘은 없지만 얼굴만 한 양배추를 부여잡고 30분 넘게 빙글빙글 돌려 결국 뽑아 내는 지혜와 집념을 발휘한다. 심부름 가는 길에서 자꾸만 곁눈질할 일들이 유혹하지만 "다른 거 할 때가 아니야."라며 임무에 집중한다.

돌아오는 길은 너무 길어

그럼에도 길에서 만나는 모든 경험에 열려 있는 마음은 어쩔 수 없어서 심부름을 마치고 돌아오는 길은 종종 어둑해지기 마련이다. 윤석중의 동시를 그림책으로 만든 『넉 점 반』(윤석중 시, 이영경 그림, 창비, 2004)에는 심부름 길에 나선 어린이의 시선과 시간이 고스란히 담겨 있다.

아기가 아기가
가겟집에 가서
"영감님 영감님
엄마가 시방

몇 시냐구요."
"넉 점 반이다."

"넉 점 반
넉 점 반."
아기는 오다가 물 먹는 닭
한참 서서 구경하고.

"넉 점 반
넉 점 반."
아기는 오다가 개미 거둥
한참 앉아 구경하고.

"넉 점 반
넉 점 반."
아기는 오다가 잠자리 따라
한참 돌아다니고.

"넉 점 반
넉 점 반."
아기는 오다가
분꽃 따 물고 니나니 나니나

해가 꼴딱 져 돌아왔다.

"엄마

시방 넉 점 반이래."

——윤석중,「넉 점 반」전문

(점(點)은 시간을 나타내던 단어로

넉 점 반은 4시 반이라는 뜻.)

　이 동시가 발표된 1940년에나 지금에나 어린이는 한결같은 데가 있다. 그러니 지금껏 여러 '심부름 책'이 비춰 온 어린이를 리얼리티 쇼 「나의 첫 심부름」에서는 계속 만난다. 여기서 어린이를 가로막는 문제 상황이 번번이 발생하고, 어린이가 그 문제를 해결하는 과정을 여러 번 마주하다 보면 어른이 어린이에게 제공해야 할 환경에 대한 고민에 이른다. 물론 리얼리티 쇼의 제작진처럼, 해 질 녘 심부름을 마치고 집으로 돌아가는 어린이의 어둑한 밤길을 매번 자동차 헤드라이트로 밝혀 줄 수는 없다. 어린이 역시 오직 스스로 감당해야 할 순간이나 몫이 있다. 어린이의 일거수일투족을 어른의 보호 아래 두는 건 불가능할뿐더러 성장을 방해한다. 하지만 어른은 횡단보도 앞에서 기다리는 어린이가 있을 때 운행을 정지할 수는 있다. 심부름 나온 어린이가 요청한 물건을 찾아 준 뒤 "다른 건 부탁받은 거 없어?"라고 물어보며 기억을 도와줄 수도 있다.

　그런 도움으로 첫 심부름에 성공한 어린이들은 "내가 해냈어.", "나 혼자 해냈어.", "나 천재 같아."라고 뿌듯해하며 자신감을 지닌다. 심부름을 완수하고 나서 "이제 안아 달라고 안 해요."라고 엄마에게 선언하는 용기를 얻는다. 권정생의 동화 『또야 너구리의 심부름』(창비, 2002)에서 콩나물 값으로 천 원, 간식 값으로 백 원을 주는 엄마에게 또야는 몇 번씩이나 확인한다. "이 돈 백 원 진짜 그냥 주는 거지?", "심부름하는 값 아니지?" 작가는 "엄마가 시키는 일에 어떻게 값을 받겠어요."라고 말할 뿐이지만 내게는 심부름 대가를 원하지 않는 또야의 태도가 긍지로 보인다. 「나의 첫 심부름」의 어린이들에게서도 '지금껏 내가 가족의 돌봄을 받았듯 가족에게 내가 필요할 때 기꺼이 돕겠다' 하는 마음을 여러 번 보았다. 부모가 시키는 심부름에 순응하는 걸 넘어 부모를 돕겠다고 자발적으로 나서는 긍지.

　심부름 이야기로는 '빨간 모자'를 빼놓을 수 없다. 옛이야기 '빨간 모자'를 재해석한 그림책 중 가장 유명한 『로베르토 인노첸티의 빨간 모자』(에런 프리시 글, 로베르토 인노첸티 그림, 2013, 사계절)는 옛이야기 속 늑대가 사는 숲을 재해석해 아동 성폭력의 현실로 그려 낸다. 옛이야기가 대개 그렇듯 '빨간 모자'는 여전히 오늘날 어린이의 이야기이기도 하다. 다만 이야기의 끝을 현실에서 어떻게 만들지는 어른에게 달렸다.

늑대가 사는 숲으로 나가지 말라고 엄포를 놓을지, 사냥꾼이 되어 숲을 지킬지.

어린이의 공간을 만드는 건 어른이다. 어른이 사회에서 만나는 모든 어린이를 돌보고 지키는 공간이 넓어지는 만큼 어린이의 공간이 넓어진다. 그 공간이 세심해지는 만큼 어린이는 안전해진다. 안전한 모험은 없지만, 어린이의 공간이 안전할수록 모험의 기회가 늘어난다. 좁디좁은 안전지대에서 벗어나 안전한 출발선에 설 수 있을 때 어린이는 자란다. 어린이의 긍지에 기회를 주자.

어린이의 말과 글

아윤이가 늘목을 도전한다
근데 너무 무서워서
다리가 추운 거처럼
덜덜 떨었다
아윤아 무서우면
내려와

                    —「오늘 아침 늘목」

『오이는 다시 오이꽃이 되고 싶어 할까?』(삶말, 2020)에
실린 1학년 문현주 어린이의 시다. 친구들처럼 늘목 위에 올
라가 놀고 싶어서 용기를 내 보는 아윤이의 마음과, 아윤이
의 도전을 응원하면서도 마음까지 살피는 어린이 화자의 시
선이 반짝인다. '도전만으로 훌륭해, 이번에 반드시 성공하
지 않아도 괜찮아'라고 다독이는 말은 어쩌면 친구에게만이

아니라 자신에게 해 주고 싶은 말일 수도 있겠다. 애써 언어의 깊이와 아름다움을 찾지 않아도 이 시에서 밀려오는 마음들에, 이게 바로 문학이지 달리 문학이란 문턱을 만들고 가를 필요가 있을까 싶다.

어린이도 시를 쓴다. 시는 대개 짧으니까, 긴 글을 쓰기 어려워하는 어린이들이 자기 감정과 생각을 담아내는 좋은 그릇이 된다. 어린이가 쓴 시는 대개 '어린이시'라고 부르며 어른 시인이 쓰는 '동시'와 구별한다. 어른 작가가 쓰는 동시가 물론 문학예술로서 정제된 형식을 지니지만 어린이시는 또 다른 울림을 준다. 어린이시에는 어린이의 가슴에서 곧바로 터지고 번지며 자기 존재를 거침없이 드러내는 언어가 꿈틀댄다. 나는 틈틈이 어린이시를 읽을 때마다 늘 새로운 어린이를 발견하고, 찬탄한다. 그러고는 어른인 내가 어린이에 대해 말하고 쓰는 일에 기분 좋게 겸손해진다.

어린이시를 비롯해 일기, 편지 등 어린이의 글에는 그들의 감정과 생각이 생생하게 숨 쉬므로 동화에서도 이를 종종 이용한다. 시, 일기, 편지 형식을 가져와 어린이 인물의 마음을 투명하게 보여 주는 것이다. 이러한 문학적 장치에서는 어린이가 글을 쓴다는 행위가 어린이의 삶을 어떻게 만들어 가는지도 엿볼 수 있다.

단어에는 빛이 있다

『단어의 여왕』(신소영, 비룡소, 2022)의 주인공은 어느 날 갑자기 아빠와 함께 고시원으로 이사를 가야 하게 생겼다. 1인실 고시원에서 몰래 살아야 하는 형편이니 유일한 친구인 반려견과도 잠시 헤어져야 한다. 고단한 현실에서 한 줄기 빛이 되어 주는 건 시다. 국어 시간에 읽은 시를 아름답게 느끼고, "단어에는 빛이 있다."(『단어의 여왕』, 10쪽)라는 사실을 발견한 어린이는 단어를 하나씩 모아 간다. 그 단어들은 반딧불이처럼 아주 작게 깜빡이면서도 꺼지지 않는 빛으로 어린이의 앞길을 조금씩 밝혀 준다.

전철로 열두 정거장인 '고시원에서 학교까지' 먼 길은, '푸름역에서 고란역까지'라는 역 이름에서 '푸른 고라니'의 길이 된다. 단어가 길고 외로운 길에 푸른 숨을 불어넣어 준다. 낮은 침대와 책상 말고는 앉을 자리 없이 좁은 방에서 왈칵 눈물이 나오려 할 때는 '고요'라는 단어를 떠올린다. "이 단어는 빛이 난다. 겁을 없애 주는 빛, 슬픔을 만들지 않는 빛, 무엇보다 이곳에서 들키지 않고 살 수 있는 빛!"(같은 책, 37쪽) 부동산 유리창의 전단지에 적힌 '숫자 0'들을 보고는 '0과 집'이라는 제목의 시를 쓰며 새 집에 대한 소망을 담아내기도 한다.

나에게 0으로 집을 지으라고 하면

동그란 지붕을 얹을 거야

눈이 내려서 쌓이면

동그란 모자를 쓴 것 같겠지?

나에게 0으로 집을 지으라고 하면

동그란 창문을 달 거야

동그랗게 들어오는

햇빛 손님을 맞이해야지

나에게 0으로 집을 지으라고 하면

동그란 벽거울 뒤에

동그란 그림자 통로를 만들 거야

강아지와 놀 때 그 속으로 들어가야지

나에게 0으로 집을 지으라고 하면

그 다락방엔 비밀을 넣어 둬야지

단어의 비밀을

　　　　　　　　　　　—『단어의 여왕』, 52~53쪽

　『단어의 여왕』은 어린이를 자기 왕국의 주인으로 만들어
주는 언어의 빛을 말한다. 고통스러운 현실에 휩쓸려 버리지
않은 채 여전한 자신으로 현실을 통과하며 새로운 자신으로
서는 데 언어가 힘이 될 수 있다고 말이다. 글은 일용할 양식
이 되지는 못하지만 분명 글을 쓰는 사람과 읽는 사람의 세

계를 조금씩 혹은 송두리째 변화시킨다. 창작 작업으로 이를 경험한 작가들은 어린이가 글을 쓰는 이야기들로 어린이의 삶을 변화시키는 언어의 힘을 말하고 있다.

『아주 특별한 시 수업』(샤론 크리치, 신현림 옮김, 비룡소, 2009)은 어린이 주인공이 쓴 여러 편의 시로 엮은 책이다. 시 수업에서 읽은 로버트 프로스트의 「눈 오는 저녁 숲에 서서(Stopping by Woods on a Snowy Evening)」, 윌리엄 블레이크의 「호랑이(The Tiger)」, 윌리엄 카를로스 윌리엄스의 「빨간 외바퀴 손수레(The Red Wheelbarrow)」 등이 인용되고, 이 시를 변형시키거나 시의 감상을 정리한 어린이시가 이어진다. 어린이의 시에는 종종 개가 등장하는데, 어린이는 사랑하는 반려견을 교통사고로 잃은 이야기를 시 수업이 끝날 무렵 비로소 시로 쓸 수 있었다. 그렇게 슬픔이 온전히 언어가 된 후 마지막으로 '그 개를 사랑한다(Love That Dog)'라는 제목의 시를 쓴다.

> 그 개를 사랑한다.
> 새가 하늘을 나는 것을 사랑하듯이
> 그 개를 사랑한다고 말했다
> ──『아주 특별한 시 수업』, 93쪽

시를 쓰며 상실의 슬픔을 정면으로 마주하고, 새로운 한 걸음을 내딛는다.

온전한 자신으로 만들어 주는 힘

『시인 X』(엘리자베스 아체베도, 황유원 옮김, 비룡소, 2020)는
여성 청소년이 화자인 연작시들로, 시를 쓰는 행위를 통해
자아를 찾아 가는 과정을 보여 준다. 주인공인 시오마라의
시들은 독립된 한 편의 시이면서도 한 편의 소설처럼 이야기
가 연결되고 진행된다. 시뿐만 아니라 글쓰기 과제물, 친구
와의 대화, 핸드폰 문자 메시지 등 일상의 다양한 텍스트까
지 모두 시로 엮어 내면서 여성 청소년의 삶이 생생하게 재
현된다. '시 소설'이라 부를 만한 독특한 형식은 소설과 시를
동시에 읽는 듯한 특별한 독서 체험을 선물한다. 책 시작부
터 끝까지 이야기가 흐르는데 이 이야기를 자기 고백 장르인
시로 솔직하게 들려주니, 시오마라가 정말로 내가 잘 아는
친구처럼 느껴진다.

십 대 소녀의 일상은 전쟁터다. 도미니카계 미국인인 시
오마라는 독실한 가톨릭 신앙을 고수하는 가정에서 이중의
억압을 겪는다. 시대와 동떨어진 종교 제도와 교리, 남자 친
구와의 만남이나 성적인 자유를 제한하는 어머니, 어느 장소
에서든 온갖 형태로 일어나는 성추행……. 제각각으로 다가

오는 폭력은 하나로 수렴된다. 여성 청소년의 자유와 꿈, 그리고 신체에 대한 억압.

시오마라는 자신을 옭아매는 모든 현실을 비밀노트에다 시로 쓴다. 그의 이름의 뜻이 '전쟁에 뛰어들 준비가 되어 있는 자'이듯 자신의 자유와 권리를 찾기 위한 전쟁을 벌인다. 시 쓰기는 전투 의지를 확인시키는 동시에 전장에서 실질적인 무기가 된다. 쓰는 행위를 통해 시오마라는 자신에 대한 신뢰와 용기를 얻고, 그 힘으로 자신만의 성장을 밀고 나간다. 엄마가 비밀노트를 발견하고는 불태워 버리자 "다시는 절대 한 편의 시도 쓰지 않을 것이다. 누군가가 내 마음을 전부 들여다보고 망가뜨리게 하지 않을 것이다."(『시인 X』, 426쪽)라고 다짐하기도 했지만, 결국 시 경연 대회인 '포에트리 슬램(Poetry Slam)'에 참여해 자기 삶을 담은 언어를 거침없이 드러낸다. '과제물 초고'는 매번 비밀노트에 남겨 두고 늘 다른 '과제물 완성본'을 제출했던 시오마라의 글쓰기는 시 경연 대회 이후 드디어 하나가 된다. 시인인 소녀에게 자신을 가두고 숨기는 비밀노트는 더 이상 필요하지 않다.

'시인 X'는 시오마라(Xiomara)의 첫 글자이자, 여성 청소년에게 가해지는 폭력과 억압에 대한 거부이자, 누구든 X의 자리에 올 수 있다고 독자에게 건네는 초대이다. "말에는 사람들을 온전히 자기 자신으로 만들어 주는 힘이 있다."(같은 책, 470쪽)라는 사실을 앞서 경험한 자가 외치는 전언이기도 하다. 글을 쓰는 행위에는, 껍데기는 가고 진짜만 남게 하는 무언가가 있다. 글쓰기에서 저마다 진짜 마음과 진짜 생각을 찾을 수 있다. 세계를 새롭게 감각하고 사유하면서 만들어 낸 자신만의 세계에서 자유롭고 당당할 수 있다. 시험을 치기 위해 시를 공부하면서는 알기 힘든, 시의 진짜 의미다.

언어의 간극으로 비치는 마음

『헨쇼 선생님께』(비벌리 클리어리, 선우미정 옮김, 보림, 2009)는 어린이 주인공 리가 동화작가 보이드 헨쇼와 펜 레터를 주고받으며 작가의 권유로 일기를 쓰기 시작하고, 글쓰기를 통해 조금씩 성장하는 과정을 따듯하게 그린다. 처음에 리는 일기 쓰기를 어려워하다가 "선생님 말대로 제 일기를 누군가한테 보내는 편지라 생각하고 써 보려 해요. (……) 선생님한테 보내는 편지처럼 쓰게 될 것 같아요."(『헨쇼 선생님께』, 44쪽)라고 결심하며 일기를 써 나간다.

리가 쓰는 편지와 일기가 줄곧 교차되면서, 두 글의 간극에 비치는 리의 마음은 독자에게 증폭된다. 리가 헨쇼 선생님께 보내는 편지나, 혼자 쓰는 일기나 모두 똑같이 '헨쇼 선생님께'로 시작하지만 두 글의 내용은 전혀 다르다. 편지에는 부모의 이혼 후 만나지 못한 아빠를 그리워하는 마음을

"제 생각에 아빠는 저한테 관심이 별로 없는 것 같아요. 전화한다고 해 놓고 아직 안 했거든요."(같은 책, 63쪽)라고만 알린다. 반면 일기에서는 지난해 세 가족이 함께 보낸 크리스마스에 '신발 한 짝'이란 제목의 우스꽝스러운 시를 각자 지어 부르던 기억을 세세하게 떠올린다. 그러고는 엄마도 지난 크리스마스를 그리워할지 궁금해한다.

간결하고 공식적인 편지와 꾸밈없는 마음을 담은 일기의 내비로, 부모님이 이혼하기 선 행복했넌 순산을 그리워하며 재결합을 기대하는 리의 마음은 더욱 애틋해 보인다. 어른이 안다고 자부하는 어린이의 마음이란 고작 '편지' 수준에 불과하지 않은지, '일기'의 저 깊은 속마음을 만나려면 어떠해야 하는지 생각하게 된다. 동화에서 어린이의 시나 일기는 어른 독자를 선뜻 어린이 마음 한가운데로 초대하면서 한편으로 계속 질문을 던진다. 당신은 과연 어린이를 얼마나 잘 알고 있나요.

리는 어린이 작품집의 응모글로 아빠가 운전하는 트럭을 타고 양조장에 갔던 어느 하루 이야기를 쓴다. 자기 마음에 가장 중요하게 자리한 아빠에 대해 결국 쓸 수 있던 건 헨쇼 선생님과의 편지와 일기가 이끌어 낸 길이다. 다른 사람을 흉내 내지 않고 오직 자기 마음을 거짓 없이 들여다보는 일, 그게 바로 글쓰기라는 사실을 직접 글을 써 보며 깨달았을 듯하다.

앞서 살핀 작품 모두 자신의 언어를 찾는 일로 진정한 자
신을 찾을 수 있다고 말한다. 자신의 언어를 필요로 하는 어
린이와 청소년에게 그 첫걸음을 보여 주면서 도와준다. 결국
아동문학이란 이처럼 어린이의 언어를 찾아 가고, 찾아 주는
과정이다. 그것이야말로 아동문학이 할 수 있고, 해야 하는
가장 처음이자 마지막 일일 거라 믿는다.

지금
이곳의
어린이는

2부

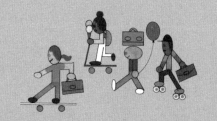

성, 어떻게 이야기할까

그래픽 노블 『너와 나의 빨강』(릴리 윌리엄스·카렌 슈니먼, 김지은 옮김, 비룡소, 2022)의 부제는 '우정과 생리에 관한 숨김 없는 이야기'다. 원제는 'GO WITH THE FLOW'지만 한국어 번역본 제목이 내용을 더 분명히 드러내 준다. 부제대로 '생리'가 이 책의 주제다. 번역본 제목의 '빨강' 그리고 낮은 채도의 빨강색들로만 그려진 이미지가 상징하는 게 바로 생리다.

공동 저자들은 책머리의 헌사에서 "이 책을 생리를 하고 있거나 앞으로 하게 될 모두에게 바칩니다. 당신은 혼자가 아니에요."라고 썼다. 생리를 한다는 게 독자로 부름 받을 만큼 대단한 일인가? 혼자가 아니고 함께여야 할 필요가 있나? 순간 의아할 수 있겠지만 여성들이 겪어 온 생리의 역사가 대개 억압의 역사임을 골몰히 떠올려 본다면 여태 어린이, 청소년을 위한 이런 책이 없었다는 게 오히려 의아해진다.

내 의지나 기대와 상관없이 어느 날 갑자기 시작한 첫 생리는 비로소 여성이 되었다며 장미와 케이크로 난데없이 축하를 받았지만 그 후 생리는 감추어야 할 일로 여겨졌다. 생리라는 말을 입에 올리면 큰일 나는 양 '멘스', '그날', '마법' 등의 단어로 대체해 부르던 시절도 있었다. 생리를 처리하는 도구와 방법에 대한 정보는 나지막이 전수됐다. 생리용품은 절대 남의 눈에 띄면 안 될 물건인지 휴지나 밴드처럼 덜렁 손에 쥐고 화장실로 달려가는 광경은 보기 힘들다. 얼마 전에는 생리대를 샀더니 봉투 값을 요구하지도 않고 검은 비닐봉지에 담아 주는 배려(?)를 받았다. 내 어머니부터 딸들까지 수십 년간 의학이 눈부시게 발전했어도 생리통과 생리 전 증후군은 여전히 매달 겪어야 할 고통으로 남아 있다.

신성시할 것도, 숨길 것도 없는 생리

이 책을 보면 미국의 사정도 크게 다르지 않은 것 같다. 이야기는 헤이즐턴 고등학교의 전학생 사샤가 첫 생리에 바지가 젖자 온 학교의 놀림감이 되는 데서 시작한다. 며칠 후 사샤의 사물함 문짝에는 탐폰과 '피의 메리'라는 붉은 낙서가 붙어 있고, 사샤는 전학 온 학교에서 외톨이가 될 거라는 두려움에 떤다. 하지만 따뜻하고 의리 있는 브릿, 크리스틴,

애비가 사샤의 친구가 되어 생리의 모든 것에 대해 이야기를 나누다가 공적인 문제 제기를 하기까지 이른다.

애비는 사샤가 첫 생리를 하던 날 화장실 자판기에 생리용품이 떨어져 곤란했던 걸 떠올리며 교장 선생님께 자판기가 늘 비어 있지 않도록 관리해 달라고, 나아가 생리용품을 무료로 제공해 달라고 건의한다.

> "생리는 건강에 관한 문제예요. 그리고 이 문제는 우리 학교의 절반이 넘는 사람과 관련된 문제고요."
>
> ──『너와 나의 빨강』, 116쪽

> "모든 공중화장실에서 휴지는 무료인데, 생리대나 탐폰은 왜 무료가 아닌 거야? 사람들이 피를 흘리잖아! 그건 자연스러운 현상이고."
>
> ──같은 책, 53쪽

애비의 주장과 근거는 너무나 지당해 왜 여태 이런 생각을 못 했는지 충격일 정도다. 지금껏 생리를 여성 개인이 감당할 사사로운 영역으로만 여겼기 때문일 테다. 여성의 성과 생식에 관련된 신체 건강은 소홀하거나 은밀하게 취급되면서 공적 영역에서 소외되어 왔다. 생리를 터부시하거나 감춰 온 오랜 역사 역시 그렇다. 그리고 이 모든 배경에는 성차별이라는 근본 원인이 자리한다.

처음 생리를 시작하는 여성 어린이와 청소년에게 생리를 마냥 신성시하지도, 숨기지도 않는 이야기가 더 많이 필요하다. 첫 생리를 여성 어린이와 청소년의 신체가 성장하는 과정으로 기뻐할 수는 있겠지만 진정한 '여성'이 된 양 축하하는 게 과연 '여성'으로서의 존재를 잘 살피는 일인지도 되돌아봐야겠다. 이제는 생리용품을 살 돈이 없는 여성 청소년에게 생리용품 지원금이 제공되지만 여성 어린이와 청소년의 생리와 성은 보다 공적인 차원에서 접근할 여지가 여전히 남아 있다. 그럴 때 여성 어린이와 청소년은 자신의 몸을 더 잘 알고 긍정적으로 받아들이면서 몸과 마음의 건강을 기르는 일을 시작할 수 있을 것이다.

사랑한다는 말 뒤의 폭력, 그루밍 범죄

성과 관련한 여러 이슈 중 그래도 생리는 이야기하기 어렵지 않은 축에 속한다. 이에 비해 성폭력이라는 주제는 어떤 재현 방식이 가능하며, 윤리적인지 줄곧 성찰을 부른다. 그래픽 노블 『인어 소녀』(도나 조 나폴리 글, 데이비드 위즈너 그림, 심연희 옮김, 보물창고, 2018)는 좋은 해답 하나를 보여 주는 텍스트다. 이 책은 유명 그림책상인 '칼데콧 상'을 세 번이나 수상한 데이비드 위즈너의 첫 그래픽 노블로도 주목받았다. 『인어 소녀』는 현실과 환상의 경계를 넘나드는 재현 방식을 통해 '그루밍(Grooming) 성폭력'을 말한다. 그루밍 성폭력이란 가해자가 친분을 악용해 피해자를 심리적으로 지배하며 저지르는 성범죄로 특히 아동 성폭력의 대표적인 형태다.

해안가의 작은 아쿠아리움 '오션 원더스'는 '인어 소녀'가 있다는 소문으로 관람객을 끌어모은다. 실제 존재하는 인어 소녀는 주인 아저씨가 시키는 대로 절대 관람객에게 들키지 않으면서 호기심만 불러일으키며 수조 안에 살고 있다. 아저씨는 인어 소녀에게 거듭 상기시킨다. "나를 절대로 화나게 하지 마라. 내게 어떤 힘이 있는지 똑똑히 보게 될 테니."(『인어 소녀』, 8쪽. 이하 같은 책 쪽수만 표기.)라고 권력을 과시하고 협박한다.

"그러면 과학자들이 널 실험실로 데려갈 거야. 넌 실험대상이 되겠지. 그들이 널 칼로 가른다고! 사람들은 널 혐오할 거다."(22쪽)라며 거짓말로 겁주고 수조 안에 묶어 놓는다. "잘 들어. 너는 내 거야. 내 보물이지. 나는 널 사랑하는 사람이야."(23쪽)라며 심리를 조종한다. "사람들은 나처럼 널 소중하게 대하지 않을 거야."(157쪽), "넌 나 없이 살 수 없다고!"(163쪽) 등등의 대사는 그루밍 성폭력의 면면을 적실하게 드러낸다.

"아저씨는 날 보호하고 싶어 해."(21쪽)라고 생각하며 수조 안에서만 살아가던 인어 소녀에게 구조의 손길을 뻗는 건 또래 여성 청소년 리비아다. 리비아가 작은 벨을 선물해 주고, 직접 그린 그림으로 바깥 세상을 알려주고, 피자를 가져와 나눠 먹는 가운데 인어 소녀는 점점 수조 밖을 궁금해하며 한밤중에 몰래 수조 밖으로 나와 본다. 옛이야기 속 인어 공주처럼 인어 소녀에게도 물 밖에서 두 다리가 생긴다. "폐가 있다고 헛된 생각은 하지 마라."(23쪽)라는 아저씨의 말은 거짓이었다. 자신이 물을 조종하는 신이라는 말 또한 기계 장치로 파도를 일으켜 연기하는 것일 뿐이었다.

어느 날 태풍이 치고 아쿠아리움이 무너지면서 인어 소녀는 드디어 수조 밖으로 나오고 리비아와 만난다. 인어공주를 물 밖으로 부른 건 왕자에 대한 연모였지만 인어 소녀를 수조 밖으로 구출한 건 친구와의 우정이었다.

아동 성폭력을 아동청소년문학에서 재현하는 일은 쉽지 않은 만큼 작품이 많지는 않다. 『운하의 소녀』(티에리 르냉, 비룡소, 2002), 『제프가 집에 돌아왔을 때』(캐서린 애킨스, 문학과지성사, 2009), 『유진과 유진』(이금이, 밤티, 2020(개정판)), 『안녕, 그림자』(이은정, 창비, 2011) 등을 손꼽을 수 있다. 이중 2004년 처음 출간된 『유진과 유진』은 아동 성폭력 주제를 국내 아동청소년문학에서 거의 처음 이야기한 작품으로 여전히 널리 읽힌다. 또 『안녕, 그림자』는 여성 어린이들이 연대해 가해자에게 맞서는 용기와 당당함을 잘 그려냈다.

우리 집에는 민주주의가 존재하지 않거든

　청소년 소설『너를 위한 증언』(김중미, 낮은산, 2022)은 성폭력을 역사와 사회 현실의 장에서 바라보는 시야로 접근하는 점이 남다르다.『인어 소녀』가 현실과 환상을 오가며 보다 넓은 연령층의 어린이, 청소년 독자에게 다가갈 수 있던 데 비해 이 작품은 김중미 작가 고유의 리얼리즘 방식으로 성폭력의 내외를 치밀하게 드러낸다.

　작품의 여성 인물들은 성폭력 생존자이거나 그들의 가족, 친구다. 고등학생인 가온과 결이가 중심인 서사는 가온의 엄마 지영과 결이의 언니 하늘에게로 확장된다. 가온과 결이는 지영의 고통이 성폭력 트라우마이며, 하늘이 친족 성폭력의 피해자라는 사실을 알게 된다. 작품에서 성폭력은 일탈적인 개인의 범죄이기보다는 과거의 정치 사회 현실과 가부장 구조가 결합해 발생한 폭력의 역사로 조망된다. 1980년대에 시위 주동자로 수배되어 도피 중인 남성과 과거 학생운동 경력을 배경 삼아 승승장구하는 남성이 성폭력 가해자로 밝혀진다.

"우리 아빠도 학생운동 하다가 강제 징집 당해서 군대 갔다가 유학 갔대. 아빠는 그때 얘기할 때마다 자기가 영웅이었던 것처럼 말해. 자기가 어떻게 고난의 시간을 넘었는지, 이 나라의 민주주의에 어떤 기여를 했는지 엄청 강조해. 근데 나는 그런 얘기 듣는 게 진짜 싫거든. 고1 때 너랑 미래랑 극장에서 '1987'이랑 '택시 운전사' 보고 나서 그랬잖아. 엄마 아빠 세대가 존경스럽다고. 그때 나는 그런 생각이 조금도 들지 않았어. 오히려 아빠의 이중적인 모습을 더 적나라하게 알았다고나 할까?"

"어떤 모습?"

"민주주의 어쩌고저쩌고하는데 우리 집에는 민주주의 따위는 아예 존재하지 않거든."

—『너를 위한 증언』, 56쪽

민주주의가 존재하지 않는 건 '우리 집'뿐만이 아니다. 과거 민주화 운동의 현장에서도 여성과 남성의 관계에서 민주주의란 없었기에 성폭력이 발생했다. 이 책의 여성 인물들이 죽음에 이르기까지 고통스러운 이유가 성폭력이라는 사실이 연이어 밝혀질 때마다 세대가 바뀌어도 근절되지 않는 폭력을 직시하기가 괴롭다. 그럼에도 이들이 세대를 잇는 사랑과 우정으로 연대의 고리를 만들고, 결국 성폭력 피해자가 생존자로 일어서는 장면은 다시 한 걸음 내딛을 힘을 준다. 지영의 남편 기환은 세상만사를 담고 있는 소설 중에서도 "지영과 같은 일을 겪은 여성을 다룬 소설은 찾기 힘들었다."라고 말하는데, 이 청소년 소설이 바로 그 소설이다.

비민주적인 성별 권력에 저항하면서 청소년 인물들은 불의한 권력과 제도에 좌우되지 않고, 새로운 사회 구성 원리를 꿈꾸며, 자신의 길을 찾아 나선다. 집안 어른들에게 인정받기 위해 자해까지 일삼으며 공부하던 결이는 "무엇이 되지 않아도, 무엇을 성취하지 않아도, 목표가 분명하지 않아도 괜찮은 사람이라는 것을 배워 가고 있어요."(같은 책, 285쪽)라고 선언한다. 청소년의 성장 과정이 흔히 반항이라고 일컬어지는 건 권력의 작동을 의심하고 불의한 권력에 저항하면서 비로소 새로운 세대로 성장하기 때문이다. 오랜 시간 여성 신체에 작동해 온 성별 권력을 비판적으로 사유하고 변화에 나서는 가운데 오늘날 어린이와 청소년은 성장의 과정 하나를 넘어설 수 있을 것이다.

완벽하지 않은 채로 완벽해

미술관에서 전시를 관람하던 중 한 무리의 어린이가 큐레이터와 함께 매우 진지하게 작품을 감상하는 장면과 마주쳤다. '전시실의 사적인 대화'라는 제목의 이 프로그램은 관람자의 경험, 생각, 감정에 바탕해 작품을 바라보고 작품에 새로운 의미를 부여하는 대화형 전시 관람 프로그램이었다. 어린이, 청소년 관람자가 미술관의 교육 전문가와 대화를 나누며 예술 작품을 적극적으로 해석하고 수용할 수 있는 점이 좋아 보였다.

스스럼없이 감상을 나누던 가운데 한 어린이가 묻는다. "왜 작품 속 사람은 옷을 입지 않고 있어요?" 어린이들의 직관은 이렇듯 정중앙을 꿰뚫으며 근본에 가닿는다. 단순해서 어려운 질문에도 선생님은 전혀 당황하지 않는다.

"다른 어린이들에게도 종종 이런 질문을 받아요. 여러분은 다른 사람의 옷차림을 보면서 그 사람에 대해 판단하기도 하죠? 예를 들어 날마다 운동복을 입고 다니는 친구가 있다면 운동을 좋아한다고 생각할 거예요. 이 여성 작가는 옷에 가리지 않은 채로 이 사람을 있는 그대로 보아 달라고 하는 거예요." 대화를 엿듣던 나는 현문현답에 시야가 환해지는 기분이다. 역시 어린이 옆에선 늘 햇볕 한 줌을 얻고 간다.

키가 크건 작건, 몸무게가 무겁건 가볍건

사람의 본모습을 가리는 건 비단 옷뿐만 아니다. '몸'은 분명 나의 실체인데 '외모'라고 지칭될 때는 나의 실체를 가리는 무엇이 되기도 한다. 키, 몸무게, 피부 상태, 눈빛, 자세, 제스처, 음성…… 우리는 외모에서 수많은 사인들을 찾아내 타인을 판단하는데 그건 때로 타인을 알려 주기도 하지만 때로 편견에 갇히게도 한다. 옷이 자기 표현인 동시에 제약이 되는 것과 마찬가지다. 외모는 분명 나의 전부가 아니다.

그림책 『키다리 말고 엘리즈』(시빌 들라크루아 지음, 이세진 옮김, 책읽는곰, 2022)는 제목에서 드러나듯 나의 큰 키만 보지 말고 나란 사람을 봐 달라고 말하는 어린이의 목소리가 담겨 있다. 그림책의 첫 장은 호방하게 시작한다.

엘리즈는 종종 구름에 싸여 있어요. 엘리즈는 키가 크거든요. 아주아주요.

엘리즈의 큰 키가 구름 높이만 하다고 한껏 과장해 말하고 그리는 방식이 여유롭고 유머러스하다. 그러다 사뭇 분위기가 달라진다. 키가 하늘까지 닿으니까 새 소리, 비행기 소리 같은 소음에 가려 사람들의 말소리가 엘리즈에게 닿지 않는다. 단지 남들보다 키가 조금 크다는 이유로 편견이라는 거리가 만들어지는 장면을 유머러스한 과장으로 표현하고 있는 것이다.

엘리즈의 상상이 다른 사람들과 엘리즈 사이를 가로막고 있거든요.

엘리즈는 자기를 '키다리' 대신 '우리 꼬맹이'라고 불러주길 원한다. 자기도 어린이로 사랑받고 싶은 것이다. 그래서 몸을 반으로, 반의 반으로, 반의 반의 반으로 접는다.

친구들 사이를 구부정하게 걷는 엘리즈의 어깨가 안타까워진다. 그 어깨에 살며시 손을 얹고 말하고 싶다. '어깨를 펴렴, 엘리즈야. 키다리도, 꼬맹이도 아닌 엘리즈라고 불러줄게.' 키가 큰 엘리즈에게, 그리고 키가 작은 또 다른 엘리즈들에게 가닿길 바라며 속삭여 본다. 어린이가 자신의 몸을 당당히 펴지 못해서는 안 되니까. 외모 평가라는 감옥에 갇힌 어른들은 어린이에게도 똑같은 갑옷을 입힌다. 하지만 갑옷 안에서 어린이는 제대로 움직이거나 자랄 수 없다.

외모 평가는 미추라는 주관적 기준 외에도 평균치라는 잣대로 들이대어진다. 키가 커도 작아도, 몸무게가 무거워도 가벼워도 사람들의 눈길은 거기에 머문다. 정규 분포 곡선의 양 끝에 위치한 몸은 종종 비정상으로 여겨지기까지 한다. 평균과 정상을 동일시하면서 평균을 벗어나는 몸은 비정상으로 취급된다. 그중에서도 흔히 혐오되는 게 비만이다. 건강하고 아름다운 몸이 자기 관리의 척도가 된 사회에서 비만은 단지 체중의 문제가 아니다. 외모를 주제로 한 동화와 청소년 소설이 비만을 이야기하는 건 이러한 문화에 어린이와 청소년 역시 영향을 받아서다. 『뚱보, 내 인생』(미카엘 올리비에, 조현실 옮김, 바람의 아이들, 2004), 『다이어트 학교』(김혜정, 자음과 모음, 2012), 『뚱뚱한 게 잘못일까』(조 코터릴, 이은주 옮김, 봄볕, 2021) 등의 작품에서 청소년 인물은 비만을 고민한다.

최근 출간된 시소설 『스타피시』(리사 핍스, 강나은 옮김, 아르테, 2022)는 비만으로 놀림당해 상처 입은 마음을 시의 화자인 엘리의 목소리로 생생히 들려준다. 저자의 말에서 작가는 "이 소설을 읽은 많은 사람들은 '이렇게 잔인한 말이나 행동을 하는 사람은 현실에 없을 거야. 이건 지어낸 이야기겠지'라고 생각할 것입니다. 하지만 이 소설에서 엘리가 겪고 듣는 모든 말과 행동은 제가 어릴 때 직접 겪은 일들을 바탕으로 하였습니다."라고 밝힌다. 그러니 더욱 엘리의 목소리는 비만에 대한 사회적 혐오와 폭력을 증언하고 있다.

엘리가 학교 복도를 걸어갈 때마다 몇몇은 '고래'가 지나가니 물러서라고 외친다. 줄다리기에 이기자며 엘리의 몸을 줄에 묶는다. 의자 나사를 몰래 빼내 엘리가 의자에 앉았을 때 부서지게 한다. 가족도 다를 바 없어서 엄마는 불과 열세 살인 엘리에게 생명이 위태로울 수 있는 비만 수술을 강요한다. 오빠는 엘리의 몸을 틈만 나면 조롱하고, 엘리의 몸으로는 놀이기구를 탈 수 없어서 가족끼리 놀이공원에도 갈 수 없다며 증오한다.

성장기 내내 수없이 비수에 찔린 엘리의 몸은 얼마나 고통스러울까. 엘리는 폭력에서 살아남기 위해 '뚱뚱한 여자아이의 규칙'을 만든다. 남들의 시선이 네 몸을 향하지 않게 몸을 천천히 움직여라, 밖에서 음식을 먹을 때는 남보다 빨리 먹지 마라, 뚱뚱하면 가질 수 없는 것들이 있다, 등등. 아빠의 권유로 신경정신과 의사에게 상담을 받기 시작한 엘리는 그 규칙이 "세상을 살아가는 방법뿐 아니라 자기가 누구인지까지도 (……) 결정하기 때문"(『스타피시』, 206쪽)에 문제라는 조언을 듣는다. 또 자신을 괴롭히는 사람들에게 대응하는 용기를 가지고, 자기를 행복하게 하는 사람들에게만 마음을 써야 한다는 걸 배운다. 엘리는 자기가 만든 규칙에서 차츰 해방되며, 자기를 가장 괴롭게 한 엄마에게 "나 자신을 사랑하는 법을 배우고 있어. 몸에 붙은 살보다 마음에 붙은 엄마의 말이 더 무거웠어."(같은 책, 280쪽)라고 말할 수 있을 만큼 변화하기에 이른다.

엘리는 세상의 폭력에 용기 있게 맞서며 자신을 지켜 냈다. 자신을 세상에 맞추려는 요구에 당당하게 저항했다. 자신을 비하하는 표현이던 '고래'의 의미를 특별하고, 아름답고, 강한 존재로 바꾸어 내서 자기만의 노래를 부르기 시작했다. 엘리가 생존하고 성장하는 과정을 보며 존경과 사랑이 일어나는 한편 엘리가 겪었던 폭력의 바탕 또한 돌아보게 된다. 폭력을 이겨 낸 엘리가 자랑스럽지만 애초에 그런 폭력을 겪어선 안 되었다.

스스로 예쁘다 여기는 일의 기쁨

우리 사회의 비만 혐오나 외모 평가는 매우 억압적이다. 특히 여성에게 그렇다. 한 연구에 따르면 전 세계에서 유독 한국과 중국, 대만 여성이 정상 체중보다 몸무게가 덜 나가도 스스로 뚱뚱하다고 생각한단다. 일반적으로 근육량은 나이가 많을수록 적어지지만 한국 여성은 오히려 40, 50대에 근육량이 늘어난다는 조사에서도 마른 몸에 대한 젊은 여성들의 욕구를 읽을 수 있다.* 요즘엔 여성도 근력 운동에 열심인 분위기지만 그런 한편 체지방률을 극도로 제한하는 바디프로필 문화 등에서 여전히 몸은 억압되는 듯 보인다.

자본주의 사회가 지금껏 미디어를 통해 모델로 제시해 온 건강하고 아름다운 몸은 조금씩 바뀌었을지언정 대개 엄청난 자본이 집중된 환상이며 많은 몸들을 소외시키는 기준이었다. 어린이와 청소년이 그 몸을 도달해야 할 기준으로 둘 때 자신의 몸을, 나아가 자신을 사랑하기란 쉽지 않다. 『스타피시』에서처럼 외모 평가로 인간성을 무너뜨리고, 평균을 벗어난 몸을 혐오하는 사회는 어른에게는 물론 어린이와 청소년에게 특히 해롭다.

그림책 『내가 예쁘다고?』(황인찬 글, 이명애 그림, 봄볕, 2022)는 스스로 예뻐하는 일의 기쁨을 봄날의 벚꽃처럼 환하고 풍성하게 안기는 책이다. 수업을 듣다 말고 문득 김경희가 나더러 "되게 예쁘다."라고 하는 말에 나는 깜짝 놀란다. "세상에, 내가 예쁘다고?" 내가 예쁘다니, 예쁘다는 말이 뭘까, 학교에서 줄을 서며 밥을 먹으며 온종일 궁리한다. 거울에 얼굴을 비춰 보고는 "잘 살펴보면, 나도 예쁜 데가 있는 것 같아."라며 예쁜 구석을 이리저리 찾기도 한다.

예쁘다는 말을 듣고 얼어 버릴 정도로 놀란 이유는 무엇

---

* 정희원, 「지속가능한 몸 만들기」, 《한편》 9호(민음사, 2022) 참조.

보다 먼저 남성 어린이가 흔히 듣는 말이 아니어서였을 거다. 남성 어린이가 여성 어린이에게 들은 예쁘다는 말은 모든 사회가 여성에게 성차별적으로 요구하는 외적 아름다움을 역전시켜 보게 한다. 예쁘다는 말에 당황하는 장면은 남들에게 예쁘게 보이길 강요당하며 정작 스스로 예뻐하는 일을 잊어버리거나 혹은 어려워하는 우리 내면을 돌아보게 만든다. 나는 나를 예쁘다고 여긴 적이 없으니 어찌할 바를 모른다. 예상치 못한 사랑 고백과 비슷하다. 다른 사람이 나를 아름답다, 사랑스럽다, 귀엽다 하지 않아도 나는 나를 예뻐할 수 있고, 그래야 하는데 말이다.

책 속 남성 어린이는 김경희가 "되게 예쁘다."라고 한 게 자기에게 한 말이 아니라는 걸 알고는 부끄럽고 슬펐지만 "예쁘다는 말이 좋은 말이란 건 알겠어."라고 생각한다. 비록 오해에서 시작됐지만 자신을 예쁘게 여기며 느끼는 기쁨을 알게 됐으니 앞으로도 자신을 예뻐할 게 분명하다. 자신을 예뻐하는 어린이와 청소년의 모습은 세상 무엇보다 반짝인다. 어린이와 청소년이 자신을 예뻐할 수 있도록 우리 사회의 몸에 대한 접근이 좀 더 조심스러우면 좋겠다. 『스타피시』의 엘리가 친구와 눈사람을 만들며 "완벽하지 않은 채로 완벽해, 우리처럼."(200쪽)이라고 만족하듯 우리 어린이와 청소년도 그럴 수 있길.

학교에서 발견하는 마음

코로나 팬데믹으로 학교가 문을 닫았을 때 어린이와 청소년의 삶에 학교가 얼마나 큰 역할을 했는지 새삼 돌아보게 됐다. 언론 보도로 종종 접하는 학력 격차가 걱정스럽지만 가장 중요한 결손이 학습이라고 생각되지는 않는다. 더 중요하고 시급해 보이는 일들이 있기 때문이다. 학교에서 어린이와 청소년은 무엇보다 사회를 이루어 살아가는 법을 배운다. 정해진 일과와 규칙에 따르고 타인과 소통하는 가운데 때로 협력하고 때로 갈등을 해결하면서 한 명의 시민으로 성장하는 법을 배운다. 학습이 최우선 목표인 학원이나 구성원이 고작 서너 명인 가족에게서는 배우기 어려운 일이다. 교사라는 믿음직한 조력자와 여러 친구들이 함께 어울리며 가능한 일들을 코로나 때는 제대로 배우지 못했다. 일주일 두세 번 등교하며 마스크를 쓰고 신체 간 거리를 유지하고서는 말 그대로 타인과 '부대끼며' 알아 갈 수 있는 일들이 제한된다.

오랫동안 학교는 마냥 비판의 대상이기 일쑤였다. 배움에서 얻는 순수한 기쁨이 입시라는 목표에 전도되고, 비민주적이었던 공간을 전적으로 긍정하기는 어려웠다. 근대를 비판하는 시선은 근대의 주요 제도인 학교에 대한 비판과 맞닿아 있었다. 잠시 학교를 잃어버리고서야 여전히 학교가 소중하다는 사실을 깨달으며 오늘날 학교의 역할을 새로이 고민하게 된다. 동화에서 그려 내는 학교라는 공간에 더 눈길이 머문다.

학교를 이루는 마음

『사랑의 학교』(이현경 옮김, 창비, 1997)는 에드몬도 데 아미치스(1846~1908)가 1886년 발표한 이탈리아 동화로 아동문학의 고전으로 손꼽히는 작품이다. 작가의 이름을 기억하거나 완역본으로 책을 읽은 독자는 많지 않을지 몰라도 축약본으로 일부 에피소드를 만나 본 적은 있을 것 같다. 원제목 '쿠오레(cuore)'로도 잘 알려져 있는데 이탈리아어로 마음이란 뜻이며 사랑, 우정, 감동, 열정의 의미까지 포함한다. 이 동화는 이탈리아 피에몬테주 토리노시에 사는 초등학교 4학년 엔리코의 일기 형식을 빌려 새 학년이 시작하는 10월부터 이듬해 7월까지 한 학년의 이야기를 담고 있다. 월별로 나뉘는 각 챕터는 엔리코의 일기 몇 편과 부모님의 편지글, '이달의 이야기'로 구성된다.

이 작품에서는 무려 130여 년 전 학교, 즉 근대 제도로서 성립된 학교가 지닌 본래 모습을 생생하게 확인할 수 있다. 배움에 대한 학생들의 강렬한 열망과 부단한 노력, 교사와 학생 사이의 깊고 유일한 신뢰와 애정, 학교와 교사를 존중하고 그것을 자녀에게 가르치는 학부모의 태도 같은 것들 말이다. 이 작품이 고전으로 자리 잡을 수 있던 이유는 이를 어린이 독자에게 계몽하려는 의도가 분명하면서도 '쿠오레'라는 제목처럼 따뜻함을 품고 있기 때문이다. 학교를 이루는 주체인 학생, 교사, 학부모의 '마음'은 학교를 단지 공간이나 제도에 머무르게 하지 않고 그들의 '마음' 속에 자리하게 만든다. 그러니 독자에게 교훈을 전하려는 의도가 다소 부담스러우면서도 지금 우리가 학교에서 잃거나 놓친 건 무얼까 비교하며 읽게 된다. 세월이 지나도 어린이들의 모습은 여전히 똑같아 보여 더욱 그렇다.

"아이들은 주머니에 감초 조각, 단추, 병마개, 벽돌 가루같이 온갖 종류의 자질구레한 것들을 넣어 가지고 다니기 때문에 선생님은 주머니 검사를 해야 합니다. 아이들은 주의가 산만합니다. 창문으로 파리라도 한 마리 들어오면 난리가 납니다. 여름에는 풀과 꽃과 풍뎅이 등을 학교에 가져옵니다. 풍뎅이는 날아다니다가 잉크병에도 빠지는데 그러면 연습장에 잉크 점을 만듭니다."

—『사랑의 학교』, 1권 65쪽

학부모의 성화도 비슷하다.

"선생님, 우리 아이가 펜을 잃어버렸는데 어떻게 된 일이지요? 왜 우리 아이는 아무것도 배우지 못했어요? 우리 아이는 이렇게 영리한데 왜 상을 안 주시는 거예요? 우리 삐에로의 바지가 걸상 못 때문에 찢어졌는데 왜 그 못을 안 뽑는 겁니까?"

—같은 책, 1권 65쪽

이상적인 근대 국민 양성이라는 과제

『사랑의 학교』 속 '쿠오레'는 교육에 대한 열정, 사제 간 신뢰, 친구 사이 우정 이상의 의미를 갖는다. 엔리코 아버지의 편지글에는 직접적인 훈화로 이러한 교훈을 줄곧 노출한다.

"난 네가 속해 있는 계급 밖의 우정에 대해 말하고 싶은 거란다. (……) 부와 계급의 차이는 무시해라. 비겁한 사람들만이 그것에 의해 감정과 예의를 달리한단다. 우리 조국을 해방시킨 성스러운 피는 거의 모두 작업장과 들판에서 일하는 일꾼들의 정맥에서 흘러나왔다는 것을 기억해라."

— 같은 책, 2권 205~206쪽

즉 '쿠오레'의 우정은 교실 밖으로까지 나아가 여러 계층과 온 국민의 화합을 상징하고 촉구한다. 칼라브리아에서 온 전학생을 환대하는 장면을 통해 이탈리아 북서부 토리노에서 가장 먼 남서부 칼라브리아까지 온 나라가 하나 되어야 한다는 걸 말하고, 시에서 주최하는 시상식에서 각 지방을 대표하는 열두 명의 학생들이 상장을 전달하는 장면 또한 오랫동안 도시 국가로 존재하다 19세기 내내 통일 전쟁을 치른 이탈리아의 역사와 단결의 과제를 상기시킨다. 특히 '이달의 이야기'라는 제목으로 삽입되는 독특한 스토리텔링 형식은 엔리코의 일기가 그려 내는 '사랑의 학교'의 확장판이라고 할 만하다. 일개 학교를 벗어나 파도바, 롬바르디아, 피렌체, 사르데냐, 나폴리, 제노바 등 이탈리아 각지를 배경으로 어린이 전쟁 영웅을 비롯한 작은 영웅들의 애국심, 희생정신, 가족애가 감동적으로 펼쳐진다. '이달의 이야기' 중 한 편인 「압뺀니니 산맥에서 안데스 산맥까지」는 우리에게도 유명한 후지TV 애니메이션 「엄마 찾아 삼만 리」의 원작이기도 하다.

근대 제도로서의 학교는 근대 국가의 기틀을 구성해 왔

다. 『사랑의 학교』에서는 민족의식과 애국심으로 단결한 국민을 양성하려는 근대 학교의 이상과 아동문학을 통해 이를 어린이 독자에게 전달하는 방식을 볼 수 있다. 1920년 우리나라에서 엔리코의 일기나 '이달의 이야기' 일부가 여러 차례 번역되고 발표됐던 이유도 일제강점기 근대 학교의 성립과 이념에 맞닿아 있다. 130여 년 전 이탈리아에서 출간되고 100년 전부터 우리나라에서 읽힌 이 책을 두고 지금 우리는 당시 아동문학이 어린이 독자에게 전한 계몽과 교훈이 무엇이었는지 확인한다.

뒤죽박죽 무너져 해체된 학교

학교를 배경으로 하는 요즘 동화 중 가장 먼저 떠오르는 작품은 『웨이싸이드 학교 별난 아이들』(루이스 쌔커, 김영선 옮김, 창비, 2006), 『웨이싸이드 학교가 무너지고 있어』(창비, 2008) 두 권이 번역된 '웨이싸이드 학교' 시리즈다. 『구덩이』로 유명한 작가 루이스 쌔커의 또 다른 대표작으로, '옮긴이의 말'에 따르면 2000년 미국교육협회(National Education Association)가 발표한 '어린이들이 뽑은 책 100권'에서 13위를 차지할 정도로 어린이 독자의 사랑을 받는 책이다. 『사랑의 학교』가 근대 학교의 성립과 이상을 보여 준다면 100여 년 후

『웨이싸이드 학교 별난 아이들』은 근대 학교를 의문하고 해체한다.

시리즈 첫 권 1장은 반 어린이들이 담임인 고프 선생님을 사과로 만들어 버리는 이야기로 시작한다. 도입부터 충격적인데 옆 반 선생님은 고프 선생님인 줄은 꿈에도 모른 채 그 사과를 먹어 버리기까지 한다. 어린이들은 고프 선생님을 사과로 만들 수밖에 없었다. 웨이싸이드 학교에서 가장 못되고 아이들을 싫어하는 고프 선생님은 시험지 답을 베끼다 걸린 조를 사과로 만들어 버리고, 겁에 질려 우는 스티브를 사과로 만들더니, 급기야 반 아이들을 모두 사과로 만들어 버렸기 때문이다. 겨우 다시 사람이 된 아이들은 고프 선생님의 마술이 선생님 자신에게 향하도록 해서 선생님을 사과로 만들어 버렸다.

교실에서 모든 어린이가 똑같은 사과가 되어 버리는 상황은 학생의 개성을 억압하며 국가가 원하는 일률적인 국민으로 양성하려고 했던 근대 학교의 역할에 대한 비판과 풍자로 해석할 수 있다. 웨이싸이드 학교 시리즈가 어린이 독자에게 사랑받은 까닭은 이렇듯 학교라는 공간을 기발하고 기괴한 상상력과 유머로 무너뜨리면서 어린이들에게 해방감을 안겨 주기 때문이다.

일 층 건물에 교실 서른 개를 나란히 지을 계획이었지만 실수로 잘못 지어 한 층에 교실이 하나씩 있는 삼십 층 건

물이 되어 버린 이 학교는 공간 구획에서부터 기존의 학교를 파괴한다. 새 담임 주얼스 선생님은 캘빈에게 십구 층에 있는 자브스 선생님에게 쪽지를 전달하는 심부름을 시키지만 이 학교에는 십구 층도, 자브스라는 이름의 선생님도 없으며, 주얼스 선생님이 주는 쪽지조차 없다. 숫자를 순서대로 셀 줄 모르는 조는 물건의 개수를 정확히 맞히고, 우등생 존은 위아래가 거꾸로 된 글씨밖에 읽지 못한다. 웨이싸이드 학교에서는 모든 게 거꾸로 뒤죽박죽이다. 근대가 포스트모던으로 비판되었듯 근대 제도로서의 학교는 해체된다.

새로운 '쿠오레'를 찾는 마음

요즈음 국내 동화들에 나타난 학교는 '사랑의 학교'가 아닌 '웨이싸이드 학교'에 가까웠다. 대개 학교는 성적 경쟁을 조장하며 어린이를 닦달하고 옭죄는 공간으로 그려졌다. 어린이 주체를 존중하는 작가라면 억압받는 어린이 편을 들어주어야 한다는 신념은 학교를 현실보다 더욱 위악적으로 과장하기도 했다. 여기에는 기존 제도나 가치를 전복하려 하지 않고 마냥 긍정하는 작품은 철 지난 문학 정신이라는 편견까지 가세했다. 하지만 코로나로 학교의 중요함을 새삼 깨닫고선 잠시 멈추어 반성해 보는 것이다. 어린이에게 학교는 과연 어떤 공간이며, 아동문학은 학교를 어떻게 그려 내야 할지.

사교육으로 고통받는 수많은 어린이가 있는 반면 『사랑의 학교』의 야학에서 공부하는 노동자들처럼 여전히 학교가 교육 기회의 전부인 어린이도 있다는 사실을 코로나 대유행은 재차 확인시켰다. 학교에서 먹는 밥이 유일하게 따뜻한 끼니이고, 학교에 있는 시간만큼은 학대에서 벗어날 수 있으며, 학교가 자신을 가장 환대하는 공간인 어린이도 있다는 사실 역시 마찬가지였다. 오직 학교 교육에서 배울 수 있는 일들도 있었다. 여러 다른 사람의 마음에 공감하는 일, 소수자 혐오와 계층 장벽을 넘어 다양성과 공존의 가치를 체득하는 일……. '쿠오레'의 의미가 100년 전과 같을 수는 없겠지만 학교에는 여전히 '쿠오레'가 필요하고, 오늘의 아동문학은 새로운 '쿠오레'를 발견해야 한다.

사실 내가 가장 좋아하는 학교 이야기는 오카다 준의 『신기한 시간표』(박종진 옮김, 보림, 2004)와 『밤의 초등학교에서』(국민서관, 2013)이다. 이 작품들에는 어린이가 학교에서 지닐 법한 마음들이 섬세하고 잔잔하게 비친다. 1학년 미도리는 무사히 양호실까지 가서 심부름을 잘 해낼 수 있을지, 2학년 사오리와 유키히로는 친구가 될지, 5학년 료타는 새 잠바에 낙서한 군페이와 화해할 수 있을지 조마조마하며 따라가다 보면 어린이가 학교에서 느끼는 공포, 불안, 걱정이 내 것처럼 느껴진다. 오늘의 '쿠오레'는 바로 거기에서 시작할 수 있을 것 같다. 어린이가 학교에서 느끼는 마음, 학교에 바라는 마음. 지금까지 어른들이 학교를 만들었다, 해체했다, 맘대로 쥐락펴락하던 데서 소외되어 온 어린이의 마음에서 말이다.

어린이 회장 선거와 정치적 상상력

초등학교에서 새 학년이 시작되는 3월은 선거의 달이기
도 하다. 어린이들이 직접투표로 학급과 학교의 회장단을
선출하는 일은 그저 연례행사가 아니라 자치조직을 구성하
며 민주주의를 체득하는 중요한 교육 과정이다. 어른들에게
옛날 '반장 선거'는 학생들을 서열화하고 교사의 권위를 대
리, 유지하던 수단으로 기억될지 모르겠다. 그 시절에는, 흔
히 '민주주의의 꽃'이라 하는 투표를 통해 오히려 그다지 민
주적이지 않은 학교 제도의 작동 방식을 내재화했던 것도 같
다. 하지만 우리 사회와 학교가 점차 민주적으로 변하면서
초등학교의 선거 풍경도 지금은 많이 달라졌다. 학교마다 차
이는 있지만 대개 학급과 학교 임원은 남녀 동수제로 운영된
다. 이제 선거는 '권위' 대신 '봉사'가 강조되는 자리를 두고
너도나도 입후보해 어떤 공동체를 원하는지 발표하고 꿈꾸
는 즐거운 축제가 되기도 한다.

삐용삐용, 제 선거 구호예요

　'떠드는 아이들' 시리즈 1권 『어쩌다 부회장』(송미경, 위즈덤하우스, 2017)에는 어느 2학년 교실의 선거 풍경이 재미나게 담겨 있다. 늘 엉뚱한 어린이 캐릭터로 어린이 독자에게 해방감을 안기던 작가는 학급 회장 선거 또한 여지없이 뒤집고 과장하며 생기를 불어넣는다. 주인공 유리는, 언니가 자랑스레 벽에 붙인 부회장 임명장을 보며 "교장 선생님이 찍은 도장까지 있는 거 보니 부회장이 되는 건 아주 중요하고 멋진 일 같았다."(『어쩌다 부회장』, 11쪽) 생각하고는 선거에 나간다. 처음 하는 선거에 아직 모두들 어리둥절해하는 동안 회장은 무투표 당선으로 쉽사리 정해지고 이어 부회장을 뽑을 차례. 그제야 대충 분위기를 짚은 어린이들은 단 두 명을 빼고 모두 후보로 나선다. 우여곡절을 거쳐 몇몇이 최종 후보가 되고 연설하는 장면은 이렇다.

　"제가 부회장이 되면 우리 모두 행복한 학교생활을 할 수 있도록 하겠습니다. 삐용삐용."
　아빈이가 말했다.
　"삐용삐용 같은 말은 이럴 때 하는 말이 아니에요."
　선생님이 말했다.
　"아이들이 저를 기억하게 하려면 필요한 말이에요."

아빈이가 대답했지만 선생님은 아빈이를 쳐다보지 않았다.

── 같은 책, 19쪽

당선 전략으로 '삐용삐용'이란 의성어를 사용한 게 터무니없이 기발해서 마냥 웃음이 나다가도 묘하게 동의가 된다. 같은 반 친구로 만난 지 한 달도 채 되지 않아 서로 잘 모르는 상황에서 자신을 각인시킬 무언가를 오직 후보 연설에서 확실히 보여 줘야 하지 않나. 어른들의 선거 유세에서도 어퍼컷과 발차기 퍼포먼스가 등장하는 걸 보면 아빈이는 남다른 정치 감각을 타고난 어린이임이 분명하다. 사실 어린이 회장 선거에서는 흑색선전이나 금품 살포가 있었단 얘기를 들어 본 적 없고 오로지 후보자의 공약과 자질이 중요시되니, 공정 선거의 모델로 삼을 만도 하다. 투표 끝에 주인공 유리는 결국 부회장에 당선되고, 어느 날 선생님의 갑작스런 부재에 회장의 역할과 권한을 두고 한바탕 다투던 아이들은 선생님의 권력을 마냥 대리하는 게 전부는 아니라는 데 합의한다. "회장과 부회장은 높거나 낮은 게 아니라 각자 조금 다른 일을 하는 것뿐"(같은 책, 74~75쪽)이라는 점 또한 깨닫는다.

『어쩌다 부회장』이 2학년 '동생'들의 학급 회장 선거를 들여다보며 대의제로 주어진 권력의 허실을 꿰뚫었다면 『기호 3번 안석뽕』(진형민, 창비, 2013)은 6학년 '형님'들의 전교 회장 선거로 시야를 확장해 정치적 상상력을 일깨운다. 전교 회장 선거 회의를 할 테니 교실에서 나가 달라는 학급 회장의 말에 발끈해 시작된, 안석진의 문덕초 전교 회장 선거 출마. 안석진, 김을하, 조지호는 교문 앞 선거 운동 때 담임 선생님이 자기 반 학생인지 몰라볼 정도로 선생님의 관심밖에 있던 어린이들이었다. 출마는 얼떨결에 시작됐지만 이들의 지향은 점점 분명해져 갔다. 1번 후보의 '명품 학교, 1등 학교' 대신 '일 등부터 꼴찌까지 다 좋아하는 학교'를 만들자 했고, '일 등만 사람이냐 꼴찌도 사람이다'를 피켓 문구로 적었다. 성적으로 줄을 세우자면 당연히 공부를 잘하는 학생보다 공부를 못하는 학생이 더 많고, 더 많은 학생의 마음을 대표하겠다는 생각이었다. 자기들이 후보로 나서면 공부를 못하는 학생들이 공부를 잘하는 후보를 뽑는, 즉 계층 투표(?)를 배반하는 현실을 바꿀 수 있다는 믿음이 있었다.

석진과 친구들에게 계층은 단지 성적만 의미하는 것은 아니다. 이 어린이들에게는 문덕시장이 가정 생계의 터전이다. "어릴 때는 멋모르고 시장을 들락대지만 4학년만 되면 저절로 안 그러게 되"고, "학교에서 부모님 직업을 써내라 할 때도 그냥 '사업'이라고만"(『기호 3번 안석뿡』, 33쪽) 쓰는 어린이들이며 그들의 친구다. 기운차게 선거 운동을 하던 석진이지만 방송 연설 때 1번 후보의 엄마가 응원하러 온 걸 보고는 "나는 공부도 그저 그렇고, 한턱 쏘는 엄마도 없고, 심지어 양복도 안 입었는데"(같은 책, 106쪽)라고 움츠러들기도 한다. 그러니 문덕초 전교 회장 선거에서의 1번 후보와 3번 후보의 구도는 학교 안에서 어린이들을 알게 모르게 구획하는 여러 선들을 예민하게 포착해 드러내는 장치이기도 하다.

학교 안 구도는 학교 밖으로까지 확장된다. 문덕시장 바로 옆에 대형 할인마트인 '피마트'가 개점하면서 일어난, 부모님의 가게들과 대기업의 대결은 학교에서의 꼴찌와 일 등의 대결과 동일한 구도를 갖는다. 이 동화가 출간된 2013년에 대형 마트의 영업시간과 의무휴업 규제 지침이 줄곧 엎치락뒤치락 바뀌다가 헌법소원까지 청구되었다. '경제대통령'을 내걸었던 정권의 임기 마지막 해기도 했다.

현실에서 다윗과 골리앗의 싸움은 어쩌면 백전백패 다윗이 지는 싸움이다. 소년 다윗이 돌팔매 하나로 장수 골리앗을 물리치는 건 '믿음'의 영역에서나 가능할지 모른다. 현실이니까, 안석진은 선거에서 진다. 하지만 강당에서 마지막 연설을 하며 새로운 세상을 본다.

> "단상 위에서 내려다본 세상은 아주 달랐다. 작은 퍼즐 조각들이 하나하나 제자리를 찾아가 어느 순간 큰 그림으로 완성되는 걸 내려다보는 느낌이랄까. 조각조각인 우리들이 다 모이면 이런 그림이 되는구나, 하는 걸 나는 난생처음 깨달았다."
>
> ── 같은 책, 129쪽

누구에게나 똑같은 한 표와, 그 한 표가 모여 만들어 내
는 세상이 거기에 있었다. 한 사람은 고작 하나의 퍼즐 조각
에 불과할 뿐이지만 다른 조각과 모서리를 맞추는 역동 가운
데 다 같이 어떤 그림을 그리려 하느냐에 따라 전체 그림판
이 달라질 수 있다는 것. 하나의 조각만 필요하다는 학교에
서 졸지에 쓸모없는 조각들이 되어 버린 석진과 친구들은 모
든 조각이 모여 만들어 내는 학교의 새 그림을 그렸다. 밑그
림이 이미 다 그려진 퍼즐 판이 시키는 대로 자신에게 주어
진 한구석에 자리 잡길 거부했다. 자신을 자각하고, 자신의
목소리를 내는 정치적 인간으로 성장한 것이다. 친구 지호가
자기보다 전교 회장에 더 적합하다는 걸 뒤늦게 깨달은 석진
은 이번 선거에서는 패했지만 다음 선거에 지호를 후보로 해
서 "진짜로 뭔가 한번 보여 주자"고 다짐한다. 이들에게 선거
란 단번에 이기고 지는 싸움이 아니라 정치적 인간의 탄생이
자 정치적 상상력의 발견이었다.

타협하지 않음, 그것이 어린이의 윤리다

2013년 『기호 3번 안석뽕』이 그려 낸 일 등 대 꼴찌, 강
자 대 약자의 구도는 2020년 출간된 『승리의 비밀』(주애령,
바람의아이들, 2020)에 와서는 당대의 정치적 의제를 반영하

며 또 다른 구도로 전환된다. 『승리의 비밀』에서 1번 후보는 '남자' 구용진이고, 2번 후보는 '여자' 박정민이다. 3년 전부터 출마자가 없어 공석이던 전교 회장 자리에 먼저 출사표를 낸 건 박정민이었다. 사촌 오빠가 대학 총학생회장이 된 게 멋있어 보여 나섰고, 올해도 출마자가 없어 당연히 자신이 당선될 거라 예상했지만 난데없이 구용진과 이유림 두 후보가 등장한다. 그중 구용진이 자신의 출마 이유를 '남자라서'라고 밝히고, 태권도장 친구들과 정문 유세를 시작하고부터 전교 회장 선거는 남성 대 여성의 구도가 된다. 2013년 강자대 약자의 구도는, 페미니즘 리부트를 거친 2020년에 이르러 남성 대 여성의 구도로 전환됐다.

정민은 선거에서 이기기 위한 전략에 골몰하다 인터넷에서 'Secretofvictory'란 대화명의 정치 컨설턴트를 만나고, 그가 알려 주는 선거 전략을 행동으로 하나씩 옮겨 나간다. 선거공학의 영역으로 편입된 전교 회장 선거에는 기존 남성 대 여성의 구도에 현실 정치가 한 겹 더해진다.

3번 후보인 이유림이 자신의 출마 이유에 대해 "남자는 남자 후보 찍고 여자는 여자 후보 찍는 것 말고 선택의 기회가 없잖아. 애들이 너랑 나 둘 중에서도 생각해 보게 하고 싶었어."(『승리의 비밀』, 155쪽)라고 밝히는 장면이나, 용진과 정민의 박빙을 예상한 'Secretofvictory'가 유림의 후보 사퇴를 요구하라고 정민에게 조언하는 장면은 현실 정치에서 반복되어 온 후보 단일화 요구와 소수 정당의 정치적 입지를 떠올리기에 충분하다. 『승리의 비밀』은 이처럼 피도 눈물도 없는 정치 현실을 거침없이 말하는 가운데서도 결국 민주주의는 승리하며 역사는 진보할 거라는 믿음을 잃지 않는다. 용진에게 단 한 표로 지고 허탈해하는 정민에게 유림은 말한다.

> "내 표랑 네 표랑 합치면 334표나 된다고. 우리가 구용진을 꺾은 거야."
>
> ─같은 책, 192쪽

최근 출간된 『소곤소곤 회장』(강인송, 비룡소, 2021)은 앞서 본 책들과 전혀 다른 목소리로 회장 선거 이야기를 들려준다. 목소리가 작은 심조영이 학급 회장으로 선출되고 나서 어린이들이 변화하는 모습을 조곤조곤 속삭인다. 공부 잘하고, 잘살고, 힘세고, 재미있고, 말 잘하고, 사교성 좋은 회장은 아니지만 다친 박새를 돌볼 줄 아는 심조영 회장에게 친구들은 작은 소리에도 귀 기울이는 법을 배운다. "아이들은 여전히 시끄럽고, 조영이는 여전히 조용히 말"했기에 달라진 건 없는데 "아이들은 조영이의 작은 목소리도 잘 알아들을 수 있게 되었"(『소곤소곤 회장』, 76쪽)다. 목소리 작은 조영이가 친구들에게 일방적으로 배려되고 수용되어야 할 존재로 그려지지 않았기에, 가장 작은 존재부터 돌보는 조영이의 마음은 비로소 미래의 리더십으로 자리할 수 있었다.

『기호 3번 안석뿡』과 『승리의 비밀』에서 보았듯 동화는, 동화에 대한 흔한 편견과 달리 현실 세계의 일들을 정밀하게 담고 있다. 그러면서도 오롯한 이상을 꿈꿀 수 있는 이유는 현실을 제대로 모를 만큼 순진해서가 아니라 현실을 냉소하거나 비관하며 현실에 타협하지 않기 때문이다. 이 특유의 윤리는 바로 어린이가 지닌 윤리에 근거한다. 어른 작가가 어린이 독자에게 온전한 윤리를 가르치기 위해 현실과 유리된 윤리를 제시한다기보다는 어린이의 윤리가 그러하기에 아동문학의 윤리가 될 수 있었다고 나는 생각한다. 석진에게서, 정민과 유림에게서, 조영에게서 그리고 어릴 적 나와 지금 내 주변의 어린이들에게서 그 윤리를 발견한다. 어린이들이 있기에 오늘의 윤리를 꿈꿀 수 있다.

어린이에게 밥은 먹여야지

최근 한 SNS에서는 별안간 어린이에게 밥을 먹이는 이야기로 시끌시끌했다. 어릴 적 스웨덴 친구 집에 놀러 갔는데 식사시간이 되어 친구 엄마가 밥을 먹으라고 부르자 친구는 당연하다는 듯 자신만 남겨 두고 혼자 밥을 먹고 방으로 돌아왔다는 것. 예정된 식사 초대가 아니므로 스웨덴 문화에서는 가능하다는 해석에 전 세계인은 놀라워했고 한국인 유저들 또한 의견이 분분했다. 아동학대다, 양육자가 가사노동에 매여 있지 않은 문화에서는 갑자기 식사를 추가로 준비하기 어렵다, 양이 모자란 대로 나눠 먹으면 되지 않느냐, 식량이 부족했던 지역의 문화다, 식사를 대접하며 손님에게 부담을 강제한 역사적 풍속이 있었으므로 오히려 손님의 자율권을 존중한 행위다……. 그럴듯하기도 하고, 얼토당토않다 싶기도 한 온갖 분석이 꼬리에 꼬리를 물었다.

여러 의견이 북적이는 가운데 가장 흥미로웠던 건 어린

이 손님이 끼니를 거른 상황에 자신이나 자신의 자녀가 굶은 양 분노하고 흥분하는 점이었다. 수다한 결론은 '그래도 어린이에게 밥은 먹여야지! 어린이에게 밥을 안 주면 쓰나!' 였다.

'어린이'도 물론 중요하거니와 '밥'에 대동단결한 것 같았다. 트렌드가 조금씩 달라졌을 뿐 이십여 년간 '먹방'이 모든 방송사의 주요 프로그램으로 자리하고, SNS에 음식 사진이 넘치는 나라의 사람다웠다. 문득 '밥 안 주는' 스웨덴 문화가 아닌 '밥에 목숨 거는' 한국 문화가 갑자기 궁금해졌다. 한국 인은 어쩌다 '밥의 민족'이 되었지? 놀이하는 인간을 호모 루 덴스, 도구를 사용하는 인간을 호모 파베르라고 부르듯 밥과 한국인의 관계를 일컫는 개념어가 있어야 할 것 같다.

그림책이 차린 풍성한 밥상

아동문학에서도 밥은 중요하다. 특히 그림책에서는 '먹 방'의 카메라가 훑는 탐욕스럽고 소비적인 시선과 달리, 우 아하고 정겹고 아름답고 화려하고 풍성한 밥상이 넘친다.

그중 최고의 밥상으로는 동물 친구들의 자연 밥상을 꼽 고 싶다. 영국의 고전 그림책 '찔레꽃 울타리(Brambly Hedgy)' 시리즈의 『봄 이야기』(질 바클렘, 이연향 옮김, 마루벌, 1994)부터『겨울 이야기』 총 4권에는 사계절의 밥상이 담겨 있다. 들쥐 머위의 생일을 축하하는 봄 소풍에서는 제비꽃 사탕, 장미꽃 술, 개암 열매 케이크, 앵초 푸딩이 마련된다. 여름날 강물 위 뗏목에서 결혼식을 올리는 들쥐 눈초롱과 바위솔의 피로연에서는 차가운 물냉이 국, 신선한 민들레 샐러드, 꿀로 만든 크림 등 여름 음식이 차려진다. 찔레꽃 울타리 마을의 모든 음식을 저장해 두는 그루터기 안 수십 개 방의 선반마다 빼곡히 들풀 열매, 꿀, 잼, 절임이 들어차 있는 이유는 들쥐 식구들이 가을에 부지런히 씨나 열매, 나무뿌리를 모아 두어서다. 따뜻한 밤죽, 나무딸기잎차, 과일 과자로 한겨울도 따뜻하게 날 수 있다.

찔레꽃 울타리 마을에는 자연이 주는 선물에만 기대어 살아도 기근의 그늘이라고는 없는 목가적인 풍요로움이 넘친다. 영국의 유명 도자기 회사 로열 덜튼이 질 바클렘의 그림으로 '브램블리 헤지' 시리즈를 만들어 내고, 이 제품이 단종된 지금까지도 여전히 빈티지 시장에서 인기 품목인 까닭은 풍요로움의 이데아를 선사하기 때문인 것 같다.『가을 이야기』에서 바쁜 일손을 도와 열매를 모으다가 길을 잃은 앵초가 다행히 집으로 돌아왔을 때 엄마는 포근한 이불 위에서 이런 자장가를 불러 준다. "수염을 내리고 편안히 쉬거라. 꿀과 우유와 과자가 가득하단다. 밤새 부디 좋은 꿈만 꾸거라. 내일 다시 해님이 떠오른단다."

'젖과 꿀이 흐르는 땅'이 낙원으로 상징되듯 풍요로운 음식이 불러오는 특별한 평화와 안정감이 내려앉는 듯하다. 풍요로운 음식으로 충만해지는 그림책은 많다. 또 다른 들쥐 가족의 이야기인 '14마리 그림책 시리즈' 중 『14마리의 아침밥』(이와무라 카즈오, 박지석 옮김, 진선아이, 2022)에도 가족 모두가 산딸기를 따 오고, 도토리빵과 버섯 수프를 만들어 차린 아침상이 나온다. 『까마귀네 빵집』(가코 사토시, 아기장수의 날개 옮김, 고슴도치, 2002)에서는 눈사람빵, 장화빵, 망치빵 등 기상천외한 빵 수십 가지가 어린이의 눈을 사로잡는다. 구도 노리코의 '우당탕탕 야옹이 시리즈'와 '삐약삐약 시리즈'에서도 빵, 초밥, 아이스크림, 카레, 케이크 등등 다채로운 음식의 나라로 초대한다.

풍요로움은 음식 종류뿐 아니라 엄청난 스케일로도 그려진다. 『수박 수영장』(안녕달, 창비, 2015)에서 사람들이 커다란 수박에 들어가 헤엄치고, 『아주 아주 큰 고구마』(아카바 수에키치, 양미화 옮김, 창비, 2007)에서 어린이들이 상상한 고구마가 공룡이 되고 그걸 다시 튀김, 군고구마, 맛탕으로 만들어 먹을 때 해방감까지 한가득 맛볼 수 있다. 『구리와 구라의 빵 만들기』(나카가와 리에코 글, 오무라 유리코 그림, 이영준 옮김, 한림출판사, 1995)에서 들쥐 구리와 구라는 자기 몸보다 몇 배 큰 달걀을 발견하고 "아침부터 밤까지 먹어도 다 못 먹는" 커다란 카스텔라 빵을 만들어 숲속 동물과 나누어 먹는다.

『손 큰 할머니의 만두 만들기』(채인선 글, 이억배 그림, 재미마주, 1998)는 설날에 만두를 빚는 풍속에 바탕해 흥성스러운 장면 들을 큰 스케일로 그려 내며 한국을 대표하는 그림책이 됐다.

만두 만두 설날 만두/아주 아주 맛난 만두/숲속 동물 모두 모두/배불리 먹고도 남아/한 소쿠리씩 싸 주고도 남아/일 년 내내 사시사철/냉장고에 꽉꽉 담아/배고플 때 손님 올 때/심 심할 때 눈비 올 때/한 개 한 개 꺼내 먹는/손 큰 할머니 설날 만두

—『손 큰 할머니의 만두 만들기』

흥겹게 노래 부르며 할머니와 동물들이 만드는 만두소의 크기는 언덕만 하고, 만두피가 될 밀가루 반죽은 "방 문턱을 넘어 툇마루를 지나 마당을 지나 울타리 밖"까지 밀려간다. 반죽이 소나무 숲에 이른 걸 보고서야 할머니는 허리를 펴 고 일어나며 말한다. "아이고, 나도 이제 늙었나 봐. 힘이 달 리네. 지난 설에는 저 소나무 숲을 지나서도 한참 뻗어 나갔 는데……." 요리하는 이라면 주변 모두를 푸짐히 먹이고 싶 어 하는 마음이 진하게 전해진다. 그 마음이 우리 어린이들 을 건강하게 길러 냈을 거다.

밥 못 먹는 아이들 이야기

반면 동화에서는 밥을 먹지 못하는 어린이의 몇몇 이야기가 유난히 선명하다. 영양가 있는 음식을 먹으며 건강하게 자랄 마땅한 권리를 누리지 못하는 어린이들이다.

『소나기밥 공주』(이은정, 창비, 2009)에서 주인공 공주는 친구들의 시선에서도 아랑곳하지 않고 급식 시간마다 소나기밥을 먹는다. 소나기밥은 '보통 때에는 얼마 먹지 아니하다가 갑자기 많이 먹는 밥'을 뜻하지만 공주는 다른 끼니를 먹지 '않는' 게 아니라 먹지 '못하기' 때문이다. 알코올중독인 아버지가 심각한 중독 증상을 자각하고 어느 날 갑자기 재활원에 자진 입소하면서 공주가 먹을 수 있는 유일한 끼니는 학교 급식뿐이다. "먹을 수 있을 때 최대한 먹어 두자!"를 생존 전략으로 삼고서, 공주라는 이름에 걸맞지 않은 '소나기밥'이라는 별명을 얻었다. 전 재산 560원으로 콩나물 한 봉지를 사 오던 공주는 이웃집에 배달된 장바구니를 훔치고 폭식을 반복한다. 배가 고픈 건 아닌데 뭔가 허전하고 배가 아주 부르면 기분이 좋아질 것 같았다. 다 먹고 나니까 배가 불렀지만 허전한 기분은 사라지지 않고, 배가 좀 더 부르면 괜찮아질 것 같아 더 먹었다. 아주 불편하고 숨이 막히기 직전까지 가서야 먹는 걸 멈출 수 있었고, 체하고 토하기를 거듭했다. 공주의 허기는 밥으로만은 채워지지 않는 것이었다.

『소나기밥 공주』가 출간된 2009년과 달리 현재는 유치원부터 고등학교까지 무상급식이 실시되고, 평일 조식과 석식을 사 먹고 휴일에도 사용할 수 있는 아동급식카드가 생겼다. 이제 최소한 제도적으로는 다행히 공주 같은 어린이가 없을 듯해 안심이 된다. 아동급식카드는 기초수급자와 차상위층 가정의 어린이뿐만 아니라 한부모 가정, 지역아동센터나 사회복지관을 이용하는 어린이에게까지 지원되므로 모든 어린이가 보호자의 돌봄이 미치지 못하는 시간에도 허기를 참지 않고 성장기를 지날 수 있을 것 같다. 공주는 저소득층, 한부모 가정에 보호자가 만성질환으로 양육 능력이 미약한 조건이었는데도 혼자 끼니를 해결했던 걸 떠올리면 이미 지난 과거여도 마음이 다시 무겁다.

『오늘부터 배프! 베프!』(지안, 문학동네, 2021)는 아동급식카드를 매개로 오늘날 어린이의 밥을 이야기한다. 급식 카드 지원은 분명 어린이가 건강하게 자랄 권리를 보장하고 있지만 모든 문제가 해결된 건 아니다. 급식 카드가 생겨 잔뜩 들뜬 서진은 자기 카드가 친구 유림의 체크카드와 다르다는 걸 알아가며 점점 풀이 죽는다. 급식 카드로는 유림에게 만날 얻어먹기만 하던 떡볶이 집에서 한턱 쏠 수도 없고, 손수 간식을 만들어 주는 유림이 엄마에게 생일 선물로 드리고 싶은 초콜릿을 살 수도 없다. 이제 뭐든 할 수 있을 줄 알았는데 자꾸 문턱이 막혀 버린다.

서진이의 급식 카드를 따라가다 보면 복지란 그저 밥을 굶지 않게 해 주는 걸 끝으로 삼지 말고 남들과 달리 제한당한 자유와 권리를 확장시키는 걸 지향해야 한다는 생각이 든다. 어린이에게도 급식 카드를 원하는 대로 쓰고 싶은 개인적 욕망과 사회적 관계가 있다. 급식 카드를 쓰며 움츠리지 않도록 마련돼야 하는 존엄이 있다. 이 동화는 급식 카드를 내보이며 우리 사회가 어린이의 밥을 얼마만큼 정성스럽고 세심하게 차리는지 묻는다. 반갑게도 서진은 '급카' 선배인 소리와 '밥 친구'가 되고, 주말 칠천 원, 주중 사천오백 원으로 한정된 밥값으로 산 참치통조림을 아기 고양이에게도 나누어 준다.

편의점 음식으로 야무지고 알뜰하게 밥을 챙기는 서진과 소리의 모습에 흐뭇해하다가, 돈이 없어서가 아니라 학원에 다니느라 시간이 없어서 끼니를 거르거나 때우는 어린이와 청소년의 밥상으로 걱정이 번진다. SNS에서 떠돌던 스웨덴 일화에 다들 기겁했지만 우리는 정작 어린이와 청소년의 밥을 제대로 챙기고 있을까. 중고생은 과도한 학업에 지친 나머지 밥 먹을 시간에 숫제 아침 잠을 조금이라도 더 자겠다며 아침 식사를 거르는 경우가 태반이다. 상당수 학생이 학교와 학원, 학원과 학원 사이에서 굶지 않으면 다행인 스케줄로 살아간다. 그렇게 공부하고 대학에 입학했어도 청년이 되어서는 돈 없이 공부하고 일해야 하는 시간이 점점 길어지면서 또 밥을 줄인다. 여성 어린이와 청소년은 사회의 여전한 외모 압박에 다이어트를 포기하지 못하기도 한다.

'밥의 민족'이여, 어린이와 청소년에게 밥을 주자. 앞서 살핀 동화들처럼 그들의 밥상을 계속 눈여겨보며 채워야 하겠다. 풍성함을 세상 모두와 나누던 그림책의 밥상이 바로 그들의 밥상이 되길 바란다.

일 등이 아니더라도 좋아하는 걸 멈추지 마

그래픽 노블 『롤러 걸』(빅토리아 제이미슨, 노은정 옮김, 비룡소, 2016)은 '롤러 더비'라는 경기를 우연히 관람한 애스트리드가 이 스포츠에 빠져 롤러스케이트 타는 법부터 배우며 경기장에 서기까지의 이야기다. 주로 미국에서 열리는 팀 스포츠인 롤러 더비는 롤러스케이트를 타고 계속 트랙을 돌면서 '재머'인 선수가 상대팀의 '블로커' 선수들을 한 사람 앞지를 때마다 1점씩 얻는 경기다. 재머가 앞지르지 못하도록 블로커들이 몸으로 막아 내는 과정에서 서로 치고받는 몸싸움도 하고 부상 위험도 있어 꽤 위험한 스포츠에 속한다. 유튜브에서 찾아본 경기 영상은 빙상 경기의 스피드에 미식축구의 몸싸움이 결합된 듯 무시무시하기 그지없다. 그런 롤러 더비가 현재는 거의 여성 선수의 스포츠라고 하니 더 흥미로웠다.

여성 어린이와 청소년의 임파워링

『롤러 걸』의 애스트리드는 첫 관람에서 로즈 시티 롤러 즈 팀의 재머인 '레인보우 바이트' 선수의 멋진 경기 장면을 보고 자신도 롤러 걸이 되겠다고 결심하고는 주니어 롤러 더비 캠프에 참가한다. 뭐든 함께하던 절친 니콜이 동참하지 않아도 홀로 씩씩하게 주니어 로즈 버드팀의 일원이 되었지만 바퀴 달린 신발을 신은 채 제 맘대로 달리고, 멈추고, 조정하는 일은 물론 쉽지 않다. 게다가 거친 롤러 더비 경기에서는 '들이받기', '성난 표정 짓기' 같은 훈련 또한 필수다.

고된 훈련에도 불구하고 좀체 늘지 않는 실력 때문에 실의에 빠진 애스트리드는 어느 날 레인보우 바이트 선수의 사물함에 '못난 로즈 버드 올림'이라 팬레터를 남긴다. 며칠 후 레인보우 바이트의 사물함에는 답신이 붙어 있다.

"포기하지 말고 이렇게 말해 봐. 더 굳세게, 더 강하게, 겁내지 말고!"

—『롤러 걸』, 93쪽

편지에 쓰인 짧은 격려 한마디에 애스트리드는 다시 롤러 더비 경기 연습에 최선을 다하기 시작한다.

미투 운동과 페미니즘 리부트를 지나며 국내외 아동청소

년문학에서는 여성 어린이와 청소년의 자기 긍정을 말하는 작품이 부쩍 늘어났다. 그중 종종 눈에 띄는 작품이 바로 여성 주인공이 스포츠를 통해 건강한 신체를 만들고 자기 몸을 긍정하면서 자기 존재를 발견하는 이야기다. 최근 스포츠 회사 광고에서 성인 여성의 임파워링(empowering, 힘 돋우기)을 부각하는 경향과 비슷하다. 체중과 사이즈를 줄이기 위한 운동이 아니라 근육으로 자신을 만들고 키우며 발산하는 운동이 이제 비로소 여성의 것이 됐다.

그림책 『선』(이수지, 비룡소, 2017), 『야, 그거 내 공이야!』(조 갬블, 남빛 옮김, 후즈갓마이테일, 2018), 『코숭이 무술』(이은지, 후즈갓마이테일, 2018), 『첨벙!』(베로니카 카라텔로, 하시시박 옮김, 미디어창비, 2019), 『슛!』(나혜, 창비, 2021)과 동화 『축구왕 이채연』(유우석, 창비, 2019) 등이 대표적이다. 여기서 여성 어린이는 빙판 위를 달리고, 슛을 날리고, 깊은 물속으로 뛰어들며 수많은 실패 속에서도 마침내 튼튼한 심장을 끌어 올린다.

『롤러 걸』에서도 레인보우 바이트의 조언, "더 굳세게, 더 강하게, 겁내지 말고!"는 단지 경기장에서뿐 아니라 애스트리드의 모든 일상에서 힘이 되어 자신의 길을 찾도록 돕는다. 고작 머리 염색 하나에 망설여질 때, 친구 니콜에게 사과해야 할 때 애스트리드는 되뇐다. "더 굳세게, 더 강하게, 겁내지 말고!" 다른 롤러 더비 선수들처럼 강하게 보이려고 머리카락을 물들였을 뿐인데 마약을 운운하는 친구의 힐난과 엄마의 걱정이 쏟아졌으니 머리 염색도, 롤러 더비도 사실 그리 만만한 선택은 아니다. 친구들이 남자와 패션과 화장에 신경 쓰며 인기 있는 여성이 되고 싶어 하는 것과 정반대 길을 선택하는 투쟁이다. 애스트리드는 롤러 더비를 선택하며 레인보우 바이트와 똑같은 무지개색 양말을 신고 경기장에 나선다. 예전엔 '못난 로즈 버드'라고 겸양했지만 이제는 "시간과 공간을 가로질러 날아가는 불타는 소행성 에스테로이드(asteroid)"(『롤러 걸』, 208쪽)를 선수 이름으로 삼고 경기장을 힘차게 질주한다.

일 등이 되어야 하는 승부의 세계에서

애스트리드에게 스포츠는 잠시 좌절도 있지만 곧 이겨 내고 자신이 좋아하는 방향을 찾아 결국 자신을 알게 하는, 무한 긍정의 방향 지시등 같았다. 하지만 그것이 스포츠의 전부는 아니다. 스포츠는 일 등이 되어야 살아남을 수 있는 냉혹한 승부의 세계이기도 하다. 그리고 그러한 세계에서 스포츠를 하는 어린이들이 있다.

『플레이 볼』(이현, 한겨레아이들, 2016)의 구천초 야구부는 50년이 넘는 역사가 무색하게도 전국소년체육대회 지역 예선전에서 단 1승도 해 본 적 없다. 그저 야구가 좋아서 모인 야구부원에게 신임 감독님은 지금까지와 다른 목표를 설정하는데 그건 바로 '최선이 아니라 최고'가 되라는 것.

"최선, 참 좋은 말이지. 취미 삼아 운동을 하는 거라면. 하지만 선수는 달라. 최선을 다했다고 이기는 건 아니야. 그래서 난 최선이라는 말을 좋아하지 않는다. 최선이 아니라, 최고를 목표로 삼아야 한다. 그래야 이길 수 있어."

—『플레이 볼』, 31쪽

새 감독님은 중요 경기의 선발 라인업에서도 중학교 야구부에 진학해야 하는 6학년의 사정은 아랑곳 않고 오직 실력만 따져 4, 5학년을 기용한다. 경기 중 실력을 발휘하지 못하거나 실수를 하면 가차 없이 라인업에서 밀려난다. 4번 타자 겸 투수였던 한동구 역시 예외는 아니다. 야구를 좋아하는 엄마의 배 속에서부터 야구 선수로 길러지고 야구밖에 모르던 동구는 내일도 야구를 하고 싶다면 무조건 이기라는 감독님의 말에 마음이 무겁다. 그만한 재능이 없다면 야구를 그만두어야 하나. 노래를 좋아한다고 가수가 되는 건 아니듯 야구를 좋아한다고 야구 선수가 되는 건 아니며, 상위 1퍼센트의 선수에게만 야구할 기회가 주어진다는 아빠의 조언 또한 뼈아픈 '팩폭'으로 날아온다.

잘해야만 계속할 수 있는데, 좋아하거나 애쓴다고 해서 잘하는 게 보장되지는 않는다. 최선을 다한다고 해서, 열심히 한다고 해서 점수가 주어지지 않는 세계. 잘해야만 생존할 수 있다는 점에서 신자유주의 경제 질서의 작동 방식과 유사하다. 구천초 야구부원과 모든 어린이 운동선수는 미래에 그들이 어른으로 살아야 할 세계를 미리 힘겹게 경험하고 있는지 모른다.

한편 『5번 레인』(은소홀, 문학동네, 2020)의 한강초 수영부 에이스 강나루에게는 하고 싶은 일과 할 수 있는 일 사이에서 느끼는 고민 따위는 없다. 팀 스포츠이자 전략이 중요한 야구와 달리 물속에서 오직 자신의 맨몸으로 0.01초를 다투는 수영 선수 나루에게 승부의 냉혹함은 늘 물속에서 느껴온 저항처럼 일찌감치 감지됐을 거다. 나루는 승부의 냉혹함을 잘 알고, 승부에 집착한다. 학교 수영부의 두 시간 정규 연습 외에도 매일 아침 일찍 한 시간씩 혼자 연습하는 노력파이며, 중요 대회에서 매번 메달권에 들었다. 라이벌이 등장하기 전까지는.

나루는 결과에 상관없이 최선을 다하라는 교장 선생님의 말씀에 "결과가 상관이 없으면 최선을 다할 필요도 없을 텐데"(같은 책, 72쪽)라고 반문한다. 체조 선수였던 엄마가 "인내는 쓰고 열매는 달다, 그런 거 다 끝까지 안 해 본 사람들이 하는 말"(같은 책, 175쪽)이라며 성취와 상관없이 노력으로 충분하다고 다독이지만, 인내 끝에 열매가 없어도 운동을 계속해야 한다고 생각하지 않는다. 최선과 최고, 승리와 패배에 대해 나루와 코치님의 대립되는 견해는 『플레이 볼』에서의 감독님과 야구부원들의 대립과 대칭된다.

"나루야, 코치님은 이기고 지는 게 수영의 전부는 아니라고 생각해."

"하지만 시합은 이기려고 하는 거잖아요. 저는 이기고 싶어요."

(……) "평생 이기는 시합만 하는 선수는 단 한 명도 없어. 누구나 질 때도 있는 거야. 어쩌면 어떻게 지느냐가 이기는 것보다 더 중요해." (……)

"잘 모르겠어요."

"한 번쯤은 너 스스로 왜 수영을 하는지 천천히 생각해 보면 좋겠다."

—『5번 레인』, 47~48쪽

4번 타자와 4번 레인에서 밀려나면

누구나 질 때도 있듯 한동구는 5번 타자로, 강나루는 5번 레인으로 밀려난다. 아무리 노력해도 실패할 수 있는 게 스포츠의 세계고, 현실의 세계다. 그러니 『플레이 볼』과 『5번 레인』에서는, 승부는 중요하지 않으니 오직 최선을 다하라고 아름답고 속 편하게 결론짓지 않는다. 두 동화는 어린이라면 스포츠를 통해 우정이나 화합을 배우는 게 제일 중요하다고 말하지 않았다. 각자도생과 능력주의가 사회 구성 원리로 정당화되는 분위기에서 적자생존의 경쟁을 없는 듯 취급하는 건 어린이 독자를 기만하는 태도일 수 있다. 사회는 이미 많은 어린이를 일 등만 알던 강나루로 키워 내고 있으니까. 하지만 능력주의와 성장 신화를 비판한답시고 어린이 독자의 꿈을 좌절시키고 패배주의를 가르칠 일도 아니다. 두 동화는 어떻게 답할까.

『플레이 볼』의 마지막 경기, 동구는 패배가 확실한 상황에서 묵묵히 공을 던진다. 야구는 어떤 경우에도 스리 아웃을 잡아야 끝나는 경기, 아무리 안타를 많이 맞아도 저절로 끝나지 않는 경기라는 걸 알기에 괴로워도 다이아몬드에 서겠다고 나선다. 내내 잘하고 이기지 못해도, 잘 못하고 지고 괴로워도 다시 운동장에 서야 하는 경기라는 걸 깨닫는다. 흔히 야구가 인생과 비슷하다고 말하듯 초등부 야구선수 동구는 야구로 인생을 배웠다. 『5번 레인』의 나루 또한 결과가 좋든 나쁘든 오직 자신의 힘으로 정정당당하게 결과를 만들어야 한다는 걸 배운다. 그래야 승리의 기쁨도, 패배의 분함도 떳떳하게 받아들일 수 있다는 걸 말이다. 나루는 또 나루

답게 "다음번 터치패드는 내가 제일 먼저 찍을 거야."(『5번 레인』, 227쪽)라고 승리를 다짐한다.

책을 덮으면서 궁금해진다. 좋아한다고 잘할 수 있는 건 아니라는 걸 알면서도, 좋아하는 걸 멈출 필요는 없다며 중학교 야구부에 들어간 동구는 여전히 야구를 하고 있을까. 나루는 다시 일 등을 하고, 체육중학교에 가고, 국가대표가 될 수 있을까. 둘 다 계속 운동을 하고 있길 바라지만 아니어도 든든하다. 야구와 수영을 계속하든 안 하든 동구와 나루라면, 좋아하는 걸 찾아 혼신의 힘을 다한 어린 시절을 보냈다면, 어디서든 힘차게 잘 지내고 있을 게 분명하니 말이다.

슬픔에
대한
어린이의
질문들

3부

우리는 슬픔에서 자란다

어린이, 청소년도 연애를 한다. 서로 좋아하는 마음이 있다는 걸 어렵사리 확인하면 '오늘부터 시작!' 하며 사귀고, 밥을 먹거나 영화를 보며 둘만의 시간을 보내고, 기념일과 생일을 챙긴다. 오늘날 어린이, 청소년에게는 연애가 일상이어서 많은 동화와 청소년 소설 역시 연애 이야기를 해 왔다.

그럼에도 선명하게 기억에 남는 이야기를 쉽게 떠올리기는 힘들다. 가슴 설레는 장면 하나쯤도 흔치 않다. 우리 동화와 청소년 소설에 '연애'는 흔하지만 '사랑'은 드물어 보이기 때문이다. 서로에게 유일하고 다른 이에게는 배타적인 연애 관계의 성립 그리고 이별은 그저 학교와 학원을 오가는 일상과 다를 바 없는 에피소드처럼 그려지는 경우가 많았다. 오랜 세월 어른 대상의 수많은 문학과 예술 작품에서 가장 절절히 이야기해 온 주제가 '연애'를 포괄하는 '사랑'인 걸 생각하면 의아한 일이다.

왜 아동청소년문학에서는 사랑을 찾아 보기 어려울까. 사랑은 무엇보다 마음의 일일 텐데 어른인 작가가 어린이, 청소년의 마음 가까이 접근해서 그 마음을 그려 내기가 까다로워서일까. 아니면 그들의 연애를 사랑이라 부르기에는 왠지 모자라다 보거나 그저 잠시 지나면 그뿐인 소꿉장난처럼 여겨서일까. 대개 어른들은 어린이, 청소년이 하는 연애를 사랑이 빠져 있는, 그저 귀여운 흉내쯤으로 보는 것도 같다. 새로운 세대는 가벼운 연애만 할 뿐 진지한 사랑 같은 건 하지 않는다고 여기는지도 모르겠다.

이 글에서 살펴볼 동화와 청소년 소설은 어린이와 청소년의 삶에서 사랑의 기쁨과 슬픔이 어떤 의미인지를 진지하게 탐색하는 시선이 특별하게 다가오는 작품들이다. 두 이야기는 명확히 인지하거나 이름 붙이기 어려운 사랑의 감정과 감각, 그 처음의 경험을 선명한 언어로 보여 준다. 그들의 사랑을 조심히 좇아가다 보면 사랑이 일어나는 그들 마음 한가운데에 닿을 수 있을 듯한 기대가 생긴다.

진형민의 동화 『사랑이 훅!』(창비, 2018)은 제목에서부터 사랑을 내세우며, 무엇보다 열두 살 어린이의 사랑이 어른의 사랑과 그리 다르지 않다고 말한다. 엄선정과 이종수, 박담과 김호태, 그리고 신지은. 다섯 어린이의 사랑은 어른의 사랑과 굳이 비교할 필요 없을 정도로 진지하면서도 각기 다른 다섯 개의 색깔로 섬세하게 구분된다.

엄선정의 사랑은 어느 여름날 훅, 하고 들이닥친다. 학원 다녀오는 길에 편의점 앞 의자에 앉아 생수를 들이켜는데, 같은 반 남자애가 "야, 물 좀." 하고 말을 건네면서 시작된다.

　남자애가 머리를 젖히고 물병의 물을 입에 쏟아부었다. 서둘러 물을 삼키느라 아이의 목젖이 꿀럭꿀럭 움직였다. 물병 입구가 아이 입에 닿을락 말락 했다. 아이는 등 뒤에 푸른 가방을 메고 있었다. 벌어진 가방 틈으로 수황색 농구공이 보였다. "고맙다." 아이가 물이 반쯤 남은 병을 돌려주더니 싱긋 웃고 다시 자전거에 올라탔다. 자전거가 순식간에 멀어졌다. 엄선정은 그제야 아이 이름이 생각났다. 이종수. 엄선정은 이종수가 도로 건네준 물병에 입을 대고 남은 물을 천천히 다 마셨다. 멀리서 둥둥, 둥둥, 희미한 북소리가 들리는 것 같았다.

—『사랑이 훅!』, 25~26쪽

엄선정은 시험 한 문제만 틀려도 하늘이 무너질 것처럼 굴고, 국제중을 많이 보내는 자기 학원을 동네에서 가장 자랑스러운 장소로 손꼽는 어린이다. 그런 엄선정이 반에서 가장 공부를 못하는 이종수에게 한눈에 끌린 이유는 자신이 온전히 누리지 못하고 있는 한여름의 푸릇한 생명력을 발견했기 때문이다. 종수의 농구공을 힘껏 던지며 책상 앞에서 움츠러든 근육을 써 보고, 좋아하는 과자를 사러 다섯 군데 편의점을 함께 돌아다니느라 시간을 낭비하기도 하며, 엄선정은 자신의 경계를 넘어서는 경험을 했을 것이다. 자신의 경계를 확인하고 넘어서며 세계를 조금씩 확장하는 일은 사랑의 일이기도, 성장의 일이기도 하다. 열두 살 어린이의 사랑에는 그렇게 성장이 겹친다.

박담은 일곱 살 때부터 단짝 친구였던 김호태를 향한 마음의 결이 달라진 걸 느끼지만 그것이 사랑인지 규정하지 못한 채 머뭇거린다. 연애하는 커플들처럼 이미 김호태와는 무람없이 모든 걸 함께하고 있으니 대체 우정과 사랑의 차이는 무엇이며, 굳이 사귀자고 할 필요가 있을까. 이런 박담 앞에서 친구 신지은이 사랑을 정의 내린다.

"내가 널 좋아하긴 하지만 한밤중에 네가 보고 싶어 미치겠고 하지는 않거든. 너희 엄마 아빠도 물론 널 사랑하겠지만 너만 생각하면 가슴이 막 뛰고 너를 못 보면 당장 죽을 것 같고 그러진 않을걸."

— 같은 책, 30쪽

어린이 독자들이 고개를 끄덕일 만한 간명한 정의다. 신지은이 이렇듯 명쾌하게 사랑을 정의할 수 있던 건 안타깝게도, 김호태를 짝사랑하며 사랑을 깨달았기 때문이다.

어린이들은 각자의 사랑을 경험하며 성장해 나간다. 엄

선정과 이종수는 자신과 너무 다른 타인과 만나며 그 과정이 결코 마음만큼 순탄치 않다는 걸 배운다. "그냥 널 좋아했어."라고 말하는 이종수의 사랑과, 이종수의 성적을 올리기 위해 직접 문제집을 만들고 공부하라 다그치는 엄선정의 사랑은 결국 접면을 유지하지 못한 채 분리되고 만다. 박담과 김호태는 서로에게 유일한 관계가 되어 타인을 아끼고 돌보는 법을, 신지은은 내 마음이 마음대로 되지 않아 고통스러운 나날이 계속될 것 같아도 언젠가는 시간이 새롭게 흐른다는 걸 알게 된다.

'작가의 말'에서 "결국 나는 사랑을 통해 성장했습니다."라고 밝히듯 진심을 다한 사랑은, 엄선정과 이종수의 사랑처럼 설령 이별로 끝난다 해도 결국에는 성장으로 이끄는 힘이 있다. "성적이 잘 나오면 의사나 변호사가 되고 싶고, 성적이 덜 나오면 선생님이 될 수도 있다"(69쪽)고 생각했던 엄선정은 선생님보다 더 잘 가르친다는 이종수의 칭찬을 듣고 자신을 새롭게 발견했을지 모른다. 그러니 동화와 청소년 소설은 사랑과 성장을 포개어 말하며 어린이와 청소년의 사랑을 지지하고 응원한다. '마음껏 사랑해라, 성장할 것이다.'라고.

이현의 청소년 소설 『호수의 일』(창비, 2022) 역시 사랑과 성장에 관한 이야기다. 이 작품은 사랑의 슬픔을 쉽사리 넘기지 않고, 성장의 꽃길만 보고 마냥 달려가지 않으면서 새로운 사랑 이야기를 들려준다. 어린이 독자를 대상으로 하는 『사랑이 훅!』이 어린이의 사랑을 흐뭇한 미소로 반 발짝 뒤에서 지켜봐 준다고 한다면, 청소년 독자를 대상으로 하는 『호수의 일』은 온 존재를 뒤흔들고 새로 일으키는 사랑의 가공할 위력을 일러 주면서도 든든히 붙들어 매 준다. 어린이와 청소년의 사랑 역시 어른과 마찬가지로 모든 기억과 감정에 연결되어 있음을 당연시하면서 말이다.

"내 마음은 얼어붙은 호수와 같아 나는 몹시 안전했다." 강렬하면서 슬프고, 슬프면서 아름다운 첫 문장에는 사랑 이전의 상태가 얼음 결정처럼 단단하고 섬세하게 응집되어 있다. 고등학생인 호정은 사업에 실패한 부모와 함께 살지 못했던 어린 시절의 트라우마가 있지만 이제는 안정된 가족 안에서 아무렇지 않은 척 냉담한 태도로 지낸다. 트라우마는 호정의 마음이 출렁이지 않도록 마음을 꽁꽁 얼려 둔다. 호정의 마음은 전학생 은기와 사랑의 관계가 시작되고서야 변화의 계기를 갖는다. 얼어붙은 마음을 순식간에 녹일 수 있는 몇 안 되는, 어쩌면 유일한 능력 하나가 사랑일 테니까. 그러니 책 제목인 '호수의 일'이란 곧 '마음의 일'이요, '사랑의 일'이다. 은유법의 예문으로 익숙한 "내 마음은 호수요"라는 시구에 잊히지 않을 깊이가 더해진다.

그렇지만 호정의 호수는 봄바람에 얼음의 두께가 서서히 사라지듯 녹지 못했다. 호정과 은기의 맑고 온화한 사랑은, 호정이 건드리지 않고 애써 남겨 두었던 은기의 과거를 같은 반 학생들이 폭력적으로 들추어내면서 갑작스레 파국을 맞는다. 은기의 온기로 천천히 녹아 흐르던 호정의 호수는 한순간 굉음을 내며 깨지고, 발아래 안전했던 얼음이 깨지자 호정은 차가운 얼음물 속으로 빠져 버린다.

그럼에도 호정은 얼음 호수에서 결국 살아남는다. 도망치듯 이사한 은기네 집 앞에서 탈진한 채 잠든 호정이 저체온증으로 생명의 위협을 겪다 살아난 상황이 암시하듯 위험을 목전에서 겪고도 생존한다. 살아남은 호정은 비로소 트라우마로 인한 우울증을 알게 되고 가족 상담을 시작하며 새로운 걸음을 내디딘다. 얼어붙은 호수가 깨지면 위험할까 두려웠지만, 영영 얼어붙은 채 살아가는 죽음에서 구출되기 위해서는 얼음을 깨트리는 순간이 있어야 했다. 소설의 첫 문장을 이으면서 다시 쓰는 마지막 문장은 이러하다. "내 마음은 얼어붙은 호수와 같아 나는 몹시 안전했지만, 봄이 오는 일은 내가 어쩔 수 있는 게 아니었다. 마음은 호수와 같아." 봄이 오는 일이 해냈다. 실패한 사랑이 가능하게 해 주었다.

물론 호정과 은기의 사랑이 이미 끝났다는 사실은 달라지지 않는다. 호정은 이를 "슬픔은 다하지 않았지만 우리의 시간은 다했다."라며 감내한다. 거의 모든 사랑은 언젠가 끝을 맺고 만다. 그건 분명 깊은 슬픔이다. 사랑은 어떤 경우에도, 반드시, 슬픔을 동반한다. 하지만 슬픔이 전부는 아니다. 호정은 말한다.

"내 마음에 빈방이 생겼다. 그 때문에 나는 슬플 것이다. 그러나 잊지 않으려 한다. 그 방에 얼마나 따뜻한 시간이 있었는지를."

—『호수의 일』, 356쪽

슬프지만 따뜻한 시간의 힘으로 호정은 "마음은 호수와 같아."라는 마지막 문장을 첫 문장과 다른 의미로 다시 쓸 수 있었을 것이다.

많은 동화와 청소년 소설이 사랑과 동반되는 성장을 이야기해 왔다. '사랑은 세계를 확장시켜 성장을 가져오고, 사랑의 슬픔과 고통도 모두 성장에 필요한 과정'이라고 어린이와 청소년에게 말했다. 어린이와 청소년은 어른과 달리 '과정'에 있으니까, 그게 끝이 아니니까, 설령 오늘 힘들고 아프더라도 내일은 희망차리라고 한 치 의심 없이 명백하게 선언했다. 사랑의 공식은 삶의 공식으로 이어졌다. 어린이가 씩씩하게 자라면, 청소년기라는 혼돈의 시기만 거치면, 그렇게 어른이 되면 멋진 인생이 기다리고 있을 거야, 그러니 희망을 잃지 마.

그런 희망의 속삭임과 달리 이 책은 어른이 알고 있는 삶의 비밀을 청소년 독자에게 낱낱이 솔직하게 일러 주는 듯하다. 호정과 은기가 애틋한 마음을 가지고서도 헤어질 수밖에 없었듯 사랑뿐 아니라 이별도 그저 주어질 수 있다고, 사랑이 그렇듯 삶에서도 불가항력으로 실패할 수 있다고 말이다. 이 책에서 사랑은 분명 성장의 기원이 되지만 그 성장은 사랑의 성공이 아닌 실패에서, 기쁨이 아닌 슬픔에서 유래했다. '작가의 말'에서도 "우리는 슬픔에서 자라난다. 기쁨에서 자라나는 일은 없다."고 단호히 말하듯이.

그때 성장은 슬픔이 사라지거나 슬픔을 극복한 후 일어나는 '미래의 일'이 아니라 슬픔과 함께하는 '현재의 일'이 된다. 성장이란 결핍 없이 온전한 존재를 지향하는 과정이라기보다는 계속 몰아치는 슬픔 가운데서도 끊임없는 희망으로 굳셀 수 있는 능력에 가까워진다. 어쩌면 그것만이 조금 앞서 살아온 어른이, 어린이와 청소년에게 미리 일러 줄 수 있는 가장 정직한 희망일 것이다. 이 책의 사랑은 바로 그 자리에서 써 내려간, 이 시대의 새로운 성장담이다. 유예된 미래에 갇히지 않은, 현재의 청소년 독자를 위한 성장담이 필패하는 사랑에서 피어났다.

여름에 일어나는 기이하고 으스스한 일들

여름에 동화 속 어린이들에게는 아주 많은 일이 일어난다. 학교에 가지 않는 긴 여름 방학은, 어린이가 일상을 벗어날 수 있는 절호의 기회다. 집, 학교, 학원이 공간 배경의 전부라고 늘 고민되는 우리 동화에서도 여름 방학 때만큼은 어린이들끼리 낯선 모험을 한다. 서구 동화는 말할 것도 없다. 우리보다 훨씬 더 길고 자유로운 그들의 여름 방학과 휴가는 어린이뿐 아니라 온 가족에게 해방의 시간이다. 서구 어린이에게는 거의 필수적인 여름 캠프를 배경으로 하는 작품도 많다. 존재를 몰랐던 쌍둥이 자매를 캠프에서 우연히 만나기까지 하니, 여름에는 일어나지 못할 일이 없어 보인다.

여름을 지나며 어린이들은 성큼 성장한다. 실제로 어린이들의 신체는 마치 나무가 광합성이라도 하듯 여름 한철 쑥쑥 자란다. 가을이 되어 봄에 입던 옷을 다시 꺼내면 소매나 밑단이 훌쩍 짧아져 있다. 여름날의 온갖 모험이 어린이들을 성장시킨다. 사계절 중 단연 모험의 계절이자 성장의 계절이다.

여름의 여러 모험 이야기 중에서도 어떤 작품들은 조금 독특한 여름의 빛깔을 지닌다. 유모토 가즈미의 『여름이 준 선물』(이선희 옮김, 푸른숲주니어, 2005), 케이트 디카밀로의 『이상하게 파란 여름』(김경미 옮김, 비룡소, 2016), 김수빈의 『여름이 반짝』(문학동네, 2015), 이 세 이야기에는 '죽음'이 있다. 풀과 나무가 세계를 집어삼킬 듯 뻗어 나가고, 많은 생명체가 가장 왕성한 생명 활동을 하는 녹색의 계절에 '죽음'이 어린다. 라캉이 말한 '주이상스'(jouissance, 고통스러운 쾌락이란 뜻이며 죽음을 향해 나 있는 길이라고도 이야기된다.)가 연상되듯 생명의 정점에 죽음이 깃들고, 거기에서 어린이들은 무언가를 겪는다. 이 작품들은 그 계절이 바로 여름이라고 말한다.

죽음을 알고 싶어

『여름이 준 선물』에서 류, 모리, 하라가 6학년 여름 방학에 뛰어든 모험은 이웃에 혼자 사는 할아버지가 죽는 순간을 지켜보는 일이다. 자칫 스토킹 범죄나 패륜이 될 법한 기이한 모험은 하라가 할머니의 장례식을 다녀오면서부터 시작된다. 류와 모리는 화장 의식의 과정, 할머니 시신을 직접 보

앞을 때 느낌을 궁금해하며 하라에게 묻는다. 궁금증은 결국
"죽으면 어떻게 될까? 그것으로 모든 것이 끝일까?" 하는 질
문으로 모아지고, 이 질문은 며칠이 지나도록 머릿속을 떠나
지 않는다.

"요즘은 죽은 사람에 관해서라든지, 내가 언젠가는 죽는다든
지, 죽으면 어떻게 될까, 그런 생각만 하는 거야. 사람은 언젠가
죽는다고 머리로는 알고 있는데도 전혀 믿기지가 않아." (……)
"머리로는 알고 있는데 믿기지 않아서 떨떠름한 생각이 들
면 말이지, 왠지 안절부절못하게 되고 이상한 기분이 들지 않
니? 오줌이 꽉 차서 막 나오려고 할 때처럼."
"그래, 비슷한 느낌이야."
"나는 참을 수 없어. 인간이 지금까지 진보해 온 것은 알고
싶다는 욕망이 있기 때문이라고 선생님이 그랬어. 그런데 나
한테도 알고 싶은 욕망이 있다는 사실을 열두 살이 된 지금에
야 겨우 알았어."
—『여름이 준 선물』, 23~24쪽

하라는 장례식 날 할머니 시신과 레슬링 하는 꿈을 꾸었
고, 하라의 꿈을 전해 들은 류와 모리도 덩달아 죽음에 관한
악몽에 시달린다. 이들은 실체로서의 죽음을 처음으로 인지
하며 공포와 강렬하게 맞닥뜨린다. 하지만 그 감각은 공포에

그치지 않고 죽음이라는 미지에 대한 앎의 욕구까지 포함한다. 열두 살 어린이가 "알고 싶은 욕망이 있다는 사실"을 처음 깨달았을 정도의 강렬한 욕구다. 그러니 이웃 할아버지가 곧 돌아가실 듯 보인다는 어른들의 대화를 들은 후, 할아버지가 죽는 순간을 확인함으로써 죽음을 이해하려는 계획도 납득할 만하다. 이 작품이 일본은 물론 우리나라에서도 같은 제목의 영화로 제작되고, 전 세계에서 번역 출간된 이유는 죽음의 실체에 접근하는 어린이들의 욕구가 지극히 온당하면서도 새롭게 전달되기 때문일 것이다.

그럼에도 죽음의 순간을 목격하려는 계획과 할아버지 집 주변의 을씨년스런 풍경을 묘사하는 전반부는 여전히 서늘하게 느껴진다. 장르문학 비평서 『기이한 것과 으스스한 것』의 문장을 떠올리게 한다.

기이한 것과 으스스한 것의 공통점은 낯선 무언가에 대한 집착이다. 무서운 것이 아니라 낯선 것 말이다. 기이한 것과 으스스한 것의 매력은 '우리를 두렵게 하는 것을 즐긴다.'는 개념으로는 획득할 수 없다. 그보다 그 매력은 통상적 개념이나 인식, 경험을 뛰어넘어 존재하는 무엇, 외부세계에 대한 매혹과 관계가 있다. 이러한 매혹은 대개 어떤 불안이나 어쩌면 두려움까지 아우르지만, 기이한 것과 으스스한 것이 반드시 무서운 것이라고 할 수는 없다.*

어린이들이 죽음에 골몰했던 이유는 죽음이라는 낯선 세계에 대한 매혹과 집착 때문이다. 이들을 괴롭히는 공포의 해결은 그다음의 일이다. 흔히 어린이들이 공포에서 벗어나기 위해 앎을 찾는다고 하지만 앎의 욕구가 먼저일 수 있다. 모리가 "모른다는 것이 무서움의 근원"이라고 말하듯 낯선 세계와 존재를 알아 갈 때 공포는 자연스레 사라진다.

열두 살 여름의 끝자락에서 류, 모리, 하라는 달콤한 포도를 베갯머리에 둔 채 자는 듯 죽은 할아버지를 갑작스레 마주하지만 "조금도 무섭지 않았다."고 한다. "귀신이나 유령같이 우리가 무서워하면서도 흥미진진해하던 것들은 그때 내 머릿속에서 완전히 사라져 버렸다."(「여름이 준 선물」, 241쪽)라고 말한다. 할아버지를 감시하다 급기야 친구가 되며 할아버지의 삶으로 들어갔고 그 안에서 죽음을 만났기 때문일 것이다. 할아버지와 보낸 여름날은 잘 익은 포도송이처럼 향기로웠고, 할아버지의 죽음은 그 향기에 감싸여 있었다.

* 마크 피셔, 안현주 옮김, 『기이한 것과 으스스한 것』(구픽, 2019), 8쪽.

으스스함, 존재와 비존재에 대한 질문

할아버지의 죽음을 맞닥뜨리기 직전에 류, 모리, 하라는 축구부 합숙 훈련을 하러 섬으로 간다. 이들은 도시에서와는 다른 으스스함을 느낀다. 코치 선생님의 할머니가 운영하는 민박집에서는 화장실 가기가 너무 무서운데, 할머니는 그에 더해 '된장 귀신' 전설까지 이야기한다. 책 몇 페이지에 걸쳐 상세하게 이어지는 귀신 이야기는 어른 독자가 읽기에도 잔혹하고 무서울 정도다. 이러한 으스스함은 어린이 인물들이 장차 할아버지의 죽음을 마주하는 장면과 어떤 관련이 있을까. 작품 결말부에 갑작스레 이동한 공간에서 기나긴 귀신 이야기는 전체 서사의 흐름에서 언뜻 돌출되어 보이지만, 이는 할아버지의 죽음을 마주하기 위한 단계가 된다.

『기이한 것과 으스스한 것』에서는 으스스함의 성격을 이렇게 규정한다. "으스스한 것은 인간이 던질 수 있는 가장 근원적이며 형이상학적인 질문들, 존재와 비존재에 대한 질문들과 관계가 있다. 아무것도 없어야 하는 때에 여기 어째서 무언가 있는가? 무언가 있어야 하는 때에 어째서 여기 아무것도 없는가?"(『기이한 것과 으스스한 것』, 15쪽) 즉 귀신 이야기가 자아내는 으스스함은 등골이 서늘하고 머리카락이 쭈뼛서는, 공포에 동반되는 신체의 감각 그 이상이다. 이 세계에 있지 않아야 하는 망자의 무언가가 여전히 있다는 사실이 으스스함의 근원이다. 역으로, 바로 내 곁에서 살아 숨 쉬던 누군가가 갑자기 사라져 버리는 부재와도 관련된다. 존재와 비존재의 핵심 질문을 간직한 '죽음'에 집중한 이 작품이 으스스함 가까이 닿는 것은 당연하다. 섬에서의 으스스한 분위기는 할아버지의 죽음을 경험하고 이해하기 위해 필요한 통과의례다.

으스스함을 통과하기

특히 동화보다 독자 연령이 더 높은 청소년 소설에서는 주인공이 품는 존재와 비존재에 대한 질문이 으스스함에 아주 가까이 닿아 있기도 하다. 『이상하게 파란 여름』은 세 여성 청소년이 배턴 트월링이라는, 곤봉 체조와 비슷한 스포츠 대회를 준비하는 여름을 지내며 자신의 정체성을 찾아 가는 이야기다. 이들이 배턴 트월링을 배워 큰 대회에 나가려는 이유는 저마다 다르다. 다른 여성과 달아난 아빠가 자신의 수상 뉴스를 보고 집으로 돌아오길 바라는 레이미, 왕년의 챔피언이었던 엄마의 폭력과 강압에 끌려 나온 베벌리, 보육원에 들어가지 않으려면 상금이 필요한 루이지애나까지. 이번 여름에 그들이 이뤄야 할 과제가 각자 앞에 놓여 있다.

이 소설이 독특하고 흥미로운 점은 스포츠 대회 우승이

라는 미션과 흔히 어울릴 법한 건강하고 씩씩하고 적극적인 (그리고 어딘가 미국적인!) 분위기가 아닌 기괴하고 음울하고 으스스한 분위기를 자아낸다는 것이다. 배턴 트월링 강습은 매번 기괴하고 어이없는 일들로 번번이 무산되어, 제대로 된 강습을 받는 장면은 한 번도 나오지 않는다. 이들이 강습을 받으러 모이는 호수는 물에 빠져 죽은 클라라 윙팁의 유령이 주변을 떠돌며 운다는 이야기가 전해지는 장소다.

레이미는 어릴 적 아빠의 사무실에 걸린 호수 사진의 검고 흐릿한 점이 유령이라고 믿으며 무서워했지만 아빠가 떠난 뒤 사진을 보며 묻는다. "대답해 봐, 세상이 왜 존재하는 걸까?" 비존재의 존재에 대한 두려움은 이제 레이미에게 세계의 존재에 대한 질문으로 전환된다. 레이미는 호수에서 익사할 뻔한 루이지애나를 구해 내며 "잠깐 동안 세상의 모든 것을 이해했다"고 자신한다. 유령의 이야기가 전해지는 호수, 존재와 비존재가 공존하는 으스스한 공간에 몸을 던진 이후 아빠를 애타게 기다리던 레이미의 세계는 자신이 존재의 중심이 되는 세계로 변화한다.

으스스함에 대해 마크 피셔는 "어떤 힘이 작용하는가라는 문제에 결정적으로 의존하기 때문에, 우리의 삶과 세계를 지배하는 힘에 대한 것이기도 하다."(『기이한 것과 으스스한 것』, 101쪽)라고 말한다. 레이미는 으스스함을 통과하며 자신의 힘으로 구성해 가는 세계를 찾아냈고, 그 세계의 단단한 지반 위에서 다른 세계를 마주한다.

무섭긴 뭐가 무섭노, 내가 귀신인데

제목부터 반짝거리는 『여름이 반짝』에는 으스스함이 없는 죽음이 나온다. 교통사고로 갑자기 세상을 떠난 유하는 7일마다, 오후 7시 7분에, 장례식 이후 부모님이 떠나고 없는 빈집 마당에서, 친구들이 조심스럽게 숨을 불어 비눗방울을 만들면, 그 안에 나타난다. 혼자 있어 무섭지 않으냐고 묻는 친구들에게 "무섭긴 뭐가 무섭노, 내가 귀신인데!"라고 호탕하게 대답하는 유하의 죽음에는 으스스함이 들어설 틈이 없다.

유하가 친구들 앞에 나타난 이유는 잃어버린 목걸이를 찾아 달라고 부탁하기 위해서다. 사십구재가 지나면 영영 가버릴 유하의 마지막 부탁을 들어주고 싶은 린아, 사월, 지호는 혼신을 다해 온 마을을 샅샅이 뒤지고 다닌다. 서낭당, 돼지 축사, 운동장, 과수원, 뒷산, 계곡…… 목걸이가 있을 만한 장소를 찾아다니는 건 결국 유하와 함께 지낸 기억을 되짚는 일이 된다.

많은 동화와 청소년 소설에서 누군가가 죽은 이후 남은 자들이 그의 삶을 되짚는 과정은 대개 죽은 이의 발자취를 복원하여 그 삶의 몰랐던 진실을 발견하는 이야기가 된다. 이에 비해『여름이 반짝』에서 유하의 목걸이를 찾는 여정은 살아 있는 사월, 지호, 린아에게 초점을 맞춘다. 사월과 지호에게는 유하와의 추억을 상기하며 상실의 슬픔을 떠나보내는 길이 된다. 한편 갑자기 시골에 전학 와 친구들과 어울리지 않았던 린아에게는 다시 한번 주어진 우정의 기회이자, 돌아가신 아빠를 떠나보내고 새 가족을 맞이할 준비로 자리한다. 세 친구들이 함께 숨을 불어 넣은 비눗방울에 여름의 햇살이 투명하게 어리도록 만들어 두고 유하는 그렇게 영영 떠난다.

생명이 죽음과 함께하듯 사계절의 정점인 여름에 죽음이 찾아왔다. 그러나 죽음이 마지막은 아니다.『여름이 반짝』에서는 친구의 죽음 이후 친구가 되었다. 아버지의 죽음 이후 외부 세계로 향하는 문을 걸어 잠근 린아에게 새로운 세계를 열어 주었다.『여름이 준 선물』의 할아버지는 전쟁 중 민간인을 학살한 죄책감으로 마지못해 목숨을 이어 갔지만, 어린이들과 만나며 생의 마지막을 정리하고 비로소 죽음을 맞이할 수 있었다.『이상하게 파란 여름』의 세 여성 청소년은 으스스하고 불안한 여름을 함께 보내며 각자의 무대에 당당하게 선다. 세 작품은 삶과 죽음을 분리시키지 않고, 어린이의 삶 한가운데서 죽음을 말한다. 여름에 깃든 죽음은 더욱 짙은 그늘을 드리우지만, 그늘 위 하늘엔 어느 때보다 짙푸른 생명이 있다.

없음의 감각

처음에는 이 일이 재미있게 시작되었다.

구두룬 멥스의 『작별 인사』(문성원 옮김, 시공주니어, 2002)는 이런 첫 문장으로 시작한다. 어느 아침 깨어 보니 비르기트 언니의 눈이 사시가 되었고 그걸 본 나와 언니는 큰 소리로 웃는다. 하지만 엄마는 새파랗게 질려 언니를 곧장 병원으로 데려갔고 언니는 집에 돌아오지 못했다. 병원에 입원했고, 암 진단을 받았고, 수술을 했고, 암세포가 전이되어 세상을 떠났다. 첫 문장은 세상에서 가장 큰 비극을 감춘 아이러니였다. 모질게도 죽음과 불행이 때로 그리 태연하게 다가오듯이.

나는 갑자기 입원한 언니에게 무슨 일이 일어나고 있는지 명확히 알지 못한다. 어른들은 경황없이 움직이고 자신의 슬픔에 빠져 어찌할 바를 모른다. 그러면서도 어린이에게 알릴 정보의 내용과 수위를 신중히 가린다. 어린이를 보호하기 위한 나름의 행동이지만 어린이는 어른의 경험과 감정을 고스란히 공유하기 마련이다. 백과사전에서 찾아본 '암'이란 단어는 이해하기 어렵지만 병원과 집을 오가는 아빠와, 부모님 대신 돌봐 주는 할머니의 태도에서 언니의 병세를 짐작한다. 문득 무방비하게 터져 버리는 아빠의 울음에서 절망과 고통을 감지한다.

구체적인 상황에 대한 인식은 제한될지언정 어린이 역시 고통에 동참하고 슬픔을 나눈다. 뇌 수술을 받은 언니가 머리카락을 밀어 버린 모습은 예상하지 못했지만 노란 털실 머리 인형을 선물하는 게 언니를 슬프게 할지 모른다고 생각할 줄은 안다. 언니의 눈으로 보고 언니의 마음으로 들어가 공감한다. 또 부모님의 슬픔을 알아보고 위로하는 법도 스스로 깨닫는다. 언니가 죽은 날 집으로 돌아온 엄마, 아빠와 포옹한 나는 가만히 물러나 혼자 잠든다. 엄마, 아빠는 지금 "너무나 슬프기 때문에 방해해서는 안 될 것 같았다."고 여겨서다.

『작별 인사』는 가족의 죽음을 겪는 어린이 주변을 사실적으로 그리면서 어린이에게도 상실의 고통이 비껴가지 않는다는 걸 담담하게 보여 준다. 죽음이 존재하지 않는 듯 숨기거나 죽음에 심오한 의미가 있는 듯 미화하지 않는다. 우리 삶에 언제든 무심코 끼어드는 죽음을 처음으로 경험하는 과정을 면밀하게 관찰한다.

나에게 언니의 부재는 현상을 감각하는 가운데 다가온

다. 언니가 입원한 다음 날 아침, 이상한 느낌에 놀라 잠이
깬 나는 언니의 텅 빈 침대를 보고서야 언니의 부재를 떠올
린다. 밤마다 거친 숨소리가 들리던 침대가 잠잠할 때, 언니
는 없다. 책을 읽기에 시끄럽던 방이 조용할 때, 언니는 없다.
그리고 이제 영원히, 언니가 없다. 영원한 부재인 죽음은 그
러한 '없음'의 감각으로 찾아온다.

죽음 혹은 외로움

　　아스트리드 린드그렌의 대표작 『사자왕 형제의 모험』(김
경희 옮김, 창비, 1983)에서도 죽음이 두 형제를 갈라놓는다. 동
생 카알은 심한 병에 걸려 죽음을 눈앞에 두고 있다. "열 살
도 되기 전에 죽어야 한다는 건 정말 너무하잖아?"라며 슬퍼
하는 카알에게 형 요나탄은 죽은 후에 '낭기열라'라는 세계
에 가서 신나는 생활을 하게 될 거라고 위로한다. 그러던 요
나탄은 집에 화재가 나자 불길에 뛰어들어 카알을 업고 2층
에서 뛰어내렸고 동생을 구하고는 숨진다. 혼자 죽음을 맞이
할 일을 슬퍼하던 카알은 이제 혼자 남은 일을 슬퍼하다가
어느 날 새하얀 비둘기에게 '낭기열라'로 오라는 형의 전언
을 듣고 새로운 세계에서 형을 다시 만난다.
　　『사자왕 형제의 모험』에서 두 형제의 모험이 펼쳐지는

낭기열라는 선과 악이 투쟁하고 결국 선이 승리하는 판타지 세계다. 그런데 이 작품이 여느 판타지와 달리 특별한 점은 모험 이후 두 형제가 낭기열라에 머무르지 않고 죽음을 통해 '낭길리마'라는 또 다른 세계로 넘어간다는 것이다. 요나탄은 용 카틀라와의 싸움에서 승리했지만 카틀라의 불길에 닿아 몸이 마비되어 죽어 간다. 카알은 다시는 형과 헤어지지 않고 어디든 끝까지 따라가겠다고 한 뒤 죽음의 그늘도 없는 이상 세계인 낭길리마로 가기 위해 형을 업고 낭떠러지에서 뛰어내린다.

린드그렌의 전기 『우리가 이토록 작고 외롭지 않다면』에는 작가가 작품의 마지막 장면을 상당히 고심했으며, 이 결말이 논란을 불러일으켰다고 나온다. 카알이 죽어 가는 요나탄을 업고 절벽에서 뛰어내리는 장면은 요나탄이 화재에서 동생을 구하려고 2층 집에서 뛰어내린 과거를 연상시킨다. 낭기열라의 모험을 통해 스코르판(빵이라는 뜻의 애칭)인 카알 또한 사자왕 요나탄의 사랑과 용기를 지니게 된 것이다. 그럼에도 이 결말은 어린이들과 청소년들에게 자살 혹은 비밀 종교를 퍼뜨린다며 비난받았다고 한다. 린드그렌은 이런 논란까지도 예상했던 것 같다. 그럼에도 이렇게 마무리한 이유는 어린이가 생각하는 죽음 그리고 외로움을 고려해서다.

"어린이도 어른과 마찬가지로 죽음을 무서워합니다. 하지만 그 무엇보다 두려워하는 것은 바로 버려지는 것이지요. 제가 이 책에서 조명하고자 한 것도 바로 그 점입니다. 스코르판이 느끼는 바로 그 두려움이요. 그는 형 요나탄과 함께라면 죽음도 마주할 수 있습니다. 그러니까 이 작품은 새드 엔딩이 아니라 해피엔딩입니다. (……) 두 형제는 새로운 세계로 함께 나아갔습니다. 그들은 영원히 함께하지요. 어린이가 꿈꾸는 행복이란 그런 것입니다."*

관계 맺음이 요구하는 애도

죽음을 두려워하고 거부하는 마음의 근원은 어른도 마찬가지 아닐까. 타인과의 유대에서 안전감을 찾는 어린이로서는 버림받음과 외로움에 대한 두려움이 더욱 크고 그것이 죽음에 대한 두려움으로 이어진다고 하지만 사실 모든 존재는 타인과의 관계로 구성되는 만큼 어른 또한 크게 다르지 않을 것 같다. 만약 나의 죽음보다 사랑하는 타인의 죽음이 더 두렵다면 죽음에 대한 두려움은 단절감에 있다. 죽음 자체가

---

* 옌스 안데르센, 김경희 옮김, 『우리가 이토록 작고 외롭지 않다면』(창비, 2019), 382~383쪽.

지닌 공허와 미지보다는 죽음으로써 타인을 상실하고 홀로
남겨져 완벽하게 외로워질 일이 두려운 거다.

신시아 라일런트의 『그리운 메이 아줌마』(햇살과나무꾼 옮
김, 사계절, 2017)에서 심령 교회 목사를 찾아서라도 죽은 부
인 메이를 만나고 싶어 한 오브 아저씨의 마음이 그러했다.
메이와 오브에게 입양된 서머가 이제 둘만 남은 가족이 무너
질까 걱정하며 아저씨가 기운을 차릴 때까지 자기가 살림을
꾸리겠다고 하자 오브는 대답한다.

> "아가야, 내 머릿속에는 오로지 그 사람한테 이야기하고 싶
> 은 생각밖에 없어. 우리를 두고 떠난 그 사람이 그립다는 생각
> 만 하게 돼. 밭을 돌아다니고 또 돌아다니다 보면, 아직도 그
> 가엾은 사람이 눈앞에 아른거리고 꼭 그날처럼 내 심장이 얼
> 어붙는단다. 다 끝난 일이건만, 난 그렇게 되지 않는구나. 도
> 저히 떨쳐 버릴 수가 없어. (……) 이 세상 누구도, 어떤 것도
> 내 생각을 메이한테서 떼어 놓지 못할 게다. 나도 그러기 싫단
> 다. 어쨌든 나는 언제까지나 그 사람과 함께 있고 싶으니까."
> —『그리운 메이 아줌마』, 68~69쪽

오브는 깊은 슬픔에 빠져 메이의 부재를 받아들이지 않
는다. 불완전한 애도 속에 머무르며 메이와 함께 있고만 싶
어 한다. 애도만이 죽은 이와 만나는 유일한 공간이기 때문

이다. 죽음으로 갑자기 단절된 관계를 돌아볼 시간이 필요했다. 남겨진 이가 원하는 방식대로, 원하는 만큼 충분한 애도가 이루어져야겠지만 현실에서는 종종 이조차 힘들다.

장례식을 치르는 동안, 오브 아저씨와 나는 난데없이 사교계의 명사라도 된 듯했고, 그렇게 우리는 머리를 쥐어뜯으며 목놓아 통곡할 기회조차 빼앗기고 말았다. 사람들은 우리가 어떤 틀에 맞춰 슬퍼하기를 바랐다.

— 같은 책, 50~51쪽

『그리운 메이 아줌마』에서 오브와 서머가 상실을 딛고 힘겹게 애도하기 시작하는 과정을 먹먹히 보고 있으면 『사자왕 형제의 모험』의 낭기열라는 카알이 자신을 위해 목숨을 희생한 형 요나탄을 애도하기 위한 세계라는 생각도 든다. 낭기열라에서의 모험으로 상징된 애도 이후 카알은 비로소 낭길리마라는 새로운 장을 마주하고 요나탄을 감당하며 홀로 움직인다.

'없음'이 새로 만드는 세계

키티 크라우더의 그림책 『나와 없어』(이주희 옮김, 논장,

2022)에서 엄마의 죽음 이후 아빠는, 엄마가 좋아한 꽃씨의 싹을 틔우던 헛간에 내가 들어가는 걸 싫어한다. 애도가 허락되지 않는 집에서 '나'는 상상 친구 같은 '없어'를 불러낸다. '없어'는 언제나, 어디에서나 내 옆에 '있다'. 중층적으로 해석되는 키티 크라우더의 여느 작품처럼 '없어'는 엄마, 엄마의 부재, '없음'의 감각, 상실감, 슬픔 등 여러 의미로 보인다.

'없어'는 나와 동떨어진 이질적인 존재로 보이지 않는다. '나와 없어'라는 책 제목은 '나' 그리고 '없어'를 동등하고 나란하게 연결시킨다. '없어'는 나의 결핍에 지나지 않는 게 아니라 나를 구성한다. 타인과의 관계로 내가 구성됐다면 타인의 부재 역시 나를 구성할 것이다. '없어'가 늘 내 옆에 있듯 죽음이 가져온 타인의 부재는 영원히 내게 '있다'. '없음'은 결코 사라지지 않는다. 그러나 '없음'을 대면할 때 '없음'의 세계는 새롭게 구성되고 창조된다.

그 과정이 바로 애도다. '없음'의 감각을 계속 확인하는 게 너무나 고통스러워 피하고 싶지만 기어코 헛간의 문을 여는 일, 헛간에서 엄마가 좋아하던 꽃씨의 싹을 틔워 땅에 심는 일, 파란 꽃들이 피어난 집을 보고 무표정했던 아빠의 얼굴이 환해지는 일, 다른 정원에까지 파란 꽃이 만발하길 꿈꾸는 일…… 우리가 사랑했고, 여전히 사랑하는 이들은 그렇게 다시 태어나 우리 곁에 '없음'으로 함께한다.

떠난 이를 기억하기 위한 방법

　동화나 소설의 제목에는 종종 주인공의 이름이 붙여진다. 지금 내 방 책장들을 눈 닿는 대로 훑어보아도 그렇다. 그리스인 조르바, 레베카, 위대한 개츠비, 82년생 김지영, 체공녀 강주룡, 산적의 딸 로냐, 꼬마 옥이, 소나기밥 공주……. 문학은 결국 작품 속 인물이 살아가는 이야기이니 인물의 성격이 담긴 이름은 작품 전체를 드러내는 제목으로 적당하다.

　동화 『기소영의 친구들』(정은주, 사계절, 2022) 역시 책 제목에 내용을 비롯한 많은 이야기가 담겨 있는 책이다. '기소영'이라는 흔치 않은 성씨의 이름이 먼저 눈길을 끈다. 이어 기소영이란 이름을 제목에 내걸었으면서도 그가 아닌 그의 친구들을 부르는지 궁금해진다. 『에밀과 탐정들』처럼 기소영과 그 친구들이 우정을 나누는 이야기가 아닌가. 책 제목에 이름이 있으면서도 없는, 그러니까 없으면서도 있는 기소영은 어떤 친구일까.

죽은 이는 어떻게 기억되고 싶을까

그건 책을 펼치자마자 알게 된다. 일요일 밤 박채린은 같은 반 친구이자 부회장인 기소영이 교통사고로 죽었다는 사실을 엄마에게 전해 듣는다. 학부모 대화방으로 전달된 비보를 알리며 엄마는 학급 회장인 채린에게 내일 아침 국화 꽃다발을 사 들고 학교에 가라고 한다. 소영이 죽었다는 말을 들은 채린은 "소영이가 죽었다는 이 상황이 마냥 슬프지가 않고 당황스럽고 낯설 뿐"(『기소영의 친구들』, 11쪽)이라고 느끼며 그 이유가 '절친'이라 하기에는 애매한 사이였기 때문이라고 여긴다.

잠자리에 혼자 누워 "야, 기소영. 우리 절친이니, 아니니?"라고 마음속으로 묻는 채린이가 왠지 가엾다. 채린이의 감정은 갑작스러운 죽음 앞에서 자연스러운 반응일 텐데 극심한 슬픔과 고통이 밀려오지 않는다고 해서 마음의 깊이를 의심하고 있으니 말이다. 그러니 더욱, 어른에게도 힘든 애도의 과정을 채린이가 앞으로 어떻게 겪어 나갈지 조용히 두 손 모으는 심정으로 바라보게 된다.

소영이에게는 친구들이 있었다. 박채린, 남나리, 김영진, 서연화는 각자 기소영과 연결되어 따로 또 같이 어울리는 하나였다. 이제 소영이는 세상에 없지만 소영이를 애도하며 이들 네 명은 비로소 더욱 단단한 '기소영의 친구들'이 된다.

이들은 각자에게 소영이가 어떤 친구였는지, 어떤 사람이었는지를 공유하며 알아 간다. 무속인 엄마에 대한 소문을 피하려고 전학 온 연화의 비밀을 지켜 주며 정기적으로 엄마를 방문하던 연화와 동행하던 소영이, 마당이 있는 영진이 집에 유기견을 부탁하고 개에게 필요한 비용이나 산책을 책임지던 소영이, 남자 친구 혹은 여자 친구의 사랑을 받던 소영이…… 내가 몰랐던 소영이가 다른 친구의 기억을 통해 살아나고, 다 함께 소영이를 기억하는 가운데 이들은 '기소영의 친구들'이 된다. 기꺼이 '기소영의 친구들'이 되고자 한다.

그런데 소영이가 떠난 그날 이후로 우리 넷은 조금 달라졌다. 이젠 우리 사이가 느슨해지고 끊어지려 할 때 먼저 나서서 촘촘하게 다시 이어 줄 존재가 없다는 걸 깨달아서인지, 우리는 섣불리 자리를 뜨지 않았다. 잠시 말을 멈추고, 서로를 연결하려 애썼다. 어찌 보면 이것도 소영이가 떠나면서 우리에게 남겨 준 선물 같은 것이다.

—『기소영의 친구들』, 67쪽

정은주 작가는 '작가의 말'에서 세월호 참사 희생 학생들의 친구들을 인터뷰한 다큐멘터리 「친구들: 숨어 있는 슬픔」을 보고 이 책의 이야기가 찾아오기 시작했다고 밝힌다. 또 우연히 들른 카페에서 세월호 희생 학생들의 친구들이 쓴

손 편지와 거기 담긴 울부짖음을 확인하고는 어른들이 추모의 시간을 제대로 마련해 주지 못했다고 생각했다 한다. 『기소영의 친구들』에서 교장 선생님이 장례식 참석을 불허하는 방침을 내리고, 담임 선생님이 소영이의 죽음에 동요하지 말고 일상을 착실히 지키라고 하는 장면은 아마도 이런 이유에서 그려진 듯하다. 작품을 창작하면서는 단 두 가지 질문만 붙잡았다고. "죽은 소영이는 어떤 모습으로 기억되고 싶을까? 친구들은 소영이를 어떻게 기억하길 바랄까?"(같은 책, 143쪽)

동화 『기소영의 친구들』이 먼저 떠난 친구를 기억하듯 다큐멘터리 영화 「장기자랑」(이소현 감독, 2023)은 세월호 참사 희생자 유가족이 아이들을 기억하는 방법을 이야기한다. 「장기자랑」은 '4.16 가족극단 노란리본'의 엄마들이 같은 제목의 연극을 무대에 올리는 과정을 담은 영화다. 희생자 가족을 '피해자다움'이라는 고정관념에 가두지 않으며 엄마들이 아이들을 기억하며 살아가는 모습을 진솔하게 보여 주었다고 호평받고 있다.

이 영화에서 무엇보다 먼저 마음이 닿은 건 엄마들이 더 이상 세상에 없는 아이를 현재형 시제로 말하는 장면이었다. 주인공 없이 9년째 하나씩 늘어난 생일 케이크의 촛불을 끄던 엄마는 딸기 케이크를 두고 '(아이가) 딸기를 좋아해'라고 말한다. '좋아했다'라는 과거형 시제가 아니다. 이어 한 엄마가 자기 아이는 '초콜릿을 좋아해'라 하니, 다른 엄마들도 질세라 '…… 좋아해', '…… 좋아해'라고 말을 잇는다. 다른 장면에서도 엄마는 아이를 소개할 때 '로봇을 좋아하는 아이였어요.'라 하지 않고 '로봇을 좋아하는 아이예요.'라 말한다. 지난 9년간 엄마들에게 아이는 고등학교 2학년인 채로 여전히 살아 있는 것이다.

엄마가 마음속에 살아 있는 아이를 현재형 시제로 부른다고 해서 현실 인식을 거부하는 건 물론 아니다. 2014년 4월 16일을 회상할 때, 아이와 보낸 마지막 시간을 기억할 때는 과거형 시제로 돌아간다. 죽었지만 영원히 살아 있는 간극에서 기억으로 존재를 계속 이어 가는 일 하나가 바로 엄마의 연극이다. 연극이라는 공연 예술에서는 어느 장르보다 더 생생하게 바로 내가 이야기 속 인물이 될 수 있다. 엄마는 무대에서 아이의 교복을 입고, 아이를 연기하며, 아이의 삶을 이어 나간다. 관객은 수학여행의 장기자랑을 준비하는 무대 위의 아이들을 보며 여전히 현재형인 엄마의 기억을 공유한다.

엄마들이 연극 무대에서 아이들의 삶과 죽음을 이어 가듯 『기소영의 친구들』에서 채린이는 소영이의 푸들 브라우니를 자기가 이어 키우겠다고 한다. 혼자 돌보기는 힘들다며 영진이가 브라우니를 입양 보내겠다고 하자, 엄마에게 허락을 받고 브라우니의 가족이 된다.

그건 소영이의 친구들이 천주교 신자인 소영이의 장례미사를 지내고, 졸업 앨범과 학급 친구들의 편지를 소영이 가족에게 전달하고 납골당을 찾은 추모 의식들만큼이나 소영이를 잘 기억하는 일이 될 것 같다. 유기견을 애써 구하고 돌보던 소영이의 뜻이 친구들에게서 계속 이어지는 일이니까. 소영이에 이어 브라우니의 가족이 된 채린이에게는 어른이 되자마자 독립해 브라우니와 함께 살겠다는 꿈도 생겼다.

상처 입은 치유자

유가영의 에세이 『바람이 되어 살아낼게』(다른, 2024)는 '세월호 생존학생, 청년이 되어 쓰는 다짐'이라는 부제처럼 세월호 생존자 유가영이 참사 직후부터 지난 9년간 지내 온 시간을 담담히 말한다. 책을 좋아해 어린 시절부터 도서관 사서를 꿈꾸던 그는 세월호 참사 이후 상담을 받으며 자기 내면을 알고 싶다는 생각에 심리학과로 진학한다. 2018년 '운디드 힐러(Wounded Healer, 상처 입은 치유자)'라는 비영리 단체를 만들어 생존자 친구들과 함께 트라우마에 취약한 어린이를 도왔고, 2022년에는 강원도 산불 피해 노인을 지원했다. 외상 후 스트레스 장애를 힘들게 거쳐 왔지만 자신과 같은 고통을 당한 사람들을 도울 수 있던 힘에 대해 그는 말한다.

　"지금의 저에게는 비록 그 괴로움을 극복하지 못하더라도 딛고 일어날 힘이 있습니다. 만약 이 힘이 없었다면 저는 아직도 제 안의 캄캄한 바다에 갇혀 어둠 속을 헤매고 있었을 거예요. 이 힘을 만든 건 제가 여태까지 살기 위해 쳐 온 발버둥, 그리고 그걸 알아보고 저를 끌어 올려 준 사람들의 마음이에요. 그날 제 손을 잡고 갑판 위로 이끌어 준 친구부터, 지금까지 만난 많은 사람 모두의 마음이요."

—『바람이 되어 살아낼게』, 146~147쪽

　소영이는 세상에 없지만 우리는 모두 소영이의 친구가 될 수 있다. '기소영의 친구들'처럼 광주의 친구들, 세월호의 친구들, 이태원의 친구들이 되어 더 이상 억울하게 세상을 떠나는 소영이들이 생기지 않도록 하는 데 힘을 보탤 수 있다. 해마다 4월이면 다시 읽고, 새로 만나는 책들과 영화들이 그 노란 희망을 기억하게 만든다.

어린이보다도 더 작은 세계

어린이는 작다. 그래서인지 아동문학은 작은 세계를 종종 그린다. 옛이야기와 마찬가지로 요정과 소인과 작은 생명체가 등장하고, 그들의 세계에 돋보기를 대고 조심히 들여다본다. 작은 어린이가 소인국에 간 걸리버처럼 더 작은 이들의 세계를 만난다. 어린이가 발견하는 작은 세계에는 어떤 비밀이 있을까. 그 세계는 어린이에게 어떤 의미일까.

가난해도 괜찮은 세계

아스트리드 린드그렌의 단편 동화 「엄지소년 닐스」(김라합 옮김, 『엄지소년 닐스』(창비, 2000) 수록작)에서 베르틸은 침대 밑에서 들리는 작은 발걸음 소리를 쫓다가 엄지손가락만 한 소년 닐스 카를손을 '발견한다'. 침대 밑 쥐구멍에서 이틀째 살았다는 닐스는 자기 방으로 베르틸을 초대한다. 구멍 옆 걸쇠를 누르면서 '킬레빕스'라고 주문을 외니 베르틸의 몸집은 금세 작아져 닐스의 방으로 들어갈 수 있었다. 베르틸은 벽난로만 덩그러니 놓인 작고 휑한 방을 보고는 자기 집에서 장작을 가져와 불을 때고, 음식을 가져와 나눠 먹고, 침대를 가져와 안락한 잠자리를 만들어 준다.

베르틸은 여섯 살밖에 안 되는 어린이지만, 엄지손가락만큼 작은 닐스의 방에 필요한 의식주 전부를 마련해 줄 수 있었다. 베르틸의 집 부엌 아궁이 옆에 널려 있던, 머리가 타버린 성냥개비들이 닐스의 벽난로에서는 훌륭한 장작이 된다. 닐스의 방에서는 "아주 아주 작았던 빵 조각이 지금은 세상에서 가장 큰 빵 덩어리처럼 커 보였"다. 건포도를 한 알씩 갉아 먹다가 반쪽은 내일 식사로 남겨 두어도 좋았다. 인형의 집에 놓였던 장난감 침대는 닐스에게 딱 맞았고, 엄마가 베르틸의 잠옷을 만들다 남은 옷감 조각은 포근한 이불이 되었다.

가난한 살림살이도 닐스의 방에서는 넉넉해졌다. 작은 세계는 가난해도 괜찮은 세계였다. 땔감과 음식이 아주 조금만 있어도 충분했기에 대단한 부자가 아닌 여섯 살 베르틸도 얼마든지 그 세계를 풍요롭게 만들 수 있었다. 엄지만 한 소년이 존재하고, 몸집이 자유자재로 작아졌다 커졌다 하는 세계는 판타지의 세계이다. 그런데 이 판타지 세계에서 무엇보다 가장 멋지고 놀라운 판타지는 아무리 작고, 가진 게 없어도 괜찮아지는 세상이라는 데 있는 듯하다.

지브리 애니메이션 영화 「마루 밑 아리에티」(2010)의 원작으로 잘 알려진 『마루 밑 바로우어즈』(메리 노튼, 손영미 옮김, 시공주니어, 1996)에서도 가난한 살림을 꾸려 가는 소인을 만날 수 있다. 영국 작가 메리 노튼이 1952년 출간한 이 동화는 시리즈로 이어질 만큼 인기 있고 유명한 소인 이야기다. 작가는 이 책의 창작 계기를 머리말에서 이렇게 밝힌다.

제가 다시 그 작은 사람들을 생각하게 된 건 1940년 전쟁 직전이었지요. (……) 그 무렵에는 험난하고 비극적인 일로 내가 어린 시절 꾸며낸 그 작은 사람들과 비슷한 생활을 할 수밖에 없는 사람들이 생겨났지요. (……) 우리 모두 그 작은 사람들 같은 생활을 할 수 있다는 것도요.

—『마루 밑 바로우어즈』, 17쪽

'바로우어즈(The Borrowers)'는 빌리는 이라는 뜻의 이름과 달리, 인간의 물건을 훔치며 살아가지만 무척이나 당당하다. "버터가 빵을 위해 있는 것처럼, 잉간들은 빌리는 사람들을 위해 있는 거"(같은 책, 143쪽. 그들은 인간을 '잉간'이라 부른다.)라고 자신 있게 주장한다. 그들의 이름이 엄연히 '바루우어즈'이듯 이 동화에서 비판받는 건 인간이다. 인간은 바로우어즈를 잡아 해치려는 악당으로 등장한다. 「엄지소년 닐스」에서 베르틸이 하듯 베푸는 일 따위는 없다. 작은 세계는 가난해도 금세 풍요로워질 수 있지만 빵 부스러기조차 나누지 않는다.

『마루 밑 바로우어즈』의 소인은 옛이야기 요정과 달리 목숨을 지키기 위해 숨어 지내야 했던 사람들, 겨우 연명하며 살아가는 가난한 사람들에게서 탄생했다. 『마루 밑 바로우어즈』와 「엄지소년 닐스」의 소인은 모두 가난하다. 닐스는 바닥이 너무 차가워서 얼어 죽지 않으려면 자다가도 한 시간에 한 번씩 일어나 방 안을 뛰어다녀야 했다고 말한다. 하지만 그들 세계는 우리 세계의 아주 작은 사물의 이동만으로 충만해질 수 있었다. 작은 세계라서 가능한 놀라운 풍요다. 가난하고 작은 내가 더 작은 친구와 얼마든지 나누며 행복할 수 있는 세계의 모습은 모든 어린이를 따뜻하게 안아 주는 듯하다. 게다가 크고 작음이 상대화되며 현실의 기준과 경계가 허물어지니 어린이는 더 이상 자신을 작고 나약하게만 느끼지 않을 것 같다.

절망이 사라지고 희망이 멈춘 세계

베르틸은 공장에 일하러 간 엄마와 아빠를 하염없이 기

다리던 중에 닐스와 만난다. 날씨가 좋지 않은 계절이라 밖에서 노는 아이도 없고, 이야기 한마디 할 사람 없이 온종일 집에 혼자 있어 슬프다고 느끼던 참이었다. 그러니 작고 휑한 방에서 혼자 살아가는 닐스에게는 베르틸의 외로움과 쓸쓸함이 겹친다. 이처럼 마법의 작은 세계는 어린이의 현실과 밀접히 연결된다. 어른과 마찬가지로 어린이의 현실에는 희망만이 아닌 절망이, 기쁨만이 아닌 슬픔이 함께 자리한다. 현실과 연결된 작은 세계 또한 어린이의 희망과 절망, 기쁨과 슬픔이 동시에 출렁인다.

필리퍼 피어스의 동화 『아주 작은 개 치키티토』(햇살과나무꾼 옮김, 시공주니어, 1999)에서는 개를 기르고 싶어 하는 벤의 희망과 절망이 눈 감을 때만 보이는 아주 작은 개를 불러낸다. 벤이 개를 예뻐하는 걸 본 할아버지가 이번 생일 선물로 개가 어떻겠냐고 말하자 벤은 잔뜩 들떠 있다. 하지만 진짜 개가 아닌 털실로 개를 수놓은 액자를 선물 받았고, 몹시 상심한다. 그 액자는 돌아가신 외삼촌이 마지막 항해였던 멕시코에서 가져온 골동품이었고 할머니께 매우 소중한 물건이라는 사실도 벤을 달래지 못한다. 물론 벤은 할아버지가 개를 사 줄 형편이 못 되고, 자기 집에 개를 풀어놓거나 산책시킬 만한 장소가 마땅찮은 현실을 잘 알고 있다. 하지만 그걸 안다고 해서 약속이 깨어지며 처참히 무너진 마음이 단번에 회복되지는 않는다.

얼마 지나 외갓집을 다시 찾은 벤은 액자 뒤에 적힌 단어인 '치키티토'가 아주아주 작다는 뜻의 스페인어이고, '치와와'는 그 개가 생겨난 도시이자 개의 품종명이란 걸 알게 된다. 할아버지가 벤에게 미안해하며, 기대했던 품종을 묻자 벤은 사실대로 보르조이, 아이리쉬 울프하운드, 마스티프 같은 대형 견종을 대답한다.

"제일 작은 개도 안 될 거예요."
벤은 이쯤에서 할아버지가 이야기를 끝내 주기를 바랐다.
"그래도……."
"제일 작은 품종 가운데 제일 작은 개도 안 될 거예요."
"정말 안 될까?"
"네, 아주 아주 작은 개도……."
벤은 눈을 가늘게 뜨고서, 자기가 개를 가질 수 없다는 것을 할아버지에게 확실히 이해시킬 말을 찾으려 애썼다. (……)
"눈을 감아야만 볼 수 있을 정도로 아주 작은 개도 안 될 거예요."
　　　　　　　　　　　　　—『아주 작은 개 치키티토』, 86~87쪽

큰 개는 물론이고 아주 작은 개도 기를 수 없다고 되풀이하는 벤에게서 간절함에 비례하는 깊은 체념과 슬픔이 배어난다. 벤에게는 작은 개조차 기를 능력이 없다. 단지 벤의 집

안 형편이 빠듯해서만이 아니라 그가 어린이기 때문이다. 개를 사는 일, 런던을 떠나거나 정원 넓은 집으로 이사하는 일, 온 가족이 고깃국을 끓여 먹을 수 있는 뼈다귀를 선뜻 개의 먹이로 내주며 개를 키우는 일 모두 벤과 같은 어린이에게 주어진 권한 밖의 일이다.

벤은 현실을 받아들여야 한다는 걸 안다. 집안 형편을 알기 시작할 나이가 되면 어린이들은 양육자에게 마냥 조르거나 떼쓰지 않는다. 그렇다고 해서 간절함이 사라지거나 줄어들지는 않으니 어쩌면 바로 이것이 세상 모든 어린이가 겪는 절망의 이유일 테다. 어른이 기준인 세계에서 어린이의 능력은 어른과 다르고, 어른이 기준을 만드는 세계에서 어린이에게 주어지는 권한은 적다. 그러니 어린이에게는 욕망과 능력 사이를 가늠하며 희망하고, 욕망이 애초부터 허용되지 않는 권한에 절망하는 일이 매일의 과제일 것 같다. 욕망을 충족하지 못하는 상태를 가난이라고 한다면, 모든 어린이는 가난하다. 어린이는 작을 뿐 아니라 가난할 수밖에 없다.

그런데 자기 힘으로 어쩔 수 없는 현실을 두고 벤의 희망이 절망으로 뒤바뀌던 그때, 상상 속의 개 치키티토가 등장한다. 벤이 눈을 감을 때마다 액자 그림에 있던 치키티토가 나타나 살아 움직인다. 이제 치키티토와 더 많은 시간을 함께하고 싶은 벤은 지하철 순환선이 몇 바퀴씩 도는 내내 눈을 감은 채 자리에 앉아 있기도 한다. 세상에서 가장 작은 개도 키우지 못한다는 깊은 절망이 액자 속 개를 불러냈다.「엄지소년 닐스」에서 몹시도 외로웠던 베르틸이 닐스를 만났듯이.

하지만 눈 감아야 보이는 개는 유폐된 세계에서만 존재하는 일종의 회피이자 속임수이고, 실제로 벤을 위험에 빠뜨리기도 한다. 여러 사건을 겪은 후 벤은 자신이 불러낸 작은 개를 떠나 드디어 진짜 개를 갖게 된다. 이제 절망은 사라지고 희망이 이루어졌다. 그 개가 상상 속 치키티토와 달라 잠시 당혹스러워하는 벤을 보며 할머니는 말한다. 애타게 바라는 건 이루어지게 마련이고 그다음에는 그것에 만족하며 사는 법을 또 배워야 한다고.

가난해서 오직 간절함 외에는 가질 것 없던 벤의 마음은 작은 개와 함께 나타나고 사라진 절망과 희망을 아마 오래도록 기억할 것 같다. 벤이 만들어 낸 작은 세계를 통과하며 희망은 이루어지고 또 멈추어지며 현실 세계에 발 딛게 했다. 어린이의 작고 가난한 삶은 절망과 희망이 반복하는 가운데 계속 굳건하게 이어질 것이다.

전쟁은 어린이의 얼굴을 하지 않았다

2015년 노벨문학상 수상 작가인 스베틀라나 알렉시예비치의 『전쟁은 여자의 얼굴을 하지 않았다』(박은정 옮김, 문학동네, 2015)는 전쟁을 경험한 여성 200명의 이야기를 담은 책이다. 작가는 여성들의 전쟁 경험을 전하는 이유를 다음과 같이 밝힌다.

전쟁에 대한 이야기는 그보다 더 많은 사람들이 쓰지 않았던가. 하지만…… 그건 모두 남자들이 남자들의 목소리를 들려준 것이다. 그건 분명한 사실이다. 우리는 전쟁에 대한 모든 것을 '남자의 목소리'를 통해 알았다. 우리는 모두 '남자'가 이해하는 전쟁, '남자'가 느끼는 전쟁에 사로잡혀 있다. '남자'들의 언어로 쓰인 전쟁. 여자들은 침묵한다. 나를 제외한 그 누구도 할머니의 이야기를 묻지 않았다. 나의 엄마 이야기도. 심지어 전쟁터에 나갔던 여자들조차 알려들지 않았다.

여성 역시 군인으로 참전했고, 후방 업무를 지원했음에도 여성의 목소리가 삭제된 이유는 전쟁뿐 아니라 역사 서술 자체가 — 실은 세계의 구성과 작동이 — 남성 중심으로 이루어졌기 때문일 것이다. 그러므로 스베틀라나 알렉시예비치의 글은 남성 중심의 세계에 여성의 목소리를 기입하는 작업이다. 세계를 조직하는 소수가 아닌, 그들이 조직한 세계에서 살아가는 다수의 목소리를 담는 작업이기도 하다. 그의 다른 저서 『아연 소년들』(박은정 옮김, 문학동네, 2017), 『체르노빌의 목소리』(김은혜 옮김, 새잎, 2011), 『마지막 목격자들』(연진희 옮김, 글항아리, 2016) 역시 전쟁이나 원전 사고 피해자 수백 명을 인터뷰한 목소리를 모아 새 역사를 쓴다.

그중 『마지막 목격자들』은 제2차 세계대전의 전쟁 고아 101명을 인터뷰한 책이다. '전쟁은 어린이의 얼굴을 하지 않았다'라고도 말할 수 있지 않을까. 전쟁 경험은 참전을 포함해 전쟁으로 상흔을 입은 모든 이의 일일 텐데 어린이의 목소리 또한 잘 알려지지 않았다. 폭력은 늘 가장 약한 이들에게 먼저 향하며 강한 타격을 입히니 어린이에게 전쟁은 어른보다 더한 경험일 게 분명한데도 말이다. 언뜻 『안네의 일기』 정도가 떠오른다.

물론 어린이가 자신의 목소리를 텍스트에 직접 담거나,

어른이 어린이의 목소리를 받아 적어 텍스트로 널리 알리는 일은 쉽지 않다. 그런데 아동문학은 그걸 자신의 일이자 사명으로 삼는다. 문학이라는 재현 형식에 기대어 줄곧 그래 왔다. 좋은 동화는 어린이 독자가 읽을 어린이의 이야기를 담는다. 전쟁 동화에는 어린이의 목소리로 쓰인 전쟁이 있는 것이다.

대개 어른 작가는 과거 어린이였던 자신을 반추하거나 현재 자기 주변의 어린이와 깊이 만나며 어린이의 목소리를 담는다. 그림책 『나의 개 보드리』(헤디 프리드 글, 스티나 비르센 그림, 유재향 옮김, 우리학교, 2019)는 십 대에 아우슈비츠, 베르겐-벨젠 등에서 홀로코스트를 경험한 작가 헤디 프리드의 자전적 이야기다. 온 가족이 수용소에 끌려가며 보드리와 헤어졌지만 나와 동생은 살아 돌아와 보드리를 다시 만난다. 작가는 첫머리에서 "안녕하세요. 내 이름은 헤디예요. 지금부터 내 어린 시절 이야기를 들려줄게요."라고 말하며 이 그림책이 자신의 이야기이자 증언이라는 걸 분명히 밝힌다.

"우리는 살아남아 여기 있어요. 그리고 사람들에게 끊임없이 이야기해요. 그때 우리가 겪은 일에 대해서 말이에요. 다시는 그런 일이 일어나지 않기를 바라니까요."

──『나의 개 보드리』

우리 어린이의 목소리로 쓴 전쟁

우리 어린이의 목소리로 쓴 전쟁 중 가장 먼저 떠오르는 동화는 단연코 권정생의 『몽실 언니』(창비, 1984)다. 한국 아동문학의 정전으로 누구나 첫손가락에 꼽는 이 작품은 한국전쟁 전후 여성 어린이가 극심한 사회 혼란과 가난 속에서도 인간다움을 잃지 않고 성장하는 모습을 담고 있다. 몽실이가 경험하고 증언하는 전쟁은 분명 비극이지만 이념 대립을 넘어서는 몽실이의 휴머니즘은 전쟁의 끝을 새로운 삶을 일으키는 시작으로 만든다.

전쟁을 말하는 그림책으로는 '평화 그림책' 시리즈를 손꼽을 만하다. '평화 그림책'은 한중일 세 국가의 그림책 작가들이 역사를 기록하며 어린이가 살아갈 세계의 평화를 모색하자는 목표로 제창한 공동 출간 프로젝트다. 2007년 일본 그림책 작가인 다시마 세이조, 다바타 세이이치의 발의로 시작해 난징에서 세 국가의 작가들이 만나 공동 출간을 기획했다. 총 11권의 책이 출간됐는데 한국의 『꽃할머니』(권윤덕, 사계절, 2010. 이하 모두 사계절 출간), 일본의 『평화란 어떤 걸까?』(하마다 케이코, 박종진 옮김, 2011), 중국의 『경극이 사라진 날』(야오홍, 전수정 옮김, 2011)로 시작해 11권 『춘희는 아기란다』(변기자 글, 정승각 그림, 박종진 옮김, 2016)로 마무리된 시리즈는 각국 근현대사의 전쟁을 증언한다. 각각 전쟁의 가해자

혹은 피해자였던 과거를 다시 조명하며 세 국가가 평화롭게 공존하는 미래를 구상한다.

'평화 그림책' 시리즈 『비무장 지대에 봄이 오면』(이억배, 2010), 『강냉이』(권정생 시, 김환영 그림, 2018)가 그렸던 한국전쟁은 여러 작품으로 계속 그려지고 있다. 『숨바꼭질』(김정선, 사계절, 2018)은 따뜻하고 귀여운 그림체로 보다 어린 어린이의 시선과 목소리를 담는다. 이름이 똑같은 양조장 집 박순득과 사선포 십 이순득은 한동네에 살며 온종일 붙어 다니는 친구다. 그런데 어둑한 밤, 짐 보따리를 이고 지며 떠나는 피난 행렬이 문득 등장하고 행렬에는 엄마와 피난길에 나서는 이순득이 있다. 박순득은 떠나는 이순득을 보며 '숨바꼭질'을 하자 한다. 박순득이 술래를 자청하며 "꼭꼭 숨어라. 머리카락 보일라." 외치는 텍스트가 여러 페이지에 반복되는 동안 그림은 이순득의 피난길을 보여 준다. 줄곧 그림책의 왼쪽 면에서 오른쪽 면으로 향하는 행렬은 긴긴 피난길을 말하는 그림책의 장치다.

밭두렁 사이에서 잠자고, 강을 건너고, 비행기의 폭격을 피하며 드디어 피난민촌에 정착해 지내던 이순득네 가족은 또다시 행렬에 나서는데 이번에는 행렬의 방향이 그림책의 오른쪽 면에서 왼쪽 면으로 전환된다. 고향으로 돌아가는 것이다. 이제 이순득이 술래가 되어 피난을 떠나지 않은 박순득을 찾을 차례. 하지만 이순득이 고향에서 만난 건 폐허가 된 박순득의 집과 가게, 개 점박이뿐이다.

이 그림책은 어린이가 전쟁으로 겪은 고난과 이별을 어린이들의 놀이인 숨바꼭질과 중첩시키며 어른과 구별되는 어린이만의 전쟁 경험과 정서를 그린다. 어린이의 경험과 정서를 담아낸 유일한 공간은 언뜻 전쟁의 비극과는 거리가 멀정도로 따사롭고 환해 보이지만 그 대비가 전쟁의 비극을 더욱 환기시킨다.

여전히 계속되는 전쟁과 어린이의 삶

구드룬 파우제방의 『살아남는다는 것!』(박종대 옮김, 봄볕, 2022)은 제2차 세계대전 패망 직전 독일을 배경으로 전쟁의 참상이 어느 국가의 어린이도 비껴가지 않는 장면을 보여 준다. 구드룬 파우제방은 『핵 폭발 뒤 최후의 아이들』(함미라 옮김, 보물창고, 2016), 『나무 위의 아이들』(김경연 옮김, 비룡소, 1999)에서 전쟁, 평화, 기후 위기 등의 사회적 주제를 줄곧 이야기해 왔다. 2005년 독일에서 출간된 『살아남는다는 것!』은 공중 폭격으로 지하 방공호 화장실에 매몰된 다섯 어린이가 어둠 속에서 허기와 공포를 이겨 내며 끝내 생존하는 이야기다.

이 책에서 사 남매와 한 명의 어린이가 서로를 보살피

며 생존 가능성에 한 발자국씩 다가가는 여정을 보면 온 몸
과 마음이 간절해진다. 사 남매가 기차역에서 방공호를 향해
달리고, 서로를 잃어버렸다가 찾고, 방공호 화장실에 갇히는
일을 따라가다 보면 전쟁이 특히 어린이에게 얼마나 가혹한
지 새삼 알 것 같다. 인파에 밀려 제 몸 하나 가누기 힘든 상
황에서 아이들은 동생을 업거나 무거운 짐 가방을 든 채 방
공호로 뛰어야 한다. 어른보다 한 걸음씩 늦고 사람들로 벌
써 꽉 찬 방공호의 문이 닫히니 다른 방공호를 찾아 또다시
달린다. 자기 목숨 하나를 부지하는 게 절체절명인 상황에서
어른들은 도움을 주기는커녕 가방을 훔쳐 가기까지 한다. 그
무엇보다 전쟁이 잔혹한 점은 삶의 전부를 송두리째 빼앗아
간다는 사실이다. 사 남매의 맏이인 열다섯 살 기젤은 대피
령으로 집을 떠나던 순간을 회상하며 말한다.

> "할머니가 오리털 이불과 맞바꿔 가면서까지 구해 준 바이
> 올린은 또 어떻고요! 학교 오케스트라에서 연주하면서 얼마
> 나 뿌듯했는데! (……) 그런데 오늘 밤 기차 안에서 벌써 이런
> 생각이 들었어요. 그래, 누군가 내 바이올린을 연주한다면 그
> 것만으로 감사한 일이야. 15분 정도 몸을 따뜻하게 하려고 땔
> 감으로만 쓰지 않는다면……."
>
> ─『살아남는다는 것!』, 46쪽

지금도 여전히 삶의 터전을 떠나야 하는 어린이들이 있다. 2011년부터 계속된 시리아 내전으로 400만 명의 시리아 난민이 튀르키예에 살고 있고, 이 어린이들이 겪은 전쟁을 튀르키예 아동문학 작가들은 썼다. 『전쟁에서 도망친 나무』(귀진 외즈튀르크, 이난아 옮김, 한울림어린이, 2022)는 한밤중 트럭을 타고 시리아를 탈출해 튀르키예의 난민 캠프로 온 베쉬르의 목소리이고, 『난민 소녀 주주』(치으뎀 세제르, 이난아 옮김, 한울림어린이, 2021)는 차별과 혐오를 겪으면서도 당차게 새 삶을 찾아가는 주주의 목소리다. 주주는 자신이 겪은 전쟁 이야기를 녹음기에 담는다. 어린이 독자 역시 주주처럼 자신의 이야기를 소중히 여기고 다른 이들이 "들을 때까지 외치고, 볼 때까지 써야 한다"(『난민 소녀 주주』, 64쪽)고 힘주어 말한다.

"주주, 이야기책이 왜 있는지 아니?"
"아이들 읽으라고요."
"아냐, 사람들이 이야기를 꺼내 놓았기 때문이야."

——같은 책, 38쪽

아동문학은 어린이 독자가 읽으라고 쓴 책만은 아니다. 어린이의 이야기를 어른이 대신해 꺼내 놓은 책이다. 좋은 아동문학에는 비록 어른이 대신했어도 어린이의 목소리가 담겨 있다. 무엇에나, 어디에서나, 늘 그러했다.

폭력으로부터 자유로울 권리

최근 이슈가 된 학교폭력 관련 드라마와 사건은 어린이와 청소년 주변의 폭력에 대해 다시 살펴보게 한다. 어린이와 청소년이 살아가는 세계가 안전하길 바라지만 현실은 별로 그렇지 못하다. 어른들의 세계에서 발생하는 폭력은 어린이와 청소년의 세계까지 침범하고 되풀이된다. 어린이와 청소년의 안전을 가장 먼저 지켜 주어야 할 가정, 보육기관, 교육기관에서 오히려 학대나 폭력이 일어나기도 한다.

서울시 학생인권조례 제2절 제6조 '폭력으로부터 자유로울 권리'에서는 어린이와 청소년이 학교에서 어떤 폭력에 노출될 수 있으며 어떤 보호를 필요로 하는지 다시 한번 상기시킨다.

① 학생은 체벌, 따돌림, 집단괴롭힘, 성폭력 등 모든 물리적 및 언어적 폭력으로부터 자유로울 권리를 가진다. ② 학생

은 특정 집단이나 사회적 소수자에 대한 편견에 기초한 정보를 의도적으로 누설하는 행위나 모욕, 괴롭힘으로부터 자유로울 권리를 가진다. ③ 교육감, 학교의 장 및 교직원은 체벌, 따돌림, 집단괴롭힘, 성폭력 등 모든 물리적 및 언어적 폭력을 방지하여야 한다.

'폭력으로부터 자유로울 권리를 가진다.'라는 문장이 다소 낯설기는 하나 조례를 읽어만 보아도 모든 차별과 폭력에서 학생을 보호해야겠다는 결의 같은 게 생긴다. 지극히 당연하게 지켜져야 할 일들이지만 그 옛날 학교는 그렇지 않았던 걸 떠올려 보면 조례 덕분에 학생들이 폭력으로부터 좀 더 안전하겠다는 안도감이 든다.

현실의 폭력과 문학 속 폭력

어린이와 청소년이 살아가는 현실을 언제나 예민하게 살펴 온 아동·청소년문학은 폭력에 대해서도 오래전부터 이야기해 왔다. 여러 폭력 양상 중에서도 특히 따돌림이나 집단괴롭힘 등 어린이와 청소년이 폭력의 가해자이자 피해자가 되는 상황을 가장 많이 볼 수 있었다. 『내 짝꿍 최영대』(채인선, 재미마주, 1997)와 『양파의 왕따 일기』(문선이, 주니어파랑새,

2001)는 집단괴롭힘과 따돌림을 본격적으로 말하기 시작한 저학년 동화로 20여 년이 지난 지금까지 널리 읽힌다. 스테디셀러의 이유에는 어린이가 폭력의 가해자가 될 수 있는 현실을 문학 작품으로 접하며 성찰하게 만들려는 교육적 목적이 있겠다.

두 작품을 비롯해 동일한 주제의 많은 동화에서는 주로 학교 폭력을 작품 속에 어떻게 드러내고 해결했는지가 비평의 쟁점으로 논의됐다. 폭력의 재현이 폭력을 성찰하는 데까지 이르지 못하고 묘사나 기술 자체에만 머물러 있지 않은지, 문제 해결의 전망이 지나치게 낭만적이어서 복잡다단한 현실을 무화시켜 버리지는 않는지. 문학 작품을 포함해 여느 영상, 공연 콘텐츠가 폭력을 재현하는 과정에서 숙고하는 지점과 같다.

저학년 동화에서는 대개 따돌림이나 괴롭힘이 장난으로 무마될 수 없는 폭력이라는 사실을 가해자가 깨닫고 뉘우치고 피해자에게 사죄하면서 갈등이 해결된다. 이에 비해 최근 고학년 동화나 청소년 소설의 접근은 좀 다르다. 우선 하나의 방식은 폭력과 갈등의 해결보다 '나' 자신에 집중해 성장의 발판을 마련하는 데 관심을 두는 것이다. 따돌림당하는 인물에게 친구가 생기기도 하지만 친구 없이도 충만하고 당당한 자신이 될 수 있다고 느끼며 친구에 연연하지 않는 길로 나간다.

청소년 소설 『체리새우: 비밀글입니다』(황영미, 문학동네, 2019)는 중학생 다현이가 같은 반 은유를 따돌리는 그룹에서 벗어나 은유와 친구가 되는 가운데 자신의 내면까지 긍정하게 되는 이야기다. 다현이가 속했던 '다섯 손가락' 친구들은 특별한 이유 없이 은유와 절대 말을 섞지 말 것을 암묵적으로 약속했지만 다현이와 은유가 같은 모둠으로 수행평가를 준비하면서 관계가 변화한다. 은유와 가까이 지내면 안 된다는 생각에 첫 모둠 모임까지 빠졌던 다현이는 자신이 '다섯 손가락' 친구들을 잃을까 봐 전전긍긍하며 눈치를 보고 스스로를 존중하지 못했다는 걸 깨닫는다. 거기에는 은유의 영향이 있었다.

왕따도 겁나지 않는다는 은유는 "어차피 우리 모두는 나무들처럼 혼자야. 좋은 친구라면 서로에게 햇살이 되어 주고 바람이 되어 주면 돼. 독립된 나무로 잘 자라게 서로에게 도움이 되는 존재"(『체리새우: 비밀글입니다』, 156~157쪽)라고 친구 관계를 바라본다. 다현이 역시 "나를 싫어하는 애들은 내가 무슨 짓을 해도 싫어하더라고. 노력해도 그 애들의 마음은 돌릴 수 없어. (……) 나를 좋아하는 친구들에게만 신경 쓸 거야. 나를 좋아하는 친구가 한 명도 없으면 그냥, 내가 먼저 좋아할 거야."(같은 책, 179~180쪽)라고 생각하기에 이른다.

최근 출간된 청소년 소설 앤솔러지 『하면 좀 어떤 사이』(조우리 외, 낮은산, 2023)도 때로 자신을 내어 주고 때로 자신을 지키며 타인과 관계 맺는 다양한 방식을 섬세하게 이야기한다. 표제작 「하면 좀 어떤 사이」는 친구를 좋아하다가, 부러워하다가, 질투하게 되는 관계들에 대해 한 발짝 거리를 두고 '그러면 좀 어때'라며 여유롭게 바라본다. 학교 폭력 상황은 아니어도 복잡다단한 갈등 관계에 처했을 때 스스로 편해질 수 있는 마음의 자리를 마련한다. 타인이나 외부 세계와의 관계에 지쳐 하며 '자존감'이나 '멘탈' 같은 단어를 종종 입에 올리는 요즘 청소년에게 어떠한 상황에서도 자신을 너무 나무라지 말라고 보듬어 주는 듯하다.

"자존감 낮은 자신을 싫어하는 대신 차라리 자존감이라는 단어를 싫어하자고. 그 말에서 느껴지는 높낮이를 싫어하자고. 자신을 존중하는 마음에 끊임없이 키 높이를 시도하게 하는 그 단어를 우리 함께 싫어하기로 하자고."
——『하면 좀 어떤 사이』, 164쪽

그럼에도, 학교 폭력이라는 현실을 떠올리면 질문이 남는다. 『체리새우: 비밀글입니다』에서 '다섯 손가락'이 은유를 따돌린 행위는 그저 다현이 '다섯 손가락'에서 이탈하면 사라지는지. 은유가 왕따가 되는 걸 겁내지 않는 이유가 마음을 다치지 않으려는 방어적 생존 전략이라면 이를 마냥 반길 수 있을지. 「하면 좀 어떤 사이」에서 주리의 SNS를 똑같이 따라 하며 비슷한 사진을 찍어 올리고 스터디 플래너까지 베끼는 계정을 사이버 폭력으로 보지 않고 내버려 두어도 되는지.

고학년 동화와 청소년 소설도 저학년 동화처럼 폭력이 사라져야 한다는 당위를 지닐 수는 없다. 십 대의 현실을 부정하고 이상을 꿈꾸는 일이 될까. 그렇다면 학교 폭력 피해자의 목소리에 귀 기울이는 작품이라도 계속 창작되어야 하지 않을까. 학교 폭력 상황과 친구 관계에서 일어나는 갈등 상황을 좀 더 명확히 구분해 가면서 말이다.

청소년 소설에서 앞서 말한 작품들보다 심각한 수위의 학교 폭력은 리얼리즘보다는 SF, 판타지, 호러 등 장르 형식으로 이야기됐다. 즉 친구 관계의 갈등이나 낮은 수위의 폭력은 친구 관계에 얽매이지 않고 나 자신을 찾아 가는 리얼리즘으로, 높은 수위의 폭력은 장르로 이야기하는 방식이다. 장르 형식을 이용하는 이유는 청소년 인물이 등장하고 청소년 독자가 읽는 텍스트에서 폭력을 재현하는 부담을 피할 수 있다고 여겨지기 때문으로 보인다.

제목부터 강렬하고 섬뜩한 이꽃님의 『죽이고 싶은 아이』(우리학교, 2021)는 고등학교 1학년 박서은의 시신이 학교에서 발견되고 '절친' 지주연이 용의자로 지목받는 상황으로 시작한다. 작품 중간에 여러 차례 삽입되는 방송 인터뷰는 서은과 주연 주변 인물들의 직설적인 입말을 통해 둘의 관계를 드러내고 탐문한다. 특정한 시간, 장소, 관계에서 그들을 보아 왔을 뿐인 목격자들의 견해는 저마다 다르다. 다만 서은의 죽음 이후 밝혀지는 서은과 주연의 관계가 '절친'이 아니라 이용, 집착, 의존으로 얽힌 '계약 노예'였다는 점을 알려 준다. 둘의 관계에 대한 서로 다른 증언들과 결말에 드러나는 서은과 주연의 마지막 대화는 청소년들 사이에서 발생하는 폭력의 층위를 낱낱이 파헤친다.

하지만 서은을 살해한 범인을 찾는 전체 서사의 흐름 속에서 폭력이라는 주제는 단지 서사의 요소로 기능하는 듯 보이기도 한다. SF 등 장르 형식으로 학교 폭력을 말하는 다른 청소년 소설들 역시 폭력을 생생하게 드러내고는 있지만 현실의 폭력을 내파하지 못하고 오히려 현실을 우회하며 끝나 버리는 경우가 많다.

그런데 만약 총알이 빗나가면

운문 소설 『롱 웨이 다운』(제이슨 레이놀즈, 황석희 옮김, 밝은세상, 2019)과 이 책을 그래픽 노블로 만든 같은 제목의 책 『롱 웨이 다운』(제이슨 레이놀즈 글, 대니카 노프고로도프 그림, 전하림 옮김, 에프, 2022)은 열다섯 살 윌이 거리에서 살해당한 숀 형의 복수를 위해 총을 들고 나선 순간을 그린다. 서사의 핵심은 총을 허리춤에 꽂고 집에서 나온 윌이 엘리베이터를 타고 7층에서 로비 층까지 도착하는 1분 7초간에 일어난 일이다. 매 층마다 엘리베이터가 서고 사람들이 타는데 그들은 모두 윌이 알고 있거나 윌을 아는 이들이며 총기로 살해당했다.

윌은 죽은 이들의 이야기를 들으며 친구 대니를 제외한 이들 모두가 누군가를 살해하고, 살해당한 고리에 있다는 사실을 알게 된다. 특히 윌은 아버지가 마크 삼촌의 복수를 위해 누군가를 살해했으며 실상 진범을 오인했다는 걸 듣고 충격을 받는다. 숀 형의 죽음을 복수하려는 윌, 마크 삼촌의 죽음을 복수한 아버지라는 동일한 고리의 중복은 폭력이 계속 폭력을 낳는다는 진실을 엄중하게 보여 준다. 여덟 살 때 놀이터에서 놀다 무고하게 희생된 대니가 "그런데 만약 총알이 빗나가면?"이라고 윌에게 질문하는 장면 또한 반복되는 폭력과 희생을 상기시킨다.

지금까지 여러 콘텐츠에서 총기 사고로 희생되는 어린이와 청소년을 보았지만 어른이 아닌 어린이와 청소년 독자에게 이토록 선명하게 총기로 인한 폭력을 이야기하는 책은 드문 것 같다. 운문 소설 『롱 웨이 다운』이 뉴베리 아너상을, 그래픽 노블 『롱 웨이 다운』이 케이트그린어웨이상을 수상하며 미국 사회에 큰 반향을 일으킨 이유이기도 하겠다. 이 작품은 엘리베이터가 로비 층에 도착하는 1분 7초간 죽은 자들을 만난다는 장르적 설정을 지니면서도 현실 세계의 폭력에 희생되는 이들과 폭력의 악순환을 진지하게 전한다. 끔찍하고 고통스런 폭력이 흥미로운 서사와 장르 형식에서 휘발되지 않고 오히려 강렬하게 전달된다. 어린이와 청소년이 경험하는 이 세계의 폭력을 우리 동화와 청소년 소설은 어떻게 이야기해야 할지 더 생각해 보게 한다.

이야기에서
이야기로

4부

자기 예언이 되는 이야기

창작자를 '덕질'하는 이들은 대개 그의 모든 걸 알고 싶어 하고, 창작 활동 전부를 만나고 싶어 하고, 세상에 나온 창작물을 모조리 갖고 싶어 한다. 문학 작품을 읽는 일도 '덕질'과 비슷할 때가 있다. 좋아하는 작가가 있으면 그의 전작(全作)을 읽는다. 굳이 비교하자면 작가 덕질은 아이돌 덕질보다 더 긴 역사와 전통을 자랑한다. 오래전이지만 작가가 제일 '힙'한 아이돌인 시대도 있었다. 요즘의 작가 덕질은 아이돌 덕질에 비해 투여되는 시간과 에너지와 돈이 훨씬 가뿐한 편이다. 아무리 다작을 하는 작가라도 몇 개월 단위로 컴백하며 신간을 출간하지는 않으니까. 정작 음악은 음원으로 들으면서 굳이 CD를 사 모으거나 할 필요도 없이, 달랑 책한 권(때로 굿즈 정도) 사서 읽는 게 전부인 장르다.

작가의 전작을 읽는 일은 누가 시켜서 억지로 하는 일도 아니고, 체계적이고 방대한 연구를 목적으로 하는 일도 아니다. 한 작품에 반하면 자연스레 다른 작품도 읽고 싶어지는, 취향의 발견에 가깝다. 현대 문학이론에선 작품과 작가를 가능한 한 분리하지만 어쨌든 작품에는 작가가 담겨 있고, 작품의 매력을 더 맛보고자 한다면 그 작가의 다른 작품을 찾아볼밖에 없다.

그런데 목적이 있는 행위는 아니었다 해도 전작을 읽다 보면 작품의 이해와 감상에 깊이가 더해진다. 때로 덕질이 '업'이 되기도 하는 이유다. 하나의 텍스트를 작가의 여러 텍스트와 나란히 펼쳐 두고 읽을 때 의미는 풍요로워진다. 텍스트 이해는 작가의 문학 세계 전반을 이해하는 데 깊이를 더한다. 이는 또 역으로도 진행되면서 텍스트 이해와 작가 이해가 서로 순환하며 상승한다.

전작 읽기는 작품과 작가 이해에서 나아가 문학 자체에 대한 시야를 넓혀 주기도 한다. 작가마다 자신의 고유한 이야기와 이야기 방식을 간직하면서도 시대와 문학의 변화에 조응해 끊임없이 새로워지는 길을 확인할 수 있어서다. 특히 생존 작가라면 그의 문학은 동시대를 살아가는 나와 밀착해 시대를 함께 건너는 동반자가 되기도 한다.

전작 읽기의 의미는 아동문학에서도 마찬가지다. 한 작가가 어린이를 바라보는 변함없는 시선과 변화하는 시선을 따라가 볼 수 있다. 그 당시 이야기와 지금 어린이 독자에게 하는 이야기를 비교하며 오늘날 현실에서 이제 아동문학은

어린이 독자에게 무슨 이야기를 어떻게 해야 할지 생각하게
된다.

재미있는 운명은 남들과
다른 길을 가는 이에게

　케이트 디카밀로의 신작 『비어트리스의 예언』(김성미 옮
김, 비룡소, 2021)을 읽으면서도 그런 생각들을 했다. 케이트
디카밀로는 『내 친구 윈딕시』(햇살과나무꾼 옮김, 시공주니어,
2004)로 뉴베리 아너상, 『생쥐 기사 데스페로』(비룡소, 2004)
로 2004년 뉴베리상, 『초능력 다람쥐 율리시스』(노은정 옮김,
비룡소, 2013)로 2014년 한 번 더 뉴베리상을 받은 작가다.(뉴
베리상은 미국을 대표하는 아동문학상으로, 1922년 첫 시상 이후 역
대 2회 수상 작가는 케이트 디카밀로, 로이스 로리, 엘리자베스 조지
스피어뿐이다.) 우리에게는 드라마에 비쳤던 『에드워드 툴레
인의 신기한 여행』(김경미 옮김, 비룡소, 2009)도 유명하다. 그
런 그가 새롭게 내놓은 책은 20년 내내 훌륭한 평가를 받아
온 예전 책들과 어떻게 같고 또 다를까. 차이가 있다면 그 의
미는 무얼까.
　여러 전작(前作) 중에서도 최근작 『비어트리스의 예언』
과 비교하기에 적절한 작품은 같은 점이 가장 많은 『생쥐 기

사 데스페로』다. 『비어트리스의 예언』은 수도복을 입은 비어
트리스를 그린 책 표지에 나타나듯 중세가 연상되는 시공간
을 배경으로 하는데, 『생쥐 기사 데스페로』 역시 왕과 공주
가 사는 성과 지하 감옥이 배경이다. 두 작품 모두 3인칭 초
점 화자가 서술하는 일반적인 형식이 아니라 서술자의 목소
리로 옛이야기를 들려주는 듯한 문체와 형식을 지닌다. 작
품 중간 갑자기 서술자가 개입해 "얘들아" 하며 독자를 부르
기도 하고, "이것이 염소의 새 계략일까?"라고 질문하며 분석
을 유도하는 식이다. "어떻게 하면 그렇게 용감해질 수 있을
까?"라며 메시지에 집중할 수 있게 환기시키기도 한다. 장마
다 각기 다른 캐릭터가 등장해 앞으로 일어날 사건을 짐작할
수 없게 하다가 동떨어져 보였던 캐릭터들이 서로 관계를 맺
고 이야기를 만들어 가는 구성 또한 비슷하다.

주제도 유사하다. 두 작품에서는 주인공 비어트리스와
데스페로뿐 아니라 상처받고 슬퍼하던 모든 캐릭터가 자신
만의 길을 찾아 가고, 소망을 이룬다. 『비어트리스의 예언』의
캐릭터들은 악마가 들렸다고 미움받던 염소, 아버지에게 학
대당한 고통에 여전히 괴로워하는 수사 에딕, 강도에게 부모
를 잃은 잭 도리, 스스로 왕좌에서 내려온 에렌가드 왕까지
모두 외톨이다. 홀로 슬픔을 지닌 채 살아가던 이들은 비어
트리스를 중심으로 모이면서 서로 돕고 보살피는 여정에서
슬픔을 위로받고 각자가 찾아낸 새로운 길을 걸어가기 시작

한다.

『생쥐 기사 데스페로』에서도 작고 연약하게 태어나 부모의 기대가 내던져진 채 '절망'이란 이름을 갖게 된 데스페로와 여러 캐릭터가 저마다 소망을 꿈꾸고 성취한다. 어느 날 갑자기 엄마를 잃은 피 공주, 엄마가 죽은 후 아빠가 자신을 팔아 버려 노예로 학대당한 미그, 빛과 어둠 사이를 방황하다 복수를 다짐하는 시궁쥐 로스쿠로는 절망과 결핍 가운데서도 소망을 잃지 않는다. 이들의 소망에 대해 서술자는 묻는다.

> "아무런 가망도 없는데 뭔가를 소망하는 게 끔찍한 일일까? 아니면 결국 너 말고는 다른 사람에게는 별 상관도 없으니까 그냥 소망을 품어 보는 것도 괜찮은 걸까?"
>
> ──『생쥐 기사 데스페로』, 139쪽

지하 감옥 같은 어두운 삶에서 다소 뒤틀렸던 소망들은 서로의 절망을 공감하고 상대의 죄를 용서하면서 빛을 향해 나아간다. 가장 불행했던 이들의 소망이 결국 이루어지는 마지막 장면은 어둠 속에 홀로 있는 어린이 독자에게도 작은 촛불이 되어 빛날 것 같다. 서술자는 이들의 소망을 반복해 물으며 끝내 소망을 잃지 말라고 말한다. "재미있는 운명은 남과 다른 길을 가는 모든 이에게 다가온단다."(『생쥐 기사 데스페로』, 27쪽)라며 작고 약해서 버림받은 세상 모든 데스페로들의 용기를 응원한다.

물방울이 되지 않고 바다로 돌아오는 인어 공주

그런데 두 작품은 자신의 길을 찾거나 소망을 성취하는 방식이 좀 다르다. 『생쥐 기사 데스페로』는 공주를 구하는 중세 기사의 모티브를 기본으로 해서 데스페로가 공주를 지하 감옥에서 구출하는 이야기로 달려 나간다. 시궁쥐 보티첼리와 로스쿠로, 로스쿠로에게 포섭당한 미그는 악인 역할이다. 이에 비해 『비어트리스의 예언』에서 선악은 존재하지만 자기 완성은 악을 처단하며 선이 승리하는 데서 오지 않는다. 비어트리스는 동생들을 학살하고 어머니를 감옥에 가둔 가짜 왕과 고문을 앞에 두고 그저 자신의 이야기를 완성해 나갈 뿐이다.

비어트리스는 왕에게 말하고 싶었어. 당신이 내 동생들을 죽였어. 날 죽이려고 했지. 하지만 당신은 실패했어. 여기 내가 당신 앞에 서 있어. 당신은 실패했어.
하지만 그 말을 하지 않았어. 대신에 비어트리스는 입을 열어 말했지.

"옛날에."

옛날에.

"뭐라고?"

왕이 몸을 기울여 물었어.

"옛날에 인어가 살았어요. 인어는 어디를 가든 해마들의 시중을 받았죠."

— 『비어트리스의 예언』, 218쪽

인어가 물방울이 되어 사라지지 않고 바다로 돌아가는 이야기는 곧 비어트리스가 써 내려가는 자기 예언이다. "어느 날 왕을 왕좌에서 내려오게 하고 커다란 변화를 불러일으킬 여자아이가 올 것이다."(같은 책, 120쪽) '슬픔의 연대기'에 기록된 바로 그 '여자아이'였던 비어트리스는 이 예언을 자신만의 것으로 다시 쓴다. 왕을 왕좌에서 내려오게 한 이가 새로운 왕이 되는 수많은 이야기를 뒤로한 채 본인이 왕이 되지 않고, 용감하고 지혜로운 어머니 아벨라드의 애슬린을 여왕으로 추대한다. '여자아이'가 자기를 찾아 가는 이야기에서 (공주나 왕비가 아닌) 여왕이 되는 마지막 장면을 예상했는데 어른에게 그 자리를 넘겨주다니 의외의 결말이라 할 수 있다.

하지만 에렌가드 왕은 다시 왕으로 살고 싶어 하지 않았고 애슬린은 자녀들을 기리려고 왕위를 수락했듯 이 작품에서 왕의 자리는 누구나 선망하는 높은 자리가 아니다. 설령 높은 자리라고 하더라도 어린이를 무조건 높은 자리에 앉혀 현실에서의 어린이와 어른의 권력 관계를 전복시키는 게 아동문학의 전부는 아니라고 말하는 듯하다. 그 또한 아동문학의 클리셰일 수 있다고 말이다.

비어트리스는 과거 작품의 어린이 주인공이 어른, 제도, 권력과 싸우고 승리하며 주체성을 쟁취하던 길과는 다른 길을 걷는다. 애초에 비어트리스의 세계에는 어린이와 어른의 이분법이 없다. 어린이인 비어트리스와 잭 도리, 어른인 에딕 수사와 에렌가드 왕은 나이로 서열 짓지 않으며 그저 동등하고 자유로운 주체로 만난다. 이들 사이에는 나이뿐 아니라 신분, 나아가 동물과 인간의 종 차별도 없다.

『비어트리스의 예언』은 작가 케이트 디카밀로가 마치 자신의 문학을 돌아보며 미래의 문학을 예언하는 작품 같아 보인다. 예전부터 그는 『내 친구 윈딕시』, 『이상하게 파란 여름』에서 여성 어린이와 청소년의 성장을 이야기했고, 『생쥐 기사 데스페로』에서 빛과 어둠, 기쁨과 슬픔을 이분하지 않았다. 『비어트리스의 예언』은 그런 세계에서 더 나아간다. 세상을 가르는 모든 이분법을 폐기하면서 어린이를 어른과 대비해 규정하지 않고, 다양한 존재가 평등하게 만나 서로를 돌보며, 외부와의 투쟁이 아닌 자기 내면에 집중해 자기 완성을 이루어 가는 장면을 그린다.

동시에 여전히 이분법적인 현실을 살아가는 어린이가 어른과의 권력 관계에서 어떠한 위치에 있는지 외면하지 않는다. 『생쥐 기사 데스페로』에서 미그가 당한 아동 학대의 끔찍함을 기어코 서술했듯 『비어트리스의 예언』에서도 에딕 수사가 학대당한 기억에 묶여 고통스러워하는 걸 가슴 아프게 바라본다. 부모가 살해당하는 상황을 목격한 잭 도리가 혼자 생존해야 했던 시간들 또한 이야기를 넘어 현실의 어린이들에게까지 가닿는다.

그럼에도 오늘날 아동문학이 어린이에게 말하는 성장은 어른이나 세상과 대적해 싸워 이기고 살아남는 데서 끝나서는 안 된다고 본다. 타자를 나와 동등한 주체로 존중하며 관계 맺는 일은 어린이에 대한 어른의 책무만이 아니라 어린이와 그들이 만들어 갈 현실이라고 예언한다. 우리 어린이 독자들도 그 예언을 더 가까이 읽고, 자신의 예언을 쓰길 기대해 본다. 한 작가의 세계를 따라가며 이렇게 또 하나의 예언을 얻는다.

피노키오와 마틸다

한 해의 마지막과 시작에는 아무래도 밝은 이야기를 찾게 된다. 지난해 아무리 고단하고 위태로웠다 해도 새해는 좀 더 나으리라는 희망을 꿈꾸게 마련이니 마음속 희망을 북돋울 이야기가 어울린다. 이즈음은 비관주의자도 꿈꾸게 하는 신비로운 시간이다.

어린이가 있는 가족이라면 모처럼 여유 있게 한자리에 모여 다 함께 볼 영화도 한두 편 필요하다. 다가올 시간을 희망찬 마음으로 기다리게 하고, 가족과 이웃의 소중함을 따뜻이 느끼게 해 준다면 더 좋다. 2022년 12월 넷플릭스에서 공개한 「피노키오」(기예르모 델 토로 감독)와 「로알드 달의 뮤지컬 마틸다」(매튜 워처스 감독)는 이 시기에 맞춰 나온 영화다. 어린이와 어른에게 동시에 안기는 산타의 선물 같은 두 편의 영화는 겨울 방학의 '어린이 영화'로도, 연말연시의 '가족 영화'로도 흥미로웠다.

설명할 필요가 없을 정도로 유명한 '피노키오' 이야기는 1940년 발표된 디즈니 애니메이션을 비롯해 이미 여러 차례 영화로 만들어졌다. 2022년 9월 디즈니에서 제작한 실사 영화가 공개되고, 기예르모 델 토로 감독의 스톱모션 애니메이션이 연이어 12월에 공개되면서 또다시 주목받는 이야기가 됐다. '마틸다' 또한 1997년에 영화로 제작되고, 2010년에 뮤지컬로 창작되어 익숙한 이야기다.

영화나 뮤지컬 등 다양한 장르로 꾸준히 재탄생한 두 콘텐츠의 원작은 동화다.『삐노끼오의 모험』(전 2권, 카를로 콜로디, 이현경 옮김, 창비, 1998)과『마틸다』는 각각 1881~1883년 이탈리아에서, 1988년 영국에서 발표된 후 오늘날까지 널리 읽히는 아동문학의 고전이다. 무려 140여 년 전 창작된 고전과 30여 년 전 창작된 현대 아동문학의 정전을 영화와 뮤지컬로도 만나고 있는 것이다. 두 동화가 오늘날까지 끊임없이 여러 장르 형식으로 이야기되는 힘은 뭘까. 2020년대의 영화는 원작 동화와 무엇이 같고 다를까. 거기에서는 어린이를 향한 시선을 어떻게 발견할 수 있을까.

부모 말을 안 듣고 아버지 집을 떠나면 큰일 나

피노키오의 이야기를 책으로, 그것도 완역본으로 읽은

독자는 그리 많지 않을 것 같다. 피노키오는 캐릭터로 더 유명하다. 1940년 디즈니 애니메이션이 그랬듯 파란 리본이 달린 노란 셔츠에 빨간 멜빵바지를 입은 꼭두각시 나무 인형의 이미지가 가장 먼저 떠오른다. 사람이 아닌 나무 인형이니 피노키오의 셔츠와 바지는 나무토막과 관절이 한눈에 드러나게끔 반팔에 반바지다. 뭐니 뭐니 해도 가장 중요한 특징은 거짓말을 하면 코가 길어진다는 거다. 요즘에야 이런 공갈로 어린이를 위협하는 어른도, 이에 속는 어린이도 없겠지만 한때는 종종 사용되던 훈육 방식이었겠다 싶다.

동화 『삐노끼오의 모험』에도 어린이를 공포로 밀어 넣으며 위협하는 장면이 나온다. 학교에 가서 공부하기 싫다며 집을 떠나려는 피노키오에게 귀뚜라미는 "아이들이 자기 부모 말을 안 듣고 아버지 집을 떠나면 큰일 나! 이 세상 그 어느 곳에서도 행복할 수 없어. 집을 떠나자마자 곧 크게 후회하게 될 거야."(『삐노끼오의 모험』, 1권 35쪽)라고 충고한다. 또 학교를 빼먹고 '장난감 마을'로 가는 어린이들이 당나귀로 변하는 모습까지 보여 준다. (반면 피노키오의 코가 길어지는 장면은 파란 요정에게 거짓말했을 때 딱 한 번 나오는데, 문맥상 거짓말을 하지 말라는 교훈을 전한다기보다는 파란 요정의 신비한 능력을 드러내는 데 가깝다.)

이처럼 140년 전 창작된 이 동화는 부모에게 순종하는 어린이가 되라는 교훈을 분명히 담고 있다. 그럼에도 서른여섯 개 꼭지로 구성된 길고 긴 이야기의 핵심은 『삐노끼오의 모험』(Le Avventure di Pinocchio)이라는 제목처럼 '모험'에 있다. 집을 떠난 피노키오는 어른의 보호가 없는 상황에서 금화를 노리는 여우와 고양이에게 속고, 억울하게 감옥과 농장에 갇히고, 파란 요정의 도움을 받기도 하는 등 온갖 역경을 겪다가 결국 상어 배 속에서 만난 아버지와 집으로 돌아온다. '집-세계-집'으로 구성되는 모험과 회귀의 서사가 비록 '착한 아들'로 귀결된다 해도 '착하지 않은 피노키오'가 낯선 세계에서 겪는 모험만은 어린이 독자에게 해방감을 안겨 주기에 충분하다.

1886년 발표된 동화로 동시대에 나란히 인기를 끈 『사랑의 학교』와 비교하면 더 명확해진다. 이 동화에서 어린이 인물은 근대 교육 제도인 학교를 통해 근대 국가의 국민으로 육성될 뿐 피노키오와 같은 개성을 지니지는 않는다. 피노키오처럼 "정말 우리 같은 어린이들은 얼마나 불쌍해! 모두들 우리에게 소리치고 야단치고 훈계만 하잖아."라고 외치는 건 상상도 못 할 일이다. 『사랑의 학교』는 국민 양성이라는 시대적 과제에 따라 유명한 작품이 됐지만 『삐노끼오의 모험』만큼 여전히 사랑받지는 못한다. 『삐노끼오의 모험』에는 집을 떠나며 시작되는 의외로운 모험과, 모험의 풍랑을 파도타기 하듯 구르는 피노키오의 독특한 캐릭터가 있다. 바로 이것이 피노키오 이야기의 생명력이다.

『삐노끼오의 모험』은 어린이 독자가 흥미로워할 요소 외에 당시의 가난한 현실도 작품 곳곳에 담고 있다. 애초에 목수 제페토가 피노키오를 만든 이유는 생계를 위해서였다. 움직이는 꼭두각시 인형을 만들어 보이면 먹고살 수 있다고 여겼기 때문이다. 피노키오의 이름을 짓는 장면에서도 사회 현실이 풍자적으로 반영된다.

"삐노끼오라고 부르면 좋겠군. 이 이름이 이 녀석에게 행운을 가져다줄 거야. 예전에 내가 알던 사람들 중에 삐노끼오 가족이 있었어. (……) 모두들 잘 살았어. 그중 구걸을 하는 사람이 제일 잘 살았지."

——『삐노끼오의 모험』, 1권 25쪽

제페토는 피노키오가 학교에 갖고 갈 책을 사 주지 못할 만큼 가난하고, 그걸 말하는 문장은 슬프다.

"명랑한 아이이긴 했지만 삐노끼오 역시 슬퍼졌어요. 정말 가난할 때는 모두 가난이 어떤 건지 이해하게 되기 때문이랍니다. 어린이들까지 말이에요."

——같은 책, 1권 60쪽

2022년의 애니메이션 「피노키오」는 이 동화를 어린이가 자신의 모습을 찾아 가는 이야기로 바꾸었다. 파시즘이 몰아친 제2차 세계대전으로 시간 배경을 옮긴 후 피노키오가 집을 떠나는 일탈과 반항의 여정에 부모, 학교, 국가가 요구하는 어린이상 어디에도 포섭되지 않은 채 스스로 삶을 탐색한다는 의미를 부여했다. 제페토가 전쟁 중 죽은 친아들 카를로를 그리워하며 피노키오에게 그 모습을 따르라고 종용하거나, 학교와 종교에 이르기까지 전 방위의 파시즘 체제가 어린이들을 억압하는 설정은 오늘날 시선으로 어린이 존재를 깊이 바라보며 존중하게 만든다.

하지만 이야기의 결말은 자기 희생으로 아버지의 목숨을 구하며 부모와 결합하는 원작의 교훈에서 크게 나아가지 않는다. 집으로 돌아온 피노키오가 늙은 아버지를 돌보는 모습이 아주 잠깐만 비쳤다 해도 말이다. 원작 동화에서 푸른 요정은 피노키오의 모든 잘못을 용서하며 "가난하고 병든 부모님을 진심으로 돌봐 드리는 아이는 비록 말 잘 듣고 착한 행동을 하는 모범적인 아이가 아니라 해도 항상 많은 칭찬과 사랑을 받을 만한 가치가 있는 거란다."(같은 책, 2권 168쪽)라고 말하는 것과 똑같은 결말이다. 영화와 동화 모두에서 피노키오의 성장은 마치 '영 케어러(Young Carer)'처럼 가난하고 늙고 병든 부모를 자식으로서 돌보는 행동으로 그려진다.

내 이야기는 내가 바꿔야 해

『삐노끼오의 모험』으로부터 100년, 현대 동화인 『마틸다』에 등장하는 어린이와 어른의 관계는 다르다. 마틸다는 초능력을 이용해 트런치불 교장의 학대에 맞서며 자기 자신은 물론 다른 어린이들과 학대 경험으로 채 어른이 되지 못한 하니 선생님까지 구출한다. 동화의 마지막은 마틸다를 방임하던 부모가 훔친 차를 속여 판 일로 외국으로 도망치려 할 때 마틸다가 이를 거부하고 하니 선생님을 새 양육자로 삼는 장면에서 끝난다. 부모와 절연한 어린이가 등장하는 동화라니 읽을 때마다 여전히 놀랍다.

대니 드비토 감독의 1997년 작 영화 「마틸다」는 대체로 원작 동화의 서사를 따르면서 마틸다의 천재적인 지능과 초능력을 좀 더 환상적으로 보여 주었다. 반면 2010년 제작된 뮤지컬 「마틸다」는 부모와 교장의 행위를 아동학대로 분명히 규정하고 마틸다와 어린이들의 강력한 저항을 노래에 담았다. 동화 『마틸다』가 아닌 뮤지컬 「마틸다」를 원작으로 하는 영화 「로알드 달의 뮤지컬 마틸다」는 뮤지컬의 해석을 더욱 충실히 강조하고 확장시킨다.

이렇듯 영화 「마틸다」(1997)와 「로알드 달의 뮤지컬 마틸다」(2022)는 어른 대 어린이의 구도와 갈등 해결 방식이 다르기에 영화 곳곳에서 차이가 드러난다. 전자에서 마틸다의 방은 안락하게 꾸며진 공간인 데 비해 후자에서는 창고처럼 어두컴컴한 다락방이다. 방임에 더해 학대받는 모습을 그린다. 또 영화 「로알드 달의 뮤지컬 마틸다」에서는 뮤지컬 무대 장치로 제한됐던 학교의 공간이 더욱 무시무시한 분위기를 띤다. 음산한 교실, 감옥 구조의 복도, CCTV 제어실 같은 교장실, 관 모양의 형틀인 '처키'까지.

이런 설정으로 「로알드 달의 뮤지컬 마틸다」에서 마틸다와 어린이들의 거센 저항은 설득력을 지닌다. 1997년 영화에서 마틸다는 부모의 방임에 냉담하고 무표정한 연기로 대응하지만 2022년 영화에서 마틸다는 노래 「Naughty(버릇없는)」를 부르며 부모의 학대에 강한 분노를 표출한다.

"네 이야기에서 탈출하고 싶다면 울 필요 없어. 소리칠 필요 없어. 자꾸 작다면서 물러서면 안 돼. 가만히 앉아 당해 주다 보면 똑같을걸. 원래 그런 거라고 참기만 하면 익숙해지고 말걸. 이건 아니야. 바로잡아야 해. 하지만 누구도 대신해 주진 않아. 내 이야기는 내가 바꿔야 해."(「Naughty」의 가사)

마틸다는 "똑같이 맞서면 너도 나쁜 사람이 돼."라고 말하는 충고에도 "둘 다 나빴지만 좋은 일로 끝난다면 그건 좋은 거"라는 생각을 굽히지 않는다. 뮤지컬 영화 초반에서 마틸다의 캐릭터와 연기는 어른 관객이 마틸다를 사랑스럽게 바라볼 여지를 일부러 남기지 않으려는 듯 냉정하고 전투적이다.

그러다가 가정과 학교에서의 학대가 점점 심해지고 교문을 나선 어린이들이 모터사이클과 버스와 비행기를 몰며 환하고 자유롭게 「When I Grow up(내가 어른이 되면)」을 부르는 장면에서는 어린이에게 가해진 억압의 무게와 횡포를 한없이 공감하게 된다. 트런치불 교장에게 대항하는 찰나, 곧 폭발할 것 같던 마틸다가 갑자기 구름 위로 오르며 「Quiet(침묵)」를 노래하는 목소리에는 학대당한 어린이의 깊은 슬픔이 느껴진다. 「Revolting Children(반항하는 아이들)」을 선창하는 인물이 다름 아니라 '처키'에 갇혔던 브루스이기에 붉은 깃발을 흔들며 동상을 무너뜨리는 어린이들의 노래는 혁명이 된다.

예전 동화가 오늘날 새로운 장르로 만들어질 때 예전과는 다른 어린이상이 반영된다. 자기 모습 그대로 살아가는 피노키오, 어린이의 연대로 학대에 단호히 맞서는 마틸다에게는 오늘의 어린이를 바라보는 어른의 변화된 시선이 담겨 있다. 눈앞의 세계는 약간의 변화도 허용하지 않으며 버티고 서 있는 듯하지만 조금 더 긴 시간에서 바라보면 분명 조금씩 나은 방향으로 걸어온 길이 있다. 오늘날 어린이의 두 손을 오늘날 피노키오와 마틸다가 붙잡아 준다는 건 얼마나 다행하고 복된 일인지. 그 손을 맞잡고 10년 후, 20년 후 어린이들의 이야기를 또 기다려 본다.

다시 쓰는 공주의 법칙

옛이야기와 디즈니 애니메이션의 공주들

　평범한 혈통인 우리에게 의외로 공주는 매우 친숙한 존재다. 어릴 때부터 공주 이야기를 많이 읽거나 보고 자라서겠다. 동화와 그림책과 애니메이션에는 왕자보다는 공주가 주인공인 이야기가 훨씬 많다. 동아시아 작은 나라의 어린이 독자였던 내게 공주는 동경의 대상이었다. 백설공주의 피부는 얼마나 희고, 입술은 또 얼마나 붉길래 세상에서 제일 예쁘다 하는지 궁금했다. 하늘색 드레스를 입은 신데렐라가 마차를 타고 무도회장에 가는 마법은 인터넷이 없던 시절, 먼 나라의 문화를 마냥 찬탄하며 꿈꾸게 하기에 충분했다. 공주는 '지금, 여기'와는 다른 세계에 대한 판타지나 로망을 반짝이며 불러내는 마법 목걸이 같았다.

　하지만 그 옛날 공주님들을 여전히 경원하는 독자는 이

제 어른, 아이 할 것 없이 흔치 않을 것 같다. 아름다운 공주 님이 왕자님과 결혼하며 해피엔딩을 맺는 이야기에는 가부 장제, 인종주의, 문화제국주의가 깃들어 있다는 사실을 비판 적으로 알기 때문이다. 그래서 최근에는 공주 이야기를 어린 이 독자에게 아예 들려주지 않으려는 어른도 있다. 백마 탄 왕자가 홀연 나타나 공주를 위기에서 구해 주고 둘이 서로 한눈에 반해 결혼한 후 영원히 행복하게 살았다는 이야기가 오늘날 어린이에게 대체 무슨 의미란 말인가.

사실 공주 이야기의 문제는 그림 형제 민담이나 안데르 센 동화를 변형한 디즈니 애니메이션에서 더 불거진다. 그림 형제의 『어린이와 가정을 위한 옛이야기』(1812년 초판, 1857 년 최종본 출간)에 수록된 '백설공주'와 달리 디즈니 애니메이 션 「백설공주와 일곱 난쟁이」(1938)에서는 가부장주의와 백 인우월주의가 두드러진다. 애니메이션에서는 일곱 난쟁이와 왕자의 비중이 늘어났고 정작 주인공인 공주는 왕자의 사랑 을 기다리는 수동적인 인물이 됐다. 그림 형제의 '백설공주' 에서 난쟁이들은 스스로 살림을 하지만 애니메이션에서는 백설공주가(무려 공주가!) 난쟁이들을 위해 청소하고 요리한 다. 또 백설공주의 하얀 피부와 계모의 까만 망토의 이미지 가 대비되고 강조되면서 '하양=선', '까망=악'의 편견을 만들 며 피부색으로 선악이나 미추를 규정할 우려까지 생겼다.[*]

물론 애니메이션 「겨울왕국」(2016)에서 보듯 디즈니의 공주도 이제는 완전히 달라졌다. 「겨울왕국」의 엘사 공주는 막강한 마법과 능력의 소유자이고, 왕자와의 사랑과 결혼이 아닌 여동생 안나와의 자매애로 자기 완성을 이룬다. 백설 공주가 난쟁이의 집에서 'Someday my prince will come(언젠가는 나의 왕자님이 올 거예요)'이라고 노래 부른 반면 엘사는 'Let it go'라고 외치며 마법의 힘으로 절벽 위에 자신만의 성을 세운다.

디즈니가 새로운 공주를 탄생시키며 어린이는 물론 젊은 여성 관객까지 다시 불러모은 걸 보면 지금까지 공주 이야기가 문제적이었다고 해서 공주 이야기를 앞으로 하지 말아야 할 필요는 없을 것 같다. 실제로, 여러 옛이야기를 여성주의 관점으로 다시 쓴 『흑설공주 이야기』(바바라 G. 워커, 박혜란 옮김, 뜨인돌, 1998)나 세계 곳곳에서 다양한 삶을 사는 공주들을 연작 동화로 말하는 『여덟 공주와 마법 거울』(나타샤 패런트 글, 리디아 코리 그림, 김지은 옮김, 사계절, 2022)을 비롯한 많은 책들이 예전과 다른 공주 이야기를 쓰고 있다. 이 동화들은 오랫동안 굳어진 '공주의 법칙'을 하나씩 깨부수며 옛날 공주에서 탈바꿈한 오늘날 공주를 보여 준다. 옛이야기나 디즈니 애니메이션의 공주님을 모조리 폐위시켜 성안에 가두

---

* 김환희, 『옛이야기와 어린이책』(창비, 2009) 210~224쪽 참조.

는 것보다 더 적극적인 작업이다. '공주의 법칙'을 깨는 오늘
날 공주 이야기를 좀 더 만나 보자.

공주는 예쁘다

지금까지 공주는 모두 예뻤다. 세상에서 가장 예쁘다는
묘사가 공주 캐릭터의 시작이고 완성이었다. 공주의 아름다
운 외모는 공주의 일생을 결정짓는다. 아름다워서 질시받다
죽임당하고, 또 아름다워서 사랑받고 결혼 상대자가 된다.
공주의 아름다움은 캐릭터의 요소이자 서사 전개의 모티브
다. 왕자에게는 멋진 용모가 강조되지도 않고 용모로 사건이
전개되지도 않는 걸 비교해 보면 성별에 따른 캐릭터 차이가
요즘 성인지 감수성과 얼마나 맞지 않은지 알 수 있다.
　초등학교 교과서에도 수록된 그림책 『종이 봉지 공주』(로
버트 문치 글, 마이클 마첸코 그림, 김태희 옮김, 비룡소, 1998)는 이
법칙을 비튼다. 첫 장은 여느 공주 이야기와 똑같이 시작된
다. "엘리자베스는 아름다운 공주였습니다. 엘리자베스 공주
는 성에 살았지요. 비싸고 좋은 옷들이 많았어요. 또 공주는
로널드 왕자와 결혼하기로 되어 있었죠." 그런데 어느 날 용
이 나타나 공주의 성을 부수고 옷을 모조리 불태워 버리고는
왕자를 잡아간다. 입을 옷이 없어진 공주는 겨우 종이 봉지

한 장을 걸치고 용을 찾아가 지혜와 담력으로 결국 왕자를 구출한다. 하지만 왕자가 목숨을 구해 준 걸 고마워하기는커녕 공주다운 옷을 입으라 하자 공주는 가뿐하게 왕자를 버리고 자기 길을 나선다. 그림책은 이렇듯 공주에게서 아름다운 외모와 치장을 떼어 낸다.

페미니스트 작가 리베카 솔닛이 신데렐라 이야기를 다시 쓴 『해방자 신데렐라』(리베카 솔닛 글, 아서 래컴 그림, 홍한별 옮김, 반비, 2021)에서는 공주 이야기의 핵심인 아름다움을 아예 다시 정의한다. 신데렐라가 세상에서 가장 아름답다 말하지 않고, "사실 세상에서 가장 아름다운 사람이란 있을 수 없어."라고 단언한다. 아름다움에는 여러 종류가 있다며 아름다움의 기준을 다양하게 열어 놓는다. 누군가는 둥글고 부드러운 곡선을 좋아할 수 있고, 또 다른 누군가는 날카로운 선을 좋아할 수 있다. 그러니 각자의 눈에 비친 아름다움은 다를 것이다. 그러한 시선 역시 달라질 수 있다. 자신이 사랑하는 상대는 다 아름다워 보이듯 우리의 시선은 주관적이고 가변적이다. 아름다움에 대한 생각이나 정의도 다 달라서 "별이 가득한 밤하늘"이 아름답다는 사람, "눈 내리는 숲"이 아름답다는 사람…… 저마다 느끼는 아름다움이 정말로 다양하다고 이 책은 말한다. 그러니 이야기 속 공주가 세상에서 가장 아름답다는 건 사실도 아닐뿐더러 다양성을 중요시하는 오늘날 세계와는 상당히 어긋나는 이데올로기다.

공주는 격식대로 행동한다

공주는 아름다울 뿐 아니라 정숙하고, 온화하며, 위엄이 있다. 공주는 공주에게 주어진 격식에 따라 행동한다. 그래서 백설공주든 신데렐라든 찔레꽃 공주(디즈니 애니메이션 「잠자는 숲속의 공주」의 주인공)든 아름다운 외모와 마음씨를 지녔다는 점 외엔 별다른 특징이 없어 보인다. 한 공주가 다른 공주로 바뀌어도 큰 상관이 없다. 개성을 지닌 인물이 아니라 종이 인형처럼 전형적인 캐릭터이기 때문이다.

조지 맥도널드(1824~1905)는 『공주와 고블린』(최순희 옮김, 시공주니어, 2014), 『가벼운 공주』(이경혜 옮김, 문학과지성사, 2008) 등의 작품으로 옛이야기 속 공주와는 다른 공주 이야기를 아동문학에서 거의 처음 시작한 작가다. 그의 동화에서 공주는 비로소 개성을 지닌 인물이 된다. 『공주와 고블린』의 아이린 공주는 보호라는 명목 아래 성안에 갇혀 지내다가 성 밖으로 뛰쳐나가 험난한 모험을 한다. 『가벼운 공주』에서 공주는 세례식에 초대받지 못한 고모의 저주를 받는데, 이 설정은 옛이야기 '찔레꽃 공주'와 똑같지만, 공주는 그 저주로 중력을 잃고 둥둥 떠다니게 된 걸 불행으로 받아들이지 않고 오히려 즐긴다.

늘 공중에 떠서 바람이라도 불면 휘익 날아가 버리는 공주를 두고 왕과 왕비는 깊이 근심하며 해결책을 고심한다.

하지만 정작 공주는 자기 몸에 실을 매달아 연처럼 날고 싶다고 하는 등 무게만큼이나 가벼운 정신과 영혼으로 공주의 지위에서 자유로울 뿐이다. 물론 공주는 마법의 저주로 기이해진 사람처럼 묘사되고 결말에서는 남들과 다름없는 무게를 갖게 된다. 그럼에도, 훗날 피터팬처럼 철들지 않고 하늘을 날아다니는 공주의 모습은 옛이야기의 공주들과 어린이 독자들을 구속하는 굴레를 단번에 해방시킨다.

이금이 작가의 『망나니 공주처럼』(사계절, 2019) 역시 '망나니 공주' 전설에 억압된 앵두 공주를 자유롭게 풀어 준다. "망나니 공주처럼 되지 않으려면 공주님은 열심히 공부해야 합니다.", "가장 중요한 건 공주다운 겁니다. 공주님은 언제 어디서나 공주답게 생각하고, 말하고, 행동해야 합니다." 등등의 말은 앵두 공주를 오직 공주라는 지위에만 가두었다.

그러나 앵두는 '망나니 공주'가 정말로 망나니가 아니었고 몰락한 왕국에서 스스로 삶을 개척하며 왕국을 다시 일으켜 세운 훌륭한 여왕이었다는 걸 알게 되고, 자신도 새로운 전설의 주인공이 되겠다고 다짐한다. 강력한 규범에도 얽매이지 않고 자신만의 삶을 찾아 나서는 공주는 누구보다 확고한 자기 걸음으로 성장을 향해 뚜벅뚜벅 나아가는 주체적인 캐릭터가 된다. 어린이 독자들이 공주들과 어깨동무하며 함께 걸어갈 만하다.

공주는 왕자와 결혼하며 자기 완성을 이룬다

왕자와의 결혼이 곧 자기 완성이던 법칙도 이러한 변화로 연달아 깨진다. 공주와 왕자의 관계와 두 캐릭터의 성격이 달라지면서 공주의 자기 완성 또한 새로워진다.『망나니 공주처럼』에서 망나니 공주는 "너 참 귀엽다."라며 왕자에게 먼저 자기 마음을 전하고, 이에 왕자는 "넌 참 멋져."라고 화답한다. 말타기를 즐기는 공주와, 바느질과 요리에 재능이 있는 왕자의 성격에 딱 어울리는 고백 장면이다.

한편『해방자 신데렐라』에서 신데렐라와 '네버마인드' 왕자는 사랑이 아닌 우정의 관계를 맺는다. 왕자는 "무언가를 길러 내는 법을 배우고 싶고 낮에 땀 흘려 일하고 밤에 푹 잘 수 있었으면 좋겠다."라고 바라며 '농부 왕자'가 된다. 부엌일로 학대당했던 신데렐라는 요리를 통해 세상 사람들과 만나며 느낀 행복을 계기 삼아 케이크 가게의 주인이 된다. 신데렐라를 구속하던 가사노동은 사회적인 노동으로 성격이 변화하고, 신데렐라는 케이크 가게에서 전쟁으로 굶주린 어린이들을 맞이한다.

'공주의 법칙'을 부수고 자기다운 삶을 찾는 공주들의 이야기는 개인의 자기 완성, 자기 발견, 성장을 넘어서는 비전까지 열어 보인다. 망나니 공주와 왕자의 결혼식에서 왕자는 자신의 왕관을 망나니 공주에게 넘긴다. 옛이야기에서 공주는 결혼을 통해 왕비가 됐을 뿐이지만 망나니 공주는 여왕으로서의 권력을 지니게 됐다. 그런데 망나니 공주는 왕관을 두고 "일하기에는 너무 크고 거추장스러우니까" 오늘 하루만 쓰겠다고 선언한다. 가부장제 권력이 왕자에게서 공주에게로 이양된 데서 나아가 백성을 위한 권력이 된다. 권력을 가진 자의 성별이 남성에서 여성으로 달라지는 걸로 멈추지 않고 권력의 새로운 성격을 기대하게 만든다.

『해방자 신데렐라』에서는 자기 완성의 과제가 신데렐라와 왕자뿐 아니라 이야기에 등장하는 모든 존재에게로 확장된다. 외모를 가꾸는 데 시간을 썼던 의붓언니들은 미용사와 재봉사가 되어 다른 사람을 도우며 보람을 느낀다. 무엇보다 놀랍고 감동적인 건 인간뿐 아니라 동물에게까지 이 시선이 확장되는 장면이다. 무도회에 가기 위해 말과 마부로 만들었던 생쥐와 도마뱀까지도 주인공 신데렐라의 서사에 소용되는 데서 끝나지 않는다. 신데렐라는 도마뱀이 사람으로 변하는 마법을 보며 신기해하면서도 과연 그의 의지는 어땠을지 의문한다. "세상에. 그런데, 도마뱀들이 말구종(마부)이 되고 싶었을까요?" 요정은 무도회가 끝난 후에도 계속 들판을 달리고 싶다는 생쥐는 말로 남겨 두고, 새끼들에게 돌아가고 싶다는 생쥐는 원래대로 생쥐로 돌려놓는다. 신데렐라는 물론이고 이야기 속 모든 존재가 각자 원하는 삶을 찾도록 한다.

자기다운 삶을 찾아 가는 오늘날 공주 이야기를 읽을 때면 외모, 규범, 결혼에 갇힌 옛날 공주 이야기와 자연스레 비교하게 된다. 두 개의 이야기가 겹치면 오늘날 이야기는 더욱 힘이 있어진다. 다시 쓰는 공주 이야기에서 오늘의 어린이 독자도 새로 태어나고 있을 것이다. 자신과 세계를 탐색하며 새로운 규범을 만들어 나가는 세상의 모든 공주들과 함께.

잠들어야 하는 밤

어린이는 대개 잠들기 싫어한다. 잠이 싫고, 밤이 무섭다. 그림책 『요 이불 베개에게』(타카노 후미코, 고향옥 옮김, 한림출판사, 2010)에는 어린이가 잠과 밤을 불편해하는 마음이 잘 나타나 있다. 경직된 표정의 어린이가 이부자리에 누우며 말한다. "요야. 이불아. 베개야. 아침까지 푹 자게 해 줘. 부탁할게." 그러고는 셋에게 좀 더 구체적으로 부탁한다. 요에게는 오줌이 마렵지 않게 해 달라고, 이불에게는 손끝에서 발끝까지 따뜻하게 해 달라고, 베개에게는 무서운 꿈을 꾸지 않게 해 달라고 한다. 요가 대답한다.

네 배 속에서 오줌이 찰랑찰랑 몸부림치면 내가 이렇게 달래 줄게. "기다려, 기다려. 아침까지 기다려."

이불은 낮에 다쳐 피가 난 너의 무릎까지도 낫게 해 주겠다고, 베개는 무서운 꿈을 날려 버리겠다고 따뜻하면서도 듬 직하게 장담한다. 이 책을 읽으니, 아직 밤 오줌을 잘 가리지 못하는 어린이가 이를 염려하며 잠드는 일이 얼마나 큰 근심일지 새삼 알 것 같다. 늦도록 오줌을 가리지 못해 종종 생겨나는 이불 빨래가 어른에게는 힘든 일거리일 뿐이겠지만 어린이에게는 실패이자 수치의 증거이겠다는 생각도 든다. 오줌을 쌀까 봐, 무서운 꿈을 꿀까 봐 밤에 잠들기 두려워하는 어린이의 마음이 생생하게 느껴진다.

나도 어릴 때 밤을 무서워했다. 벽에 어리는 검은 그림자가 귀신, 혼령, 유령…… 그 이름이 무엇이든 밤에만 나타나는 이계의 존재가 아닐까 의심하고 확인하면서 몇 번씩 눈을 비볐다. 혹시라도 그 형상들이 잠든 사이 다가와 나를 해치지 않도록 머리까지 이불을 뒤집어쓰고 발뒤꿈치에 힘을 주어 침낭처럼 이불을 여몄다. 어른이 되어서도 꽤 오래 밤이 무서웠다. 우습게도, 밤에는 귀신이 아니라 사람이 더 무섭고 사람을 조심해야 한다는 생각이 들고서야 예전 같은 공포는 사라졌다. 유형이 달라졌을 뿐 밤이 오면 내 주위를 배회하는 불안의 부피는 여전한지도.

밤과 어둠에서 피어나는 공포는 비합리적 사고나 유약한 심리에서 오기보다는 아주 오래전부터 인간 유전자에 새겨진 일 같다. 아프리카 세렝게티 초원의 밤, 아무것도 보이지 않는 완벽한 어둠 속에서 동물들이 울부짖는 소리가 들릴 때

밀려오던 공포는 밤과 어둠에 대한 공포가 인간 최초의 공포에 닿아 있음을 느끼게 했다. 문명으로 안전이 보장되는 시대 이전의 공포에 어린이는 본능적으로 더 민감한 것 아닐까. 동굴이 밤새 막아 주지 못할 배고픔, 추위, 공격에 맘 놓고 잠들지 못했던 시간이 축적된 원초적 공포. 어둠 속에서 눈을 감으면 내일 다시 찬란한 태양을 마주하리라는 희망을 품지 못하던 시간들을 좀 더 또렷이 기억하고 있을지도 모르겠다.

잠이 들고, 밤과 싸우며

잠자리 그림책들은 잠들기 싫어하고 무서워하는 어린이의 마음을 토닥이며 잠재워 준다. 『잠자는 책』(샬로트 졸로토 글, 스테파노 비탈레 그림, 김경연 옮김, 풀빛, 2002)은 우리 전래동요의 자장 노래나 서양 자장가 마더구스처럼 간결하고 반복되는 노랫말 같은 텍스트로 평온한 잠자리에 들게 한다. "두루미가 잠을 자요. 긴 다리 하나로 서서. 줄기에 맺힌 꽃송이 같아요." "거미들이 잠을 자요. 하얀 레이스 한가운데 까만 잉크로 찍어 놓은 작은 점 같아요."라고 시처럼 아름다운 언어를 들려준다. 비둘기, 물고기, 말, 물개, 풀벌레, 거북의 잠을 노래한 후에는 고양이와 개의 잠으로 다가온다. "개들이 잠을 자요. 좋아하는 사람 가까이 침대 밑이나 깔개 위에서 개들이 잠을 자요." 이제 마지막 장면, 개가 잠을 자는 침대 위에는 달빛과 별빛에 둘러싸여 평화롭게 잠든 어린이가 있다. 잠자리 의식에서 모두 잠을 잔다는 말을 반복하는 이 책을 읽어 주며 잠들게 하려는 의도이겠다.

우리나라 전래동요에서도 노래한다. "새는 새는 나무에 자고, 쥐는 쥐는 구멍에 자고, 소는 소는 마구에 자고, 닭은 닭은 홰에 자고, 나는 나는 어데 잘까, 우리 엄마 품에 자지." 간결하게 반복되는 언어는 예상치 못한 미지의 무언가가 갑자기 튀어나오지 않으리라는 안정감을 준다. 게다가 누구도 자고, 누구도 자고, 너도 잔다는 이야기는 주술 같은 데가 있다. 그렇게 어린이는 스르르 잠든다.

하지만 여전히 잠들기 힘겨워하는 어린이도 있다. 『밤을 켜는 아이』(레이 브래드버리 글, 리오 딜런·다이앤 딜런 그림, 이상희 옮김, 국민서관, 2005)의 주인공은 밤을 좋아하지 않는다. 그가 좋아하는 건 초롱과 램프, 호롱불과 양초, 횃불과 모닥불, 손전등과 너울거리는 불꽃 등 밤을 밝히는 불빛이다. 아버지가 여행을 떠나고 어머니는 일찍 잠든 어느 밤 어린이는 집 안 곳곳을 돌아다니며 불을 켠다. 거실, 현관, 식품 창고, 복도, 부엌, 다락방 할 것 없이 모든 공간을 환하게 밝힌다. 네덜란드 초현실주의 화가인 마우리츠 코르넬리스 에스허르 (1898~1972)의 판화 형식을 활용한 그림은 밤이 싫어 불을 켜고 다니는 어린이의 불안을 효과적으로 표현한다. 에스허르의 판화는 차원을 변형하고 현실과 비현실의 경계를 파괴하는 작품들로 유명하다. 어린이가 집 안 어디에도 편안하게 몸을 붙이지 못하고 변형되고 왜곡된 공간을 돌아다니는 모습을 보면 밤이라는 세계의 낯설음과 두려움이 공감된다.

이제 환히 밝혀진 집 안에 불쑥 한 여성 어린이가 나타나며 이야기는 전환된다. 까만 머리칼과 까만 눈동자에, 까만 드레스를 입고 까만 신발을 신고 있는 이 아이는 자신을 '어둠'이라고 소개한다. '어둠'은 별처럼 빛나는 눈동자를 반짝이며, 스위치를 다시 하나씩 꺼 보자 제안하고 그것이 밤을 켜는 일이라고 말한다. 스위치를 내려 밤을 켜면 귀뚜라미 소리, 개구리 소리, 별과 달이 켜진다고 알려 준다. 어두운 밤이라야 비로소 들리는 소리와 보이는 빛이 있다는 사실을 환상적인 목소리로 전한다.

전등에 의지해 무섭고 외로운 밤을 견디던 주인공의 마음은 '어둠'을 만나고서야 스위치를 누르듯 순간 바뀐다. 얽힌 계단을 오르내리며 '어둠'과 함께 밤을 켜는 어린이는 줄곧 에스허르 판화의 형식으로 그려지지만 예전 장면에서처럼 불안하지 않다. 낯설고 두렵기만 했던 밤이라는 세계는 차츰 탐험하고 조우하고 싶어지는 미지의 세계로 다가온다.

밤의 철학과 아름다움 속으로

　잠들기 싫어하고 밤을 무서워하는 어린이들에게 밤을 조근조근 설명하는 그림책도 있다.『잠자는 책』작가들의『바람이 멈출 때』(김경연 옮김, 풀빛, 2001)는 '과학적 진실'과 '시적 진실'을 어우르며 밤을 비롯한 여러 자연 현상을 설명한다.『잠자는 책』처럼『바람이 멈출 때』에서는 나무 판자에 그림을 그리는 기법이 사용되어 나뭇결 바탕이 자연을 한층 가깝게 만들면서 자연의 이치를 노래한다.

　날이 저무는 걸 보자 마음이 슬퍼진 어린이가 엄마에게 묻는다. "왜 낮이 끝나야 하나요?" 태양계에 속한 지구가 자전하며 낮과 밤이 생기는 과학적 진실을 아직 이해하기 힘든 어린이에게 밤이란 정말 알 수 없는 현상일 듯하다. 엄마는 시적 진실로 대답한다. 그래야 밤이 올 수 있고, 밤은 달과 별, 그리고 어둠과 함께 꿈을 마련했다고. 그래도 궁금증이 다 풀리지 않은 어린이는 재차 묻는다. 낮이 끝나면 해는 어디로 가느냐고. 엄마는 낮은 끝나지 않고 이곳이 밤이 되면 다른 곳에서 다시 낮이 시작되고, 이 세상에 완전히 끝나는 것은 없다고 답한다.

　완전히 끝나는 건 없다는 대답은 밤이면 모든 게 끝나 버릴까 봐 두려운 마음에 위안이 된다. 어린이는 끝나지 않는다는 대답을 계속 듣고 싶어 하며 계속 묻는다. 바람은 어디로 가는지, 산 너머 봉우리를 넘으면 무엇이 되는지, 파도가 모래에 부서지면 어떻게 되는지. 엄마의 막힘없는 대답에 그제야 어린이는 이 세상에 끝나는 건 없다는 사실을 믿고 안심한다. 낮이 끝나지 않고 내일 다시 온다면 더 이상 밤은 싫어하거나 두려워할 현상이 아니다. 밤을 알아 가며 두려움은 사라진다.

밤의 아름다움을 느낄 때에도 두려움에서 멀어질 수 있다.『한밤의 선물』(홍순미, 봄봄, 2015)은 한지를 콜라주해 은은하고 평화로운 이미지를 만들어 내며 하루라는 시간을 보여 준다. 빛과 어둠이 다섯 아이를 낳았다. 이들의 이름은 새벽, 아침, 한낮, 저녁, 한밤이다. 오방색 중 하나의 색깔을 지닌 이들에겐 선물이 주어진다. 하얀색 새벽에겐 아늑한 물안개와 고요함이, 파란색 아침에겐 시원한 바람을 타고 온 파랑새가, 노란색 한낮에겐 눈부신 햇빛이, 붉은색 저녁에겐 곱게 물든 노을이.

하지만 까만색 한밤에게는 오롯이 깜깜함만 있을 뿐이다. 서러워 울고 있는 한밤에게 다른 시간들은 자기가 받은 선물을 나누어 주고, 한밤이 고마워하며 자신을 나누어 주자 모두에게는 그림자가 생긴다. 홀로 울다 그림자를 만들어 주는 한밤에게는 밤이라는 시간에 담긴 고독과 신비가 스며 있다. 밤은 그저 조금 다른 아름다움을 지닌 시간이 된다.

동시「까만 밤」역시 까만색에 따뜻함과 아름다움을 불

어넣는다. 색의 삼원색인 빨강, 노랑, 파랑이 겹쳐 검정이 되
듯 다정한 무엇들이 껴안아 까만 밤이 되었다고 노래한다.

까만 밤

빨강, 노랑, 파랑이
폭 껴안아
검정이 되었네.

깜깜한
밤
오늘 이 밤엔

무엇, 무엇, 무엇이
꼬옥
껴안고 있을까?
──정유경, 「까만 밤」 전문(『까만 밤』(창비, 2013))

깜깜한 밤을 무서워하는 어린이에게 이 동시를 들려주며
속삭이고 싶다. '까만색은 여럿이 꼭 껴안았을 때 만들어지
는 색이야. 그러니 밤이 깜깜하다고 무서워할 필요 없어. 엄
마를 껴안고, 아빠를 껴안고, 네가 가장 좋아하는 인형을 껴

안고 잠들렴. 매미 울던 여름밤을 지나 풀벌레 잔잔히 우는 가을밤이 왔구나. 긴긴 겨울이 끝나지 않을 것 같아도 봄은 늘 온단다. 오늘 밤이 지나야 내일 또 놀 수 있어. 오늘아 안녕, 이라고 인사하며 자, 이제 눈을 감아 보자.'

놀이이자 위로인 책

『책 읽는 고양이 서꽁치』(이경혜, 문학과지성사, 2022)에는 제목처럼 책을 읽을 줄 아는 아기 고양이 서꽁치가 등장한다. 엄마 고양이 서명월로부터 이어받은 능력이다. 시조 할아버지 고양이가 우연히 딱 정확한 양으로 먹은 독풀이 마법을 일으켜 한 세대에 단 한 마리 고양이씩 저절로 글 읽는 능력을 갖게 됐다. 한글 공부 없이 하루 아침에 줄줄 책을 읽는다는 설정은 그러려니 싶었는데 영어, 일어, 스페인어 같은 외국어 또한 저절로 읽을 수 있다 하니 눈이 반짝 뜨이며 이 고양이가 갑자기 부러워진다.

책 서(書) 자를 성으로 삼은 서꽁치는 책을 읽을 줄 알기만 하는 게 아니라 책 읽는 걸 즐긴다. 독서가 취미인 고양이다. 꽁치는 고향 섬에서 배를 타고 나와 항구의 서점과 도서관에서 책장 빼곡하게 들어찬 책을 마주할 때마다 허겁지겁 책 속으로 빠져든다. 가장 좋아하는 먹잇감인 꽁치를 먹을 때처럼 허기와 갈증을 채우듯 책을 흡입한다. 책을 찾으려 위험을 무릅쓰고 예전 살던 집으로 가는 길에 꽁치는 생각한다.

"오래 굶은 거나 마찬가지여서 뭐든 먹어야 했는데 예전 집에 있던 책들이 눈앞에 생선처럼 아른거렸어. 그 집에 살 때는 그게 책인지 뭔지도 몰랐는데 이젠 진짜 펄떡펄떡 뛰는 꽁치를 봤을 때처럼 그것들이 읽고 싶어 참을 수가 없다니!"

——『책 읽는 고양이 서꽁치』, 103쪽

문자와 처음 만나던 경이로운 순간

어린이들도 꽁치처럼 글자를 깨치거나 책을 읽고 싶어 안달하는 시기가 저마다 있던 기억이 떠오른다. 양육의 수많은 순간을 거의 잊은 듯하지만 아이가 한글을 읽는다는 걸 알게 된 순간만큼은 또렷이 남아 있다. 뒷자리 카시트에 앉아 차를 타고 가던 어린이가 '약…… 약…… 약……' 하길래 왜 의미 없는 소리를 반복하나 뒤돌아보았더니 약국마다 크고 붉은 글씨로 적힌 '약' 자를 손가락으로 가리키던 날이 기억난다. 아직 작은 어린이가 눈앞의 모든 글자들이 세상에서 가장 중요한 단어라도 되는 양 또박또박 큰 소리로 읽는 걸 보고 인간이 문자를 깨달으며 느끼는 경이로움이 대단하구나 싶었다.

게다가 어린이들은 얼마나 줄기차게 책을 읽어 달라고 하는지. 책을 읽어 주는 시간에 아이가 먼저 그만 읽자고 하는 경우는 드문 것 같다. 똑같은 책을 수십 번째 읽어 주거나 혹은 한자리에서 수십 권의 책을 읽어 주다가 어른이 먼저 나가떨어지기 십상이다. 지겹고 힘든 내색을 가능한 한 숨기면서 말이다.

그러던 어린이들이 어느 날 책 읽기를 더 이상 재미있어하지 않고 그만둔다. 자발적인 놀이였던 독서를 숙제처럼 여긴다. 대체 왜 어느 시점에 어린이에게 독서는 일거리가 되는 것일까. 미디어 환경의 변화 등 여러 이유가 있겠지만 어린이에게 책을 읽는 일을 권유하고 가르치는 어른의 태도나 방법을 먼저 돌아볼 부분이 있겠다.

어른들이 어린이에게 책을 읽으라고 하는 데에는 아마 이런 목적이 있을 테다. 지식과 교양을 쌓기 위해, 공부를 잘하기 위해, 호기심과 상상력을 기르기 위해, 다른 사람을 이해하고 생각을 나누기 위해, 비판 정신을 기르기 위해. 다 훌륭하고 꼭 필요한 목적이지만 그래서 좀 부담스럽기도 하다. 독서가 마냥 놀이이던 유아 시기처럼 독서가 목적이나 실용과 관계없는 일로 느껴질 때 오히려 독서에 몰입하고, 목적이 아닌 결과로써 목적을 얻을 수 있지 않을까.

26년간 중등 교사로 일했던 프랑스의 유명 작가 다니엘 페나크는 『소설처럼』(이정임 옮김, 문학과지성사, 2018)에서 숙제로 주어지는 독서가 아닌 즐거운 독서를 강조한다. 소설은 이야기이고 인간은 언제나 이야기에 굶주리기에 소설은 그저 '소설처럼' 읽어야 한다는 것이다. 마치 고양이 서꽁치가 가장 좋아하는 먹잇감인 꽁치를 먹어 대듯 책을 읽는 것처럼.

다니엘 페나크는 "독서 지도를 한다면서 청소년들에게는 일절 허용하지 않았던" 모든 권리를 허용해야 한다고 주장한다. 책에 관한 그 권리들의 목록은 이러하다. 책을 읽지 않을 권리, 건너뛰며 읽을 권리, 끝까지 읽지 않을 권리, 다시 읽을 권리, 아무 책이나 읽을 권리, 아무 데서나 읽을 권리, 군데군데 골라 읽을 권리, 소리 내서 읽을 권리, 읽고 나서 아무 말도 하지 않을 권리. 곰곰이 따져 보니 어른들은 이렇게도 저렇게도 책을 읽으면서 어린이와 청소년에게는 이 권리를 허용하지 않는 게 사실이다. 권장 도서 목록에서 골라, 모르는 낱말을 찾아 가며, 처음부터 끝까지 모든 문장에 주의를 기울여, 인물 사건 배경 정도는 정확히 요약할 정도로 읽은 후, 다양한 독후 활동으로 마무리해야 한다면 아무리 책을 좋아하는 어른도 책 한 권 읽는 일에 고개를 절레절레 흔들 테니 어린이의 독서에도 좀 더 자유가 주어져야 한다.

마음대로 읽을 권리

예전에는 다소 이상적이고 낙관적인 태도로 여겨지기도 했지만 오늘날 변화한 미디어 환경에서는 어린이, 청소년 독자에게 더 많은 권리와 자유를 허용하자는 이 책의 태도가 오히려 더 현실적인 접근으로 보인다. 구텐베르크 활자 시대를 지나 문자와 영상이 공존하는 시대에 더 이상 독서는 당위성만으로 설득력을 지니지 못하기 때문이다. 이제 독서는 학교에서 수행하는 학습 영역에 해당하는 일로만 여겨지고, 어린이와 청소년은 책이 아닌 웹문서와 동영상에서 지식과 정보를 찾는다. 독서 교육과 문학 교육의 방향성에 대해 "교육의 과제란 본래 아이들에게 읽는 법을 가르치고 문학을 일깨워줌으로써, 아이들 스스로 자유롭게 '책의 필요성' 여부를 판단할 수 있도록 하는 데 있다."(『소설처럼』, 195쪽)라고 제안한 견해를 돌아보고 우선해야 할 시대이다.

우리나라 성인의 독서량은 낮은 편이고 갈수록 낮아진다고 알려져 있지만 최소한 어린이에게는 독서가 꾸준히 장려되고 있다. 책에 대한 책들로 책 읽기가 권장되기도 한다. 아동문학 작품 중에는 책이나 도서관을 소재나 배경으로 하는 책이 하나의 주요 테마로 분류할 수 있을 만큼 많다. 책을 다 읽고 나서 소금과 후추를 뿌려 꿀꺽 먹어 치우거나, 책 속으로 들어가 모험을 하거나, 한 작가의 전작을 읽어 나가며 성장의 계기를 발견하거나, 책이 가득한 도서관이나 책이 만들 어지는 현장 속에서 새로운 세계를 발견하는 이야기가 꾸준히 출간된다. 책에 대한 책은 어린이에게 독서를 장려하려는 어른들의 목적에 힘입어 좀 더 주목받고, 좀 더 잘 팔리기도 한다. 하지만 책에 대한 책이 어른인 내게는 갈수록 큰 매력이 없어 보였다. 그냥 재미있는 책을 쓰면 되지 굳이 책이 재미있다는 이야기를 책으로 쓸 필요가 있을까, 하는 생각이었다.

『책 읽는 고양이 서꿍치』 역시 그런 책이려니 했다. 고양이가 책을 읽게 되면서 일어나는 모험을 아무리 재미있게 이야기해 봐야 결론에 가서는 '여러분, 독서는 이렇게 좋은 일이니 책을 읽으세요'라고 말할 줄 알았다. 하지만 예전 책들과는 다른 이야기로 흘러가는 걸 흥미롭게 따라가며, 읽지 않은 책을 두고는 늘 겸손해야 한다는 사실을 또 한 번 깨닫는다. 이 책은, 꿍치가 생선만큼 책을 좋아해서 책 읽는 시간을 가장 행복해하는 걸 보여 주면서도 책이 꿍치의 삶을 행복하게만 만들어 주었다고 말하지 않는다. 꿍치가 책 읽을 줄 아는 고양이라는 걸 알게 된 엄마는 꿍치의 동생에게 "책 읽는 능력이 꼭 좋은 건 아냐. 꿍치는 행운아지만 동시에 불운한 고양이일 수도 있어. (……) 괴롭고 힘든 일이 잘 생긴다는 뜻이야."(『책 읽는 고양이 서꿍치』, 44쪽)라고 설명한다.

그리고 꿍치에게는 '재능을 쓰며 행복하게 살아라'라고

말하는 대신 '재능을 행복하게 쓰며 살아라.'라고 축복한다. 재능과 행복을 곧장 연결시키지 않는 생각은 사람이 아닌 고양이가 책을 읽으며 일어나는 위험을 이야기하는 것만은 아닌 듯하다. 재능에 대한 비판적이고 냉소적인 견해 같지도 않다. 여기서는 책이 학업 성적과, 학업 성적이 능력과, 능력이 성공과, 성공이 행복과 자동 연결되는 시대에 대한 비판적 감각을 읽을 수 있다. 꽁치는 새끼 가을이가 자신처럼 책 읽는 고양이인지 궁금해하는 마음으로 달음질치다 '아버지의 마음'을 되찾고 가을이가 더 자란 다음에 물어보고 결정하기로 다짐한다. 어린이의 재능에 조바심치며 앞날을 나서서 결정짓지 않는 어른의 마음까지 보여 준다.

책으로 시작했지만 결국 책을 버리고 책 밖의 삶으로 나아가는 이 이야기는 그림책 『아무것도 없는 책』(레미 쿠르종, 이성엽 옮김, 주니어RHK, 2021)을 떠올리게 한다. 책장에 책이 가득하고 소파까지 책으로 만들어진 서재에서 할아버지가 손녀에게 이른다. "알리시아, 이제 할아버지는 나이가 많아서 네 곁에 있을 시간이 조금밖에 남지 않았단다. 그래서 너한테 미리 선물을 주고 싶은데……. 저 서랍을 열어보렴."

서랍에는 '아무것도 없는 책'이라는 제목의 책이 한 권 있다. 책에는 아무 글자나 그림이 없지만 할아버지는 그게 공책이나 수첩이 아닌 책이라고 한다. 책을 펼칠 때마다 생각이 가득 떠오를 거라고. 알리시아는 이 책에 자기만의 아이디어를 적어 나가고 결국 그것은 알리시아의 책이 되고, 인생이 된다. 수많은 책 중 할아버지가 유산으로 남겨 주신 단 한 권의 책. 책 속에 빼곡하게 적힌 지식과 정보의 습득이 독서의 전부가 아니라는 걸 이 책은 말한다. 책에 비추어 자신을 길어 내는 일이 마지막 목표라고 말이다. '아무것도 없는 책'의 역설은 바로 그것이다.

외로운 아이에게 도서관은 집이 되고 그림책은 밥이 된다

『책 읽는 고양이 서꽁치』처럼 책과 고양이가 함께 등장하는 그림책인 『하얀 밤의 고양이』(주애령, 노란상상, 2022)도 나란히 읽어 볼 수 있다. 엄마와 둘이 사는 아연이에게 동네의 작은 도서관은 집보다 소중한 보금자리다. 물류 센터에서 일하는 엄마가 아연이를 돌봐 주지 못하는 시간에 도서관은 집이 되고, 그림책은 밥이 된다. 도서관의 도어락 비밀번호를 우연히 알게 된 아연이는 도서관에 몰래 들어가기 시작하다 엄마가 일하느라 들어오지 못할 때 밤을 새우기도 한다. 그러던 어느 밤 도서관 책장 사이에서 나타난 눈부시게 흰 고양이와 아기 고양이들을 만나는데……. 이 그림책은 가난하고 외로운 어린이에게 책이 유일한 놀이이자 위로가 되는 슬픔과 희망을 말한다.

물론 실제로 많은 어린이들의 안식처는 책보다는 스마트폰에서 만나는 유튜브 등의 콘텐츠이겠다. 구텐베르크 활자 시대가 끝나 가고 이제 새로운 미디어의 시대라는 걸 부인할 수는 없다. 하지만 문자와 영상은 인간의 사고와 감각을 구성하는 방식이 다르다는 점 또한 분명하다. 문자로만 가능하거나 효율성을 지니는 추상적 사유와 그 역량의 영역이 있다. 책이 줄 수 있는 놀이와 위안 역시 남아 있다. 그러기에 오늘날에 별로 중요할 것 같지 않은 문해력이 미디어 리터러시 능력의 우위를 좌우한다는 의견도 있다.

지금은 모든 어린이가 문자를 읽을 수 있지만 문자를 제대로 혹은 고도로 읽을 수 있는 능력의 여부는 과거 지식 교육 시기와 마찬가지로 여전히 교육의 평등 문제와 직결된다. 문해력 교육을 포함해 체계적인 미디어 리터러시 교육에서 소외된 채 가장 손쉽게 접근할 수 있는 수준의 영상 콘텐츠에 빠져드는 어린이들에게 어떻게 하면 책이 놀이이자 위안의 방편이 될 수 있을까. 책 읽는 고양이 꽁치에게라도 그 비결을 물어보고 싶다.

어린이라는
소수자

5부

어린이다움에 대하여

'다양성(Diversity)'이 내일의 세계를 살아가는 데 중요한 가치로 부상하면서, 개인의 특성을 차별하거나 배제하지 않고 있는 그대로 존중하는 태도가 오늘날 더욱 강조되고 있다. 최근 국내 아동문학 작품 역시 '나다움'이라는 용어로 어린이 저마다의 자질이 존중받아야 한다고 말한다. 아동문학은 홀로 낭만적인 공상에 빠진 채 세계와 외따로 떨어져 있지 않다. 다음 세대를 향하는 아동문학은 어쩌면 더욱 치열하게 현실을 바라보고 고민하고 있다. 국내외 어린이책과 아동문학이 다양성의 가치에 집중하는 게 당연해 보이면서도 반갑다.

다만 다양성을 굳이 '나다움'으로 표현하는 데는 아쉬움이 있다. '나다움'이란 말에는 다양성의 가치가 축소된 느낌이 있다. '나다움'은 자신으로부터 시작되어 자신에게서 완성되는 자기 긍정을 우선 가리킨다. 하지만 다양성은 나의

'나다움'과 너의 '나다움'이 공존할 때 가능하다. 다양성을 이상에 그치지 않게 하는 구체적인 실천은 모두의 '나다움'이 존재할 수 있게 하는 것, 즉 차별을 반대하는 것에 있다. '나다움'이라는 말에는 그 치열한 싸움이 잘 드러나지 않는 듯하다. 게다가 '-답다'라는 접사는 현대에 비판적으로 사유되는 근대철학의 '자기동일성' 개념과 비슷해 보이기도 한다. 물론 소수자인 어린이의 '나다움'은 당연히 다양성의 투쟁이 된다.

최근 아동문학에서 다양성 대신 '나다움'이란 용어를 즐겨 쓰는 이유는 여러 가지이겠다. '나다움', 더 나아가 '어린이다움'이 오랜 기간 아동문학의 주요 주제였기에 그 용어가 상기시키는 의미와 맥락이 익숙하기 때문일 것이다. 아동문학은 어린이 독자에 대한 질문과 아울러 '어린이'라는 존재에 대한 질문, 즉 어른과 구별되는 '어린이다움'의 근거를 고심하며 창작되어 왔다. '문학'이 아닌 '아동문학'을 하려면 '어른'과 구별되는 '어린이'가 상정돼야 했다.

아동문학 작품에서 종종 등장하는 '진짜와 가짜' 모티브는 이러한 존재론을 생각하게 한다. '진짜와 가짜' 이야기들을 통해 아동문학의 존재론을 살펴보자.

왕자가 아니라고, 거지가 아니라고 말해도
믿지 않는 어른들

마크 트웨인의 대표적인 풍자소설 『왕자와 거지』(이희재 옮김, 시공주니어, 2002)는 영국의 에드워드 6세 왕세자와 빈곤계층의 톰 캔티가 어느 날 우연히 지위를 바꿔 잠시 서로의 신분으로 살아가는 해프닝을 그린다. 외모가 쌍둥이처럼 흡사한 이들이 서로 옷을 바꿔 입었다가 꼼짝없이 상대의 신분으로 살게 되는 설정과 전개는 그들이 어린이였기 때문에 좀더 설득력을 지닌다. 자신이 왕자가 (그리고 거지가) 아니라고 아무리 말해 봐야 어른들은 믿지 않는다. 왕좌의 권력, 아버지의 학대와 부랑자 패거리의 완력으로 통제당하며 이들은 어쩔 수 없이 왕자로 (거지로) 지낸다.

처음에 이들은 서로의 신분을 부러워했다. 톰은 폭력적이고 극빈한 현실을 잊기 위해 낡은 책에 등장하는 왕자의 생활을 꿈꾸었다. 진짜 내 부모는 다른 사람일 거라는 공상을 일컫는 프로이트의 '가족 로망스'와 같다. 한편 왕자는, 톰이 놀이하던 이야기를 듣고는 "단 한 번만이라도 좋으니 네 옷을 입고 신발을 벗어 던지고 잔소리할 사람이 없는 곳에서 마음껏 진흙탕 속을 뒹굴 수만 있다면 왕이 못 되어도 좋겠어!"(『왕자와 거지』, 32쪽)라고 외친다. 톰에겐 안락한 의식주가, 왕자에겐 자유가 필요했지만 이들의 신분은 그것을 결코 허락하지 않았다.

이들이 잠시 서로의 신분으로 살아야 할 때도 이전의 결여는 충족되지 않고, 뒤바뀐 신분이 본래 지닌 고난만 체험할 뿐이다. 톰에게는 옷 한 벌 입고, 식사 한 번 할 때마다 여러 신하가 달려들어 시중드는 게 너무나 거추장스럽다. 왕자는 부랑자 패거리에서 탈출해 왕궁으로 가려 하지만 계속 붙잡혀 되돌아오며 학대와 굶주림을 겪는다. 풍자소설인 이 이야기는 두 어린이 주인공의 소망 충족에는 관심이 없다. 왕자와 거지가 서로의 삶을 체험하는 이야기는 신분제도의 불합리성과 비인간성을 타파하고 정의로운 권력을 상상하는 데 목적이 있다. 가짜 왕 톰은 오직 백성을 연민하는 마음에서 지혜롭게 선정을 베풀고, 진짜 왕 에드워드 6세는 백성의 삶을 체험하며 왕에게 필요한 마음을 얻는다. 가짜 왕과 진짜 왕의 모티브는 권력자와 피권력자의 자리를 바꾸어 권력의 모습을 반성하게 한다.

이 작품은 어린이가 주인공이고, 그 점이 작품의 중요 요소가 되지만 어린이 독자만을 대상으로 하는 동화로 창작되지는 않았다. '진짜와 가짜' 모티브의 핵심 또한 어린이 존재에 대한 질문과는 거리가 있다. 하지만 신분에 얽매여 살아가는 부자유와 결여는 어른의 보호와 통제를 받아야 하는 어린이의 존재적 성격과 연결된다. 그 밖에도 이 책은 어린이 독자가 즐길 만한 이야기의 재미가 있어 아동문학으로도 널리 사랑받아 온 듯하다. 거지 행색을 하고서도 마일스 헨든을 신하로 부리는 진짜 왕자와, 왕자로 믿는 척하며 예의를 갖추는 헨든의 모습은 연극적 경험의 즐거움을 준다. 또 헨든이 동생의 계략에 빠져 가짜로 몰리고 장자의 권리를 빼앗기는 이야기는 동일한 '진짜와 가짜' 모티브로 구성된 액자 안 이야기로 흥미롭다. 하지만 왕자와 거지, 그리고 헨든은 모두 원래 신분을 회복하고, 진짜와 가짜는 각자 제자리를 찾아 가는 것으로 끝난다.

쌍둥이 자매의 자리 바꾸기

에리히 케스트너가 1949년 발표한 『로테와 루이제』(김서정 옮김, 시공주니어, 1995)에서는 아홉 살인 일란성 쌍둥이 자매가 '진짜와 가짜' 이야기를 벌인다. 뮌헨에 사는 로테 쾨르너와 빈에서 온 루이제 팔피는 여름 캠프에서 똑같이 생긴 서로의 모습을 마주하고 놀란다. 억지로 단짝으로 정해져 서로를 알아 가던 로테와 루이제는 곧 자신들이 친자매라는 엄청난 사실을 깨닫는다. 이들이 어릴 때 이혼한 엄마와 아빠가 각자 한 명씩 아이들을 키우며 서로에 대해 함구했던 것. 로테와 루이제는 다른 쪽 부모를 만나고 싶고, 또 골탕 먹이고도 싶은 마음에 캠프를 마치고 각자 집을 바꿔 서로의 행세를 하기로 계획한다. 엄마와 살던 로테는 아빠에게 들키지 않기 위해 크레페를 좋아하는 루이제의 식성을 미리 알아 두었다. 아빠와 지내던 루이제는 직장일로 바쁜 엄마 대신 집안일을 도맡아 온 로테에게 요리법을 배운다.

『왕자와 거지』에서는 어린이 주인공들의 의지와 상관없이 우연히 '자리 바꾸기'가 일어났고 인물들은 등 떠밀리듯 서로 다른 신분을 수행했다. 하지만 『로테와 루이제』에서 어린이 주인공들은 용의주도한 계획 아래 자발적으로 자리를 바꾼다. 지금껏 존재조차 몰랐던 다른 쪽 부모와 만나 살아 보고 싶다는 소망 때문이다. 그리고 이 소망은 다른 가정에서 다른 부모와 살아가는 또 다른 삶에 대한 어린이 독자들의 숨겨진 욕망과 호기심까지 충족시켜 준다. 『왕자와 거지』의 톰 캔티가 꿈꾸던 '가족 로망스'처럼 말이다.

1940년대에 출간된 이 책은 당시 이혼 가정의 아이들을 정면으로 다뤘다는 점에서 주목받았다. 물론 현재 시점으로 볼 때에는 이혼한 부모가 아이들의 기지와 노력으로 재결합하는 결말이 '정상 가족' 이데올로기를 강화할 우려가 있기도 하다. 하지만 동화에서 어린이가 경험하는 현실 세계를 숨기려 하지 않는 태도는 여전히 의미 있다. 작가는 자신의 목소리로 직접 개입해 동화가 재현하는 현실에 대한 견해를 말한다.

친애하는 어린이 독자 여러분, 어른 독자 여러분! 나는 이제 루이제와 로테의 부모에 대해서, 무엇보다도 그들이 왜 헤어지게 되었는지에 대해서 말해야 할 때가 온 것 같다는 생각이 든다. 혹시 어떤 어른이 여러분 어깨 너머로 책을 들여다보다가 이 대목에서 이렇게 외칠지도 모르겠다.

"이게 뭐야! 세상에, 어떻게 이런 일을 애들한테 이야기해 줄 수가 있나!"

(……)

나는 그런 어른들에게 말하고 싶다. 이 세상에는 이혼한 부모들과, 그것 때문에 고통받는 아이들이 수없이 많다! 그리고 또 이 세상에는 부모들이 이혼하지 않기 때문에 고통받는 아이들도 수없이 많다!

—『로테와 루이제』, 80~81쪽

작가는 아동문학이라고 해서 아름다운 현실만 보여 주는 일은 거짓되고 불합리한 태도라고 여긴다. 어린이도 어른과 마찬가지로 온전히 아름답지 않은 현실에서 살아가며 고통받고 있기 때문이다. 이렇듯 어린이 존재에 대한 새로운 시선은 아동문학 작품의 근본 지형을 바꾸어 놓는다. 시대를 뛰어넘는 아동문학 작품은 모두 새로운 어린이 존재론에 바탕하고 있다.

아이는 작은 어른이 아닙니다

　로테와 루이제가 자리를 바꾸며 일어나는 일에서도 어린이라는 존재가 얼마나 숙고되는지가 잘 드러난다. 자유로울 수 있는 양육 환경에서 자란 루이제에 비해 로테는 엄마의 집안일을 늘 도왔으며, 침착하고 어른스러운 태도를 지녔다. 그런 로테가(실은 로테 행세를 하는 루이제가) 여름 캠프 이후 집안일이나 학교 공부에 열심이지 않고 예전보다 활발하고 부산해진 걸 두고 로테의 엄마 쾨르너 부인은 생각한다.

　　"착하고 어린 아이 하나를, 아이가 아니라 가정부로 만들어
　　놓았었구나! 그 애는 또래 친구들하고 산에서, 호수에서 몇 주
　　동안 어울리더니만…… 원래 됐어야 할 그런 아이가 된 거야."
　　　　　　　　　　　　　　　　　　　　　　　── 같은 책, 118쪽

　쾨르너 부인은 로테의 변화를 채근하는 담임선생님 앞에서도 로테를 적극 옹호한다.

　　"우리 아이는 어린애가 되어야지 작은 어른이 되어서는 안
　　됩니다! 저는 우리 애가 온갖 것을 참는 얌전한 학생이 되기
　　보다는 차라리 활발하고 기운 넘치는 말썽쟁이가 되는 게 낫

겠어요!"

──같은 책, 119쪽

차분하고 야무진 로테와, 활달하며 덤벙대는 루이제가 자리를 바꾸면서 예전 성향과 달라진 모습을 보일 때 어른의 평가와 훈육이 들어갈 법하다. 특히 로테 행세를 하는 루이제에게 그렇다. 하지만 작가는 쾨르너 부인이 전적으로 이를 긍정하고 옹호하는 장면을 보여 주며 어린이의 개성을 존중하지 않고 어른이 원하는 일률적인 방향으로 훈육하는 태도를 돌아보게 한다. 표면적인 서사에서 로테와 루이제의 '자리 바꾸기'는 부모가 이기심을 버리고 자녀를 위해 행동하는 결말을 이끌어 냈다. 하지만 서사의 심층에서 '진짜와 가짜' 모티브의 핵심은 어린이를 있는 그대로 존중하는 시선이다. 앞서 말한 '나다움', '어린이다움'의 가치다.

김우경의 동화 『수일이와 수일이』(우리교육, 2001)는 우리 설화의 '진짜와 가짜' 모티프를 가져와 어린이 존재론을 펼치는 점이 특별하다. 방학인데도 학원에 가야 하는 게 싫었던 수일이는 쥐 변신 설화를 떠올리며 자기 손톱을 쥐에게 먹여 가짜 수일이를 만든다. 처음에 수일이는 가짜 수일이를 학원에 보내고 놀 수 있어 신나지만 점점 가짜 수일이가 수일이 말을 거역하고 수일이 자리를 차지한다. 쥐 변신 설화는 대개 진짜가 가짜에게 밀려나다가 자신이 진짜임을 증명하며 마무리되는 데 비해 수일이는 여전히 자신의 지위를 회복하지 못한 채로 이야기가 끝난다. 가짜 수일이를 내몰고 자기 자리를 찾아도 결국 부모의 강제에 따라야 하는 현실이 기다리기 때문일까. 이 작품은 진짜 증명에 초점을 두기보다 어린이가 누구에게도 길들지 않는 진짜 삶을 살아야 한다고 강조한다.

> "내가 볼 땐 네 엄마가 가장 먼저 너를 길들였어. 네 엄마가 너를 길들이고 너는 쥐를 길들이고. 맞지? 그런데 이제는 그 쥐가 거꾸로 너를 길들이려 하고, (……) 네 엄마랑 아버지까지 길들이려 한단 말이지?"
>
> ─『수일이와 수일이』, 214쪽

길들기를 거부하고 자신만의 삶을 찾아야 한다는 주제는 작가가 전작 『머피와 두칠이』(지식산업사, 1996)에서부터 줄곧 어린이 독자에게 전해 온 존재론이다.

왕자와 거지, 로테와 루이제, 수일이와 수일이……. 책에 등장하는 두 명의 인물은 서로 자리를 바꾼다. 누가 진짜이고 가짜인지 판가름하는 진실 게임이 이야기의 모티브로 같다. 그런데 풍자소설인 『왕자와 거지』가 두 인물의 역할 바꾸기를 통해 신분제 비판과 이상적인 권력을 말하는 데 비해 동화인 『로테와 루이제』, 『수일이와 수일이』는 어린이 인물에 집중해 '어린이다움'을 묻는다. 일란성 쌍둥이지만 환경의 영향으로 서로 다른 성향을 지닌 로테와 루이제를 보면 '어린이다움'이 양육 방식이나 교육 환경에 따라 달리 구성되고 규제된다는 사실을 엄중하게 느낀다. 수일이를 보면서는 어린이를 길들이지 않으며 각자 타고난 대로, 각자 원하는 대로 성장할 수 있도록 도와야겠다고 다짐해 본다. 오늘날 동화가 어른에게 질문하며 어린이에게 보장하려는 '어린이다움'은 바로 거기에 있어야 할 것 같다.

유년동화라는 장르

유년동화 혹은 유아동화라고 부르는 아동문학 장르가 있다. 좀 어린 나이의 어린이 독자가 읽는 동화다. 그림책을 보던 어린이가 한글을 익혀 이미지보다는 텍스트가 중심인 '읽기책'을 읽을 때 시작하는 동화다.

유은실 작가의 유년동화 시리즈가 2022년 12월 다섯 권으로 완결되어 첫 권부터 한 호흡으로 다시 읽어 보았다. 출간될 때마다 한 권씩 재미있게 읽었어도 다섯 권의 흐름 속에서 보니 역시 의미가 더 풍부해진다. 2011년 『나도 편식할 거야』와 2013년 『나도 예민할 거야』에 이어 2022년에 『나는 기억할 거야』, 『나는 망설일 거야』, 『나는 따로 할 거야』(이상 모두 사계절)가 몇 달 간격으로 연이어 출간되었다. 10여 년 전 1, 2권에서 주인공 정이의 매력에 푹 빠졌기 때문에 지금 여전히 1학년인 정이를 다시 만날 수 있는 게 반갑다. 5권으로 산뜻하고 단호하게 완간한 것도 정이와 잘 어울린다.

정이는 다르다

『나도 편식할 거야』, 『나도 예민할 거야』라는 제목에서 짐작할 수 있듯 정이는 편식도 안 하고, 예민하지도 않은 어린이다. 몸과 마음이 모두 씩씩하고 건강한 정이는 지금까지 동화의 여성 어린이 캐릭터와 좀 다르다. 여성 어린이 캐릭터는 대개 똑똑하고, 공부 잘하고, 야무지고, 섬세하고, 신중하고, 내향적이고, 올바르고, 따듯한 편이다. 사회가 여성의 특성을 지금까지 그렇게 규정했듯 말이다. 하지만 정이는 이분법적 젠더 편견에서 벗어나 종횡무진 한다. 아직 통제에 길들지 않은 1학년이어서만은 아니다. 정이여서 그렇다. 『나도 편식할 거야』는 이렇게 시작한다.

> 된장찌개는 맛있다. 밥에다 비벼 먹으면 최고다.
> "우리 정이 복스럽게도 먹는다."
> 나는 날마다 칭찬받는다.
> "예쁜 우리 딸, 아무거나 잘 먹는 우리 딸."
> 나는 날마다 사랑받는다.
> 아무거나 잘 먹어서 사랑받는다.
> ─『나도 편식할 거야』, 7쪽

문체가 먼저 눈에 띈다. 한글을 처음 읽기 시작한 어린이 독자의 문해력을 고려해 문장이 짤막하고 리듬감이 있다. 짧은 문장으로 서사를 이어 가는 게 사실 그리 만만한 일은 아니다. 짧은 문장일수록 문장의 안팎이 마치 시처럼 섬세하고 풍부한 의미를 부르도록 고려되어야 한다. 군더더기가 전혀 없는 문장에서, 그리고 문장과 문장 사이에서 의미가 발생하며 서사를 밀고 가도록 치밀하게 조정된다.

위 인용문을 보자면 "복스럽게도 먹는다."는 칭찬이었는데 "아무거나 잘 먹는 우리 딸"에서는 작은 물음표가 생긴다. 밥상을 차리는 노고를 덜어 주는 자식이니 편해서 좋고 예쁘다는 건 그저 부모의 입장으로 들려서다. 이어 정이가 "아무거나 잘 먹어서 사랑받는다."라고 설명할 때는 좀 더 불안하고 긴장하게 된다. '정이야, 부모들은 가능하면 손쉽게 자녀를 키우고 싶어 할지언정 자녀의 필요에 전적으로 부응하려고 애쓴단다.'라고 굳이 설명하고 싶다. 정이는 밥과 사랑의 관계를 어떻게 알아 나갈까.

정이는 "아무거나 잘 먹어서 사랑받는다."의 의미를 채워 간다. 허약하고 반찬 투정 하는 오빠에게만 엄마가 장조림을 주는 걸 보고 "나도 이제 편식할 거다. 아무거나 잘 먹는 딸 안 할 거다."(이하 같은 책, 11쪽)라고 결심한다. 엄마가 오빠를 혼내며 "아무거나 좀 먹어. 정이처럼."(12쪽)이라고 말하자 잠시 기분이 좋아졌다가, 자기 몫의 장조림은 끝내 돌아오지 않으리라는 예상에 "나는 장조림을…… 못 먹을 거야. 내

일도 못…… 먹을 거야. 만날 만날…… 아무거나 먹을 거야."
(15쪽)라며 울고 만다. 다음 날 엄마는 장조림을 새로 잔뜩
만들어 정이에게만 준다. 정이는 "아무거나 잘 먹어서 사랑
받는다."라고 한 자신의 말이 '아무거나 잘 먹기 때문'이 아
니라는 걸 정확하게 다시 써 나간다. 밥으로 엄마의 사랑을
판단했고, 사랑받으려고 (정이에게는 무척 힘든 일인) 편식도
불사했지만 엄마의 변함없는 사랑을 확신한다.

『나도 편식할 거야』는 어린이의 마음을 간결하게 이야기
한다. 어린 나이의 어린이 독자가 이해할 수 있도록 간결하
면서도 압축적이다. 어른 독자는 압축된 문장에 숨은 역설이
나 복선까지 해석한다. 유년동화는 이중독자를 대상으로 하
는 아동문학의 특성을 잘 알 수 있는 텍스트다. 이중독자란,
아동문학의 1차 독자는 어린이 독자이지만 어른도 독자일
수 있고 독자로 고려된다는 것이다. 고학년 동화에 비해 유
년 동화나 저학년 동화는 어린이 독자와 어른 독자의 차이가
크고, 이 차이에서 일어나는 해석의 다양성 또한 확장된다.

아무튼, 이 책에서 정이의 '밥 예찬'은 내내 계속된다. 새
로운 사건과 장면의 시작이 '밥 예찬'이다. 금과옥조처럼 확
고한 문장들은 조금씩 변형되고 반복되면서 밥 잘 먹고 튼튼
한 정이의 심지를 보여 준다.

점심은 김치찌개였다. 김치찌개는 맛있다. 밥에 말아 먹으

면 최고다.(11쪽)

감자탕은 맛있다. 뼈다귀에 붙은 살이 아주 맛있다. 우거지를 밥에 얹어 먹으면 최고다.(21쪽)

오늘은 보리밥이랑 뭇국이 나왔다. 보리밥은 맛있다. 뭇국에 말아 먹으면 최고다.(29쪽)

어린이는 다 다르다

정이에게는 오빠 혁이가 있다. 1학년인 정이보다 키도 작고 몸무게도 적게 나가는 3학년 오빠다. '아무거나' 먹지 않고, 조금만 시끄러워도 깰 만큼 예민하다. 잘 먹고, 잘 자는 정이의 힘찬 기운이 우선 매력적으로 보이긴 하지만 시리즈를 읽다 보면 혁이의 마음 또한 살피게 된다. 별로 먹고 싶은 생각이 안 드는데도 성장과 건강을 위해 억지로 먹어야 하고, 잦은 병치레로 동네 소아과와 이비인후과의 '단골'이 되고, 밤에 잠까지 잘 못 자는 혁이 본인은 이 모든 게 얼마나 고역일까.

『나는 따로 할 거야』에 실린 「단골은 쓸쓸해」에서 병원이라고는 예방 접종을 할 때 외에 간 적 없던 정이가 갑자기 귀가 아프자 혁이는 돌연 자상한 오빠로 변신해 정이를 '단골' 이비인후과에 데려간다. 정이의 증상이 약도, 주사도, 주의사항도 필요 없는 귀지 때문이란 걸 알게 되자 혁이는 왠지 쓸쓸한 모습이다.

> "엄마, 단골은 쓸쓸해. 아프면 함께 하려고 했는데…… 내 손을 잡아 주려고 했는데…… 내가 금방 나아서. 그리고…… 오빠는 나으려면 오래 걸려서."
>
> ──『나는 따로 할 거야』, 28쪽

이 유년동화 시리즈는 잘 먹고 잘 자는 정이와 못 먹고 못 자는 혁이를 모두 따뜻하게 바라본다. 정이에게 혁이처럼 똑똑해지라고, 혁이에게 정이처럼 씩씩해지라고 강요하지 않는다. 정이와 혁이는 다르다. 이 책에서 정이가 아빠를 닮고, 혁이가 엄마를 닮았다고 말하는 건 각자 타고난 바가 있을 뿐이라는 뜻이다.

그래서 근육량이 많고 면역력이 좋은 정이와 아빠는 겨울에도 공원에 나가 놀고, 근육량을 늘려야 하고 감기에 걸리기 쉬운 혁이와 엄마는 헬스장에 다니기로 한다. "가족이 다 함께 하는 건 소중해."(같은 책, 43쪽)라고 말하던 엄마는 "따로 하는 것도 소중해."(같은 책, 54쪽)라고 바뀐다. 서로 다른 이들이 하나의 공동체에서 살아가는 법을 보여 주는 장면이다.

모든 어린이는 다 다르다

『나는 기억할 거야』에 실린 「카드뮴은 너무해」에서는 끝말잇기 놀이를 하다 다툰 정이와 혁이에게 엄마가 '디 말놀이'를 제안한다. '차디찬', '다디단'처럼 가운데 '디'자를 넣는 게임인데 사전에 없는 말, 발명한 말도 가능하다. 혁이는 자기가 만든 말 중에 '정이디정이'가 제일 맘에 든다고 한다. '많이 정이 같다'라는 뜻이라고. 정이 역시 '오빠디오빠'라고 한다. "'오빠디오빠'는 여러 가지 뜻이다. 오빠 같은 건 여러 가지니까. 많이 오빠 같은 것도 다양하니까"(『나는 기억할 거야』, 27쪽) 정이 같은 것과 혁이 같은 것은 다르다. 그리고 정이와 혁이 같은 것 안에도 조금씩 다르고 다양한 정이와 혁이가 있다.

모든 어린이는 다 다르다. 그리고 서로 다른 어린이가 각자 하나의 정체성만을 갖는 것도 아니다. 한 어린이에게도 다양한 특성과 마음이 있다. 하지만 대개 어른은 어린이에게서 '보편의 어린이'를 찾으려 한다. 어린이들에게서 각자 다른 점을 보려 하기보다는 어른을 기준으로 해서 어른과 대비되는 어린이들만의 공통된 특성을 찾고 기뻐한다. 어린이가 어른과 다른 점은 분명 있고, 그 점들 상당수는 어른이 본받을 만큼 반짝이며, 그 점이 어린이를 이해하고 존중하고 사랑하는 데 도움이 되는 건 물론이다. 어린이는 아직도 너무 잘 알려지지 않은 존재니까 고요하고 섬세한 눈으로 발견될 필요가 있다.

하지만 어린이가 어른과 다른 점만 찬탄하고 그걸 '보편의 어린이'로 여기는 일은 어린이를 위함이 아니다. '어린이다움'이라는 동일하고 고정불변한 속성으로 어린이를 묶는다면 어린이는 그 '어린이다움'으로 다시 억압된다. 정이가 어린이답다고 하든, 혁이가 어린이답다고 하든 소외된 어린이가 생기기 마련이다. 어른을 두고 '어른다움'으로 묶는 일은 흔치 않다. 어른은 자기가 기준이기 때문이다. 어린이는 자기가 기준이 아니고 여전히 어른이 기준이어서 '어린이다움'으로 묶인다.

모든 어린이는 다르다. 저마다 다른 어린이들이 모여 '어린이다움'을 만든다. 한 명의 어린이를 바라보기보다 '어린이다움'을 먼저 찾으려 하고 그걸 두고 손뼉 치면서 혹시 세상에 찌든 어른 자신의 마음을 위무하고 싶은 건 아닌지 되돌아보자. 그럴 때 어린이는 어른의 자기반성으로 세워진 주체가 아닌 당당하고 자유롭게 존재하는 진짜 주체가 될 수 있을 것이다.

우리가 다르다는 가능성

2022년 한스 크리스티안 안데르센상을 수상한 이수지 작가의 그림책 『물이 되는 꿈』(루시드 폴 글, 이수지 그림, 청어람아이, 2020)을 다시 펼쳐 본다. 이 책이 초대하는 푸른 물결에 풍덩 빠져들고 싶으면 먼저 집에서 가장 길이가 길게 나오는 바닥을 청소해야 하는 수고로움이 따른다. '병풍 제본', '아코디언 폴드(accordion fold)'로 불리는 형태인 이 책은 가로 18센티미터인 페이지 32면이 종이 한 장처럼 이어져 있어서 책을 다 펼치면 5미터가 넘기 때문이다. 여느 책처럼 한 장씩 넘겨 봐도 되지만 마치 의례를 행하듯 바닥의 먼지를 쓸어 낸 뒤 살며시 한 장씩 그림을 풀어놓는다. 책 속에는 물이 되고 싶어 하는 어린이가 한 명 있고, 그 어린이의 몸을 조심히 안아 물에 띄워 주기 위해서다.

그림책의 주인공은 장애가 있는 어린이다. 구명조끼와 암링을 착용한 채 수영장에서 둥둥 누워 떠다니던 어린이는 그것들을 어느새 다 벗고는 맨몸으로 꽃과 바다와 돌과 하늘이 되는 세계를 자유로이 헤엄쳐 다닌다. 그러니 그림책을 펼치는 데 드는 수고로움쯤은 아무 일도 아니다. 작가가 아코디언 폴드 방식으로 한없이 길게 마련한 물결을 따라 이 어린이가 어디서든 헤엄치고, 무엇이든 될 수 있다면……. 아니, 오히려 독자에게 주어진 경건한 부름처럼 여겨지기도 한다.

이 그림책을 읽는 특별한 형태의 부름에 기꺼이 동행한 독자는 마지막에 뜻밖의 선물을 받는다. 노래 후렴구인 "다시, 바다. 바다가 되는 꿈"에서 어린이의 몸이 책 세 페이지에 가득 차는 걸 보며 마구 벅차오르는 마음은 그림책을 길게 펼쳤을 때만 그림과 비슷한 크기로 느낄 수 있다. "다시, 바다. 바다가 되는 꿈"을 반복하며 노래가 끝날 때, 하늘에 매달린 커다란 꽃은 수영장에 떠 있는 어린이를 세상에서 가장 환한 조명으로 비추는 듯하다. 이때 어린이의 몸은 그림책 첫 장과 똑같은 부감으로 그려지지만 180도 뱅그르르 돌아 머리와 발의 위치가 반전되어 있다. 그 모습에서, 네모난 수영장을 넘어 세상 모든 존재와 형태로 푸르게 유영하던 여행의 충만함이 한껏 밀려온다.

이수지 작가는 루시드 폴의 노래 가사와 만날 그림을 구상하는 단계에서 "물속에서 유영하는 아이, 가벼워진 아이의 몸"을 떠올리다가, "물속에서 더 자유로운 이" "땅 위에선 도리 없이 무거워도 물속에선 한없이 가볍고 유연한 몸"을 지닌 이 어린이를 그리게 됐다고 한다.[*] 『물이 되는 꿈』에서 장애는, 장애로 존재하지 않는다. 물속에서 누구보다 더 해방감을 만끽하는 신체 특징일 뿐이다. 물속 세계에서는 난폭한 계단이나 위험한 에스컬레이터에 가로막히지 않아도 되고, 한참을 대기해야 하는 콜택시도 필요 없기 때문이다.

물속에서 찾은 자유가 환상 세계에서의 대리 충족만으로 끝나서는 안 될 테니, 현실 세계에서의 장애에 대해 생각해 본다. 똑같은 신체가 공간에 따라 달리 제약받는다면 우리에게는 새로운 장애 개념이 필요하다. 장애이론가 마이클 올리버는 손상(impairment)과 장애(disability)를 구분한 후 장애는 "당대의 사회조직이 물리적(그리고/또는 인지적/지적) 손상이 있는 사람들을 전혀 혹은 거의 고려하지 않아, 그들을 사회의 주류로부터 배제함으로써 야기되는 불이익이나 활동의 제약"[**]이라고 말한다. 단적인 예로 엘리베이터, 경사로, 점자블록, 저상형 버스가 갖추어질 때 장애인이 비장애인과 다름없이 이동할 수 있다면, 분명 장애는 사회의 배제와 연관되어 있다.

---

[*] 「그림책 『물이 되는 꿈』 작업 이야기」, 《창비어린이》 2020년 가을호 참조.
[**] 일라이 클레어, 전혜은·제이 옮김, 『망명과 자긍심』(현실문화, 2020), 50쪽.

"장애인이기 때문에 차별받는 게 아니라 차별받기 때문에 장애인이 된다"는 건 바로 그런 뜻이다. 사실 장애인뿐 아니라 어떤 정체성이 구분 지어지고, 그것을 이유로 차별과 억압을 당하는 현상은 항상 사회 구조 차원에서 발생하는 일이다. 장애가 고정불변의 속성이 아니라는 인식은, 『제2의 성』에서 시몬 드 보부아르가 "여성은 태어나는 것이 아니라 만들어지는 것이다."라고 말한 바와 같다. 아동문학 연구 분야에서도 '아동의 발견'이라 하여, 어린이를 '만들어진 존재'로 본다. 『근대문학의 종언』에서 가라타니 고진은 "아동이 객관적으로 존재하고 있다는 것은 누구에게나 자명하게 보이"지만 "우리가 보고 있는 것 같은 '아동'은 극히 최근에 형성되었다."*라고 말한다. 필립 아리에스의 역사서 『아동의 탄생』 또한 방대한 사료를 통해 '아동'이나 '아동기'라는 개념이 존재하지 않던 중세와, 이후의 변화상을 제시한다.

이러한 견해들은 장애인이나 어린이라는 정체성에 대한 기존 인식과 제도에 끊임없는 의문을 요청하고 있다. 애초에 장애인은 비장애인을 기준으로, 어린이는 어른을 기준으로 해서 그 기준에 배제되는 성격들로 규정된 정체성이다. 주류의 기준들이 만든 세계는 이들을 소수자로 살아가게 한다.

---

* 가라타니 고진, 조영일 옮김, 『근대문학의 종언』(도서출판b, 2006), 153쪽.

즉 장애인과 어린이는 소수자라는 동일한 정체성을 갖는다. 어린이 존재를 늘 새로운 시선으로 발견하고 싶은 나의 바람이 언젠가부터 장애학에 닿은 건 그런 이유다. 장애인이 등장하는 동화를 좀 더 유심히 읽게 되는 까닭이기도 하다.

도와줘야만 하는 착한 장애인 친구를 넘어서

여느 콘텐츠처럼 아동문학 역시 꽤 오랜 동안 장애인에 대한 편견을 넘지 못했다. 장애인 친구를 이해하고 도와줘야 한다고 가르치거나, 장애인을 착하고 올바른 캐릭터로 전형적으로만 그리거나, 슈퍼장애인(supercrip)이 장애를 극복해 사회 구성원으로 성장하는 이야기를 말해 왔다. 하지만 그런 이야기는 여전히 비장애의 신체를 기준으로 장애와 비장애를 구분하고 있기에 장애인과 비장애인의 진정한 만남으로 보기 힘들다.

공진하의 『도토리 사용 설명서』(한겨레아이들, 2014)와 다른 작품들은 거의 처음으로 눈에 띄게 다른 이야기를 했다. 『도토리 사용 설명서』의 주인공 유진은 특수학교 2학년 학생으로, 뇌병변장애가 있어 휠체어로 이동하고, 왼손을 쥐거나 펴는 행동으로 긍정이나 부정 의사를 표현한다. '장애인'이라는 캐릭터만 지녔던 예전 주인공들에 비해 유진은 늘 활

기차고, 장난을 좋아하며, 모험을 두려워하지 않고, 독서를
즐기는 어린이다. 유일한 캐릭터로 탄생한 유진 덕분에 비로
소 독자는 관념 속 장애인이 아닌 실재하는 장애 어린이 한
명과 만날 수 있다. 유진뿐 아니라 한 반 친구인 어린이들의
성격과 모습도 제각각 다르게 그려진다.

> 민주는 작년부터 내가 좋아하는 친구다. 웃는 얼굴이 무척
> 예쁘기 때문이다. 작년에 내가 준 생일 선물을 받고 활짝 웃는
> 모습은 진짜 예뻤다. (……) 다율이는 노래를 잘 부른다. 무슨
> 노래인지는 모르겠지만 웃는 얼굴로 콧소리를 섞어 가며 흥
> 얼거리는 것을 듣고 있으면 저절로 신이 난다. 게다가 아무도
> 못 말리는 개구쟁이다. (……) 소윤이는 한여름에도 긴소매 옷
> 에 담요를 덮고 늘 잠을 자는 친구다. 사실 소윤이에 대해서는
> 기억에 남는 일이 없다. 그런데도 내가 소윤이를 아는 까닭은
> 순전히 소윤이네 엄마가 자주 싸 오는 간식 때문이다.
>
> ──『도토리 사용 설명서』, 32~33쪽

비장애인 학급의 어린이들이라 치면 평범한 장면이지만,
지금껏 장애인은 장애인으로만 여겨졌을 뿐 유일한 존재로
재현되는 일이 드물었기에, 이 장면은 매우 특별하다. 장애
인은 비장애인과 마찬가지로 저마다 다른 정신과 신체를 지
닌 개별 존재이다. "일상생활의 경험이라는 맥락에서든 몸의

차이라는 기준에서든, 장애인이라고 불리는 사람들이 하나로 묶일 만한 객관적인 기준은 사실상 존재하지 않는다.”[*]라고 이야기되듯 말이다. 그럼에도 우리는 장애인이나 어린이를 비롯한 소수자를 오직 유일한 '사람'이 아니라 균질한 '집단'으로 규정하는 시선을 쉽게 버리지 못한다.

소수자를 대상화하며 균질한 '집단'으로만 파악하는 시선은 고정관념에서 비롯되며, 고정관념을 강화한다. 소수자를 개별 존재로 만나지 못하게 하고 '장애인', '어린이'라는 관념의 테두리에 가둔다. 결국 소수자와의 만남을 방해하고, 소수자를 억압하기까지 한다. 동전의 양면처럼 장애인을 동정하거나 혐오하는 태도는 바로 여기에 도사리고 있다. 어린이를 작고 귀여운 정물처럼 보고 싶어 하다가 노키즈존 밖으로 쫓아내는 것 역시 마찬가지다. 어린이와 장애인의 소수자성은 생각할수록 너무나 닮아 있다. 가끔씩은 몹시 슬퍼질 만큼.

장애가 우리 모두를 해방시킬 수 있다면

아동문학이나 장애학 각자의 소수자성에 대한 고민은 서

---

[*] 김도현, 『장애학의 도전』(오월의봄, 2019), 55쪽.

로의 해방에 탈출구가 되는 가능성일 수 있다. 그 가운데 서로 연대하는 희망을 막연히 꿈꾸어도 본다. 단편동화집『바람을 가르다』(김혜온 글, 샘터, 2017)에는 특히 어린이와 장애인 각각의 소수자성을 서로에게 비추어 보면서 자신에 대한 새로운 시선을 상상하게 만드는 이야기들이 있다.

표제작인「바람을 가르다」는 뇌병변장애가 있는 찬우와 "참견쟁이에다 사고뭉치인" 용재가 순번대로 짝이 되었다가 친구로 깊어지는 과정을 통해 장애인과 비장애인이 만나는 문을 열어 보인다. 찬우는 혼자 움직임이 가능한 정도여서 비장애인 친구들과 한 반에서 지내고 간혹 짝의 도움을 받으며 학교에 다닌다. 처음에 찬우는 자신의 장애를 두고 용재가 필요 이상 조심스러워하지 않고 스스럼없이 다가오자 당황한다. 매사에 전전긍긍하며 찬우의 모든 일을 대신 해 주는 엄마와는 달랐다. 장애를 '특별취급' 하지 않는 용재와 만난 후 비로소 찬우는 작은 거라도 내가 스스로 해 보고 싶다고 생각하고, 나중에는 엄마에게 "이, 이렇게 조, 조심만 하고 살다간 어, 어른도 못, 못 될 것 같다고!"라고 외친다.

장애를 이유로, 찬우의 의사와 상관없이 이루어진 엄마의 과보호는 분명 찬우의 '자기결정권'을 존중하지 못한 태도다. 타인에게 도움받는 장애인에게 비장애인과 동등한 수준의 '자기결정권'은 쉽사리 주어지지 않는다. 게다가 장애인인 동시에 어린이였던 찬우에게는 이중의 제약이 있었을 것 같다. 어린이 또한 항상, 최종적으로는, 어른에게 통제당하는 존재이기 때문이다. 엄마의 결정대로 따르다가는 '어른도 못 될 것 같다'는 찬우의 외침은 그동안 감내해 온 이중의 제약을 절규하는 목소리로 들린다. 장애학의 '자기결정권' 개념으로 어린이의 소수자성을 좀 더 민감하고 세심하게 돌아볼 수 있는 부분이다.

같은 책에 수록된 「천둥 번개는 그쳐요?」에서는 장애 이슈에서 고려되어야 할 또 다른 지점 하나를 어린이 인식이 앞서 밝혀 준다. 이 동화의 주인공은 장애인이 아니라 장애인 형제가 있는 어린이다. 주인공 해미는 자폐성 장애인 오빠의 하굣길 동행을 어느 날 깜박 잊었고, 사라진 오빠를 찾아 헤맨다. 충격 속에서 해미는 평소 억눌러 온 자신의 목소리를 듣는다. "내가 어른이 된 후에도 난 항상 오빠를 돌봐야 하는 걸까?" 하는 걱정과 부담감, "오빠가 아예 집으로 돌아오지 않았으면 좋겠어." 하는 미움과 질투, "엄마 아빠에게 나는 중요하지 않아. 오빠 돌보라고 낳았나 봐." 하는 원망과 서운함. '비장애 형제'에 대한 서사를 찾기 힘들고, 최근에야 '비장애형제 자조모임'의 이야기를 담은 『'나는' 괜찮지 않아도 괜찮아』(한울림스페셜, 2021)가 출간되듯 지금껏 장애 현실에서 이들에 대한 고려는 미비했다. 그럼에도 이 동화가 해미에게 귀 기울일 수 있던 건 세상 모든 어린이의 마음을 살펴 온 아동문학의 시선 때문일 듯싶다.

장애인과 어린이는 언뜻 아무 관련이 없다고 생각될지 모른다. 하지만 소수자성이라는 동일한 정체성은 서로 연대하며 서로를 해방시킬 수 있는 든든한 지반으로 보인다. 장애인 어린이가 등장하는 동화에서 그 믿음을 더욱 굳건히 발견할 수 있으면 좋겠다. 서로 같다는 공감에 더해, 서로 다르다는 가능성으로 꿈꿀 수 있다는 사실이 놀랍고도 설렌다.

귀여워도, 안 귀여워도

드라마 「이상한 변호사 우영우」를 두고 SNS에서 오가는 여러 이야기에 관심을 기울이게 되었다. '자폐 스펙트럼 장애인을 드라마에서 어떻게 그릴 것인가' 하는 문제는 '어린이를 문학 작품에서 어떻게 재현할 것인가' 하는 아동문학의 오랜 고민과 맞닿아 있다고 보기 때문이다. 장애인과 어린이는 소수자라는 정체성을 공유한다. 비장애인과 어른이 기준이자 중심인 세계에서 기준 바깥에, 중심에서 멀리 있는 사람이다. 기준과 중심으로 살아온 사람은 아무리 애를 써도 제대로 알지 못하는 지점이 있다. 그러니 어린이 독자가 읽는 문학을 어른 작가가 쓰는 경우 과연 그들의 이야기를 잘 담아낼 수 있을지 고민되기 마련이다.

여성 장애인 주인공이, 세계의 가장 중요한 기준인 사법 제도 한가운데서 약자를 돕는 이 드라마는 우선 반갑다. 지금까지 우영우가 변호한 인물은 가정폭력 피해 여성, 자폐 스펙트럼 장애인, 도시 개발에 반대하며 삶의 터전을 지키는 지역민 등이었다. 소수자가 주인공인 데서 끝나지 않고 소수자의 연대가 가져온 승리를 산뜻하면서도 따뜻하게 보여 준다.

귀여운 장애인, 귀여운 어린이

그럼에도 많은 이들이 이야기하듯 우영우라는 캐릭터가 지닌 '무해'하고 '능력' 있는 장애인상은 우려의 지점이 있다. 우영우라는 예외적인 캐릭터를 즐기면서 정작 바로 내 옆의 장애인을 소외시키는 것은 아닌지 자각할 필요가 있다. 드라마 속 우영우를 사랑한다고 해서 이동권 시위를 하는 장애인과 연대하는 일로 곧장 나아가지는 않는다.

타인과의 관계에서 '무해함'이 점점 중요해지고 더구나 소수자가 끼치는 불편이 민폐로 취급되는 사회 분위기에서 장애인은 무해함을 강요받는다. '무해함'에 대한 우리의 강박은 우영우를 귀여운 캐릭터로 만들었다. 귀여움을 지닌 존재에게 쉽게 마음의 빗장을 열게 되는 까닭은 귀여움이 안기는 잔잔한 기쁨과 미소 때문만은 아닌 것 같다. 귀여움은 무해해 보인다. 제어가 가능한 타자, 자신을 침범하지 않는 타자로 여기게 만든다.

그래서 나는 아동문학 작품이 어린이를 귀엽게만 그릴 때 잠시 멈춰 귀여움의 근원이 어디서 왔으며 무엇을 만들어 내는지 따지고 의심해 본다. 물론 어린이는 귀엽지만, 귀여워야 어린이인 건 아니다. 귀엽지 않은 어린이도, 귀엽지 않은 때의 어린이도, 어린이는 어린이다. 어른이 귀엽다고 만든 틀 밖에서 그저 존재할 뿐이다. 어린이가 귀여워야 사랑받는다면 그건 슬픈 일이다. 아니, 잘못된 일이다. 하지만 어른이 어린이를 두고 사랑스럽다며 찬탄하는 지점은 오래도록 귀여움에 있었다. 인지 능력과 지식 정도가 어른과 똑같지 않은 어린이가 세상을 엉뚱하게 바라보는 시선이 신선하고 재미있을 때 역시 어린이는 순수하다며 박수를 쳤다. 그걸 어린이다움이라고 불렀다.

유년동화가 그리는 귀여움과 그 너머

아동문학 중 귀엽기로 치면 유년동화 장르가 최고일 거다. 『꼬마 너구리 요요』(이반디, 창비, 2018) 역시 유년동화의 특징을 갖고 있다. 80여 쪽인 얇은 책에는 「내가 더 잘할게」, 「새해」, 「정어리 아홉 마리」 3편의 동화가 실려 있다. 그중 가장 귀여운 동화는 「정어리 아홉 마리」다. 산쥐 왕자가 더하기를 배워 축하하는 잔치에 숲속 동물들이 초대받는다. 초대에는 감사를 표시해야 하니 동물들은 산쥐 왕에게 인사하며 '쓸모없는' 선물들을 전달한다.(여기까지만도 귀여운 게 세 가지나 된다. 덧셈 성공 기념 축하 잔치, 작은 산쥐 왕에게 아기 동물들이 인사하는 광경, 구두 한 짝과 열쇠가 없는 자물쇠 등 하나같이 쓸모없는 선물까지) 인사하는 아기 오소리에게 산쥐 왕이 엄마 오소리의 안부를 묻는다.

> "많이들 컸구나. 어머니는 잘 계시냐?"
> 산쥐 왕이 물었어요.
> "엄마는 정신이 없어요."
> "아니, 왜?"
> "동생을 낳아서 바쁘거든요."
> "오, 그래? 여자아이인가?"
> "아니요."
> 아기 오소리들이 도리질을 쳤어요.
> "그럼 아들이로군."
> 그러자 아기 오소리들이 놀란 눈을 끔벅이며 머리를 갸웃거렸어요.
> "그걸 어떻게 아셨어요?"
> ─「정어리 아홉 마리」,『꼬마 너구리 요요』, 71쪽

어린이의 무지가 귀여움으로, 귀여움이 사랑스러움으로

데굴데굴 번져 간다. 어린이와 가까이 지내는 어른이라면 사실 날마다 마주치는 귀여움이다. 어떤 귀여움은 견고한 세계를 무너뜨리기도 한다. 덧셈이라는 작은 성취도 온 힘으로 기뻐하고, 가장 작은 산쥐가 왕이 되고, 값비싸거나 유용한 선물이 아니어도 나무람을 받지 않듯이 말이다.

이제 잔치의 목적으로 돌아가, 산쥐 왕은 산쥐 왕자의 덧셈 실력을 자랑하려고 문제를 낸다. "푸른 정어리가 네 마리, 노란 정어리가 다섯 마리나 되는구나. 자, 여기 계신 손님들께 정어리가 모두 몇 마리인지 말해 드리렴."(같은 책, 80쪽) 앞서 '2+3=5'를 멋지게 답한 산쥐 왕자는 갑자기 난감해한다. 산쥐의 손가락은 네 개씩 모두 여덟 개였던 것.

산쥐 왕자처럼 손가락으로 셈을 하는 나이일 법한 어린 독자는 마치 자기가 수많은 눈동자에 둘러싸인 양 조마조마해질 것 같다. 하지만 유년동화는 어린이를 혼내거나 난처하게 만들고 끝내는 세계가 아니니 안심해도 좋다. 자식을 사방에 자랑하고 싶은 부모의 욕심 때문에 결코 어린이를 상처받게 하지 않는다. 산쥐 왕이 고함치고 왕자의 얼굴이 하얗게 질리던 순간 슬그머니 왕자 옆에 선 너구리 요요는 자기 손가락 하나를 펼치고, 왕자는 정답을 맞힌다. 이렇듯 유년동화는 언제든 다정한 손이 나타나 도와주는 세계이다.

「정어리 아홉 마리」는 마냥 귀여운 데 비해 「내가 더 잘할게」는 귀엽고도 슬프다. 동화는 이렇게 시작한다.

엄마가 아기 늑대를 데리고 왔어요. 집은 잃은 아기 늑대요.

아기 늑대는 온몸이 그늘진 하얀색이었어요. 뾰족하게 선 두 귀가 귀여웠어요. 적당히 나와 꼭 다문 입은 새침해 보였고요. 무심한 듯 스쳐보는 두 눈에는 숨길 수 없는 도도함이 있었답니다.

'이렇게 특별한 아기는 없을 거야!'

꼬마 너구리 요요는 가슴이 뛰었어요.

요요는 늘 이런 동생이 갖고 싶었거든요.

—「내가 더 잘할게」, 같은 책, 7~8쪽

처음 두 문장은 하나로 합쳐 "엄마가 집을 잃은 아기 늑대를 데리고 왔어요."라고 쓸 수도 있겠다. 그게 경제적이고 효율적이다. 하지만 이 책의 독자는 이제 막 한글을 떼고 그림책에서 읽기책으로 넘어간 어린이다. 그러니 간결한 문장에, 정보는 하나씩. 문장을 나누니 두 문장 사이에 리듬이 생기고, '아기 늑대'에게로 시선이 쏠린다. 아기 늑대의 털색이 '그늘진 하얀색'이라는 표현은 시적이면서도 선명하다. '옅은 회색'이라 했다면 색깔을 묘사하는 데서 끝났을 거다. '순백'이었다면 집을 잃은 아기의 슬픔에 어울리지 않는다. '그늘진 하얀색'은 아기의 불안과 함께 아기 늑대도 늑대라는 사실까지 연상시킨다. 동생을 바랐던 요요는 단박에 아기 늑대 '후우'에게 빠진다. 이처럼 어려운 단어 하나 없이 짧고

유연한 몇 문장이 흐르는 중에 인물이 소개되고 사건이 등장한다. 유년동화의 매력이다.

요요는 후우를 기쁘게 해 주기 위해 갖은 애를 쓴다. 엄마가 준 미음을 먹지 않고 축 처져 있는 후우에게 자기가 제일 좋아하는 정어리를 잘게 조각내 먹인다. 하지만 후우는 먹은 걸 다 토해 내고, 요요는 아기한테 아무거나 막 먹이면 안 된다고 엄마에게 혼이 난다. 자기가 제일 아끼는 걸 주었는데 이런 억울할 데가. 다른 사람이 내 맘을 몰라주는 섭섭함과 억울함, 그러나 자신의 언어로는 또렷이 따질 수도 없는 답답함. 낮은 연령의 어린이 독자라면 몇 배 더 공감할 것 같다.

후우는 요요의 정성에도 불구하고 끝내 마음을 열지 않는다. 하지만 요요의 친구인 곰 포실이를 보자마자 얼른 다가가 안긴다. 까르르 소리를 내어 함빡 웃기까지 한다. 이때 요요의 슬픔은 "요요의 어두운 눈가가 더 어두워지는 것 같았어요."(같은 글, 28쪽)라고 유머러스하게(너구리의 다크서클이라니!) 표현될 따름이지만 정말이지 너무나 안타깝다. 산비둘기 아저씨가 후우네 집을 찾고 이제 곧 후우의 부모님이 오시기로 했는데 요요는 후우를 포실이네 집에 보낸다. 잠시라도 편히 있으라고 후우를 위해 큰마음을 먹은 셈이지만 후우와 친구들이 떠나자 엄마 앞에서 결국 울음을 터뜨린다.

"왜 나는 아니야?"

왜 나는 아니야? 다른 애는 아무 이유 없이 좋아하면서 왜 나는 좋아하지 않아? 나는 너를 이렇게 좋아하는데 도대체 왜. 도무지 알 수가 없다. 슬프고 절망적이다. 제목처럼 '내가 더 잘할게'라고 애원해 봤자 더 이상 할 수 있는 게 없다. 서로 마음의 크기와 방향이 달라 상심하게 되는 일은 어린이에게도 어른과 마찬가지로 벌어진다. 내가 좋아하고 함께 놀고 싶은 친구는 내게 관심이 없다. 선생님은 다른 아이들을 나보다 더 예뻐한다. 부모님의 사랑을 잃을까 봐 끝없이 사랑받기 위해 무의식중에 애쓴다.

그럼에도 요요는 눈물을 그친다. 슬픔이 사라져서가 아니라 "시간이 지나면 울음은 잦아드는 법이고, 그건 요요도 마찬가지"이기 때문이다. 엄마가 끓여 준 따듯하고 하얀 감자 수프를 먹고 나자 요요는 '그건 후우의 마음'이라는 답을 찾는다. 슬픔은 여전하지만 이제 후우가 밉지는 않다.

유년동화는 귀엽다. 낮은 연령 어린이 독자의 귀여움을 조목조목 담고 있다. 어린이의 귀여움을 섬세하게 관찰해 빼곡히 적어 두었다가 진짜배기 귀여움을 잃어버린 세상에 널리 풀어놓는다. 동시에 좋은 유년동화는 귀여움에 어린이를 가두지 않는다. 귀엽게 봐 주다가, 다그치다가, 외면하다가…… 변덕 부리지 않고, 필요한 일을 옆에서 조용히 해 주겠다고 약속한다. 귀여움만이 아니라 절로 잦아들어야 잔잔해지는 슬픔 또한 어린이에게도 있다는 걸 알고 슬픔을 위로한다. 어린이는 귀엽지만 귀여운 게 전부가 아니라 말하는 동화들이 있다면, 설령 어린이의 귀여움만 소비하고 불편함은 외면하는 현실이 우리에게 있다 해도 너무 많이 상심하지 않을 수 있을 것 같다.

닭의 눈, 여우의 눈, 인간의 눈

아파트에 사는 여우들은
닭을 매우 사랑합니다.

닭 다리만 좋아하는 여우
닭 날개만 골라 먹는 여우
닭 한 마리 통째로 좋아하는 여우.

출출할 때마다
통닭집으로 전화를 겁니다.

207동 703호
날개만 튀겨 주세요.
504동 201호
다리만 양념으로 해 주세요.

아저씨, 통닭 한 마리

빨리 와 주세요.

통닭집 아저씨

날마다 여우 아파트로 배달을 갑니다.

──김은영, 「여우 아파트」 전문,

『삐딱삐딱 5교시 삐뚤빼뚤 내 글씨』(문학동네, 2014)

동시를 재미있게 읽긴 했는데, 문득 부끄러워진다. 닭을
잡아먹는 저 여우가 바로 우리 인간이기 때문이다. 인간의
고기가 되기 위해 '공장'에서 길러지는 닭에게는 A4 종이 한
장 크기의 면적이 허용된다고 들었다. 인간은 그렇게 키운
닭을 또 입맛에 따라 부위별로 골라 먹기까지 한다. 나는 간
혹 생닭 한 마리를 요리할 일이 있을 때 고기가 하나의 생명
이라는 사실이 너무 생생히 느껴져 육식을 되돌아보게 된다.
하지만 그때뿐 대개는 부위별로 분류되고 깔끔하게 가공된
채 비닐 팩에 담긴 식재료로 만나니 곧 잊어버리고 만다. 슈
퍼마켓의 위생적인 매대 위에는 공장식 축산이나 도살의 현
장이 비치지 않는다.

　　요즘 동물권에 대한 논의와 실천이 활발하다. 예전부터
아동문학은 여느 문학, 예술보다 더 많이 동물권을 말해 왔
다. 동물이 착취당하는 현실을 외면한 채 동물을 어린이와

세상에서 가장 친한 친구로만 그릴 수 없는 것이다. 김미혜의 동시집 『아기 까치의 우산』(창비, 2005), 『안 괜찮아, 야옹』(창비, 2015), 『꼬리를 내게 줘』(창비, 2021)는 일찍이 어린이의 시선으로 어른의 육식 탐식을 비판하고, 가축과 반려동물의 권리를 살폈다. 김태호의 동화집 『네모 돼지』(창비, 2015) 역시 처참한 환경에서 사육당하는 동물과 갑자기 버림받는 반려동물의 현실을 주저 없이 담아냈다. 여러 동시와 동화가 동물권에 대해 이야기하는 다양한 방식을 보면 아동문학이라 해서 말하지 못할 주제는 없고, 분명한 주제 의식을 드러내면서도 저마다의 미학성을 지닐 수 있다는 점 역시 알 수 있다.

길을 걸어가다
노란 털 여우 아줌마와 마주쳤다
입이 뾰족, 눈이 쪽 올라가 있었다
사냥꾼이 나타날까 걱정하는 것 같았다

신호등 앞에서
검은 물소 아저씨를 보았다
초록불이 켜지자
북북거리며 건너갔다
사냥꾼이 나타날까 걱정하는 것 같았다

— 이상교, 「털가죽 옷」 부분,

『예쁘다고 말해 줘』(문학동네, 2014)

시의 제목인 '털가죽 옷'은 거리를 활보하는 '노란 털 여우 아줌마'와 '검은 물소 아저씨'가 동물 가죽으로 만든 옷을 입은 인간이라는 사실을 가리킨다. 선사시대도 아닌데 동물 가죽으로 피복을 만들어 입겠다고 동물을 착취하는 일을 비판한다. 주제 의식이 명확하지만 딱딱한 목소리는 아니다. 상상 안에서 눙치듯 말하는데 마음에 꼿꼿이 파고든다. 여우 털을 입은 사람이 여우로, 물소 가죽을 입은 사람이 물소로 변해 그들에게 했던 대로 똑같이 당할 위험에 처한 걸 보자니 인간의 잘못을 더욱 절절히 깨닫게 된다.

머리로 알기에 앞서 마음에 들어오고, 인식뿐 아니라 존재를 변화시키며 영원토록 선명히 자리 잡는다. 문학이 독자를 변화시킨다면 이런 방식일 것이다. 문학과 예술이 세계에 대한 감각을 바꾸게 한다는 의미를 여기서 발견한다. 가죽을 빼앗은 바로 그 동물로 내가 변한다는 상상력이 동물의 시선에서 나를 바라보게 만든다. 잠시나마 나에게서 벗어나 동물 입장에 서게 한다. 세상 모든 타자에게로 열리는 공감의 가능성이 여기에 있다. 지식정보 책이 많은 자료와 근거를 제시하며 동물권을 말하는 방식과 다른 방식으로 독자의 세계를 확장한다. 짧은 동시나 동화 한 편이 그걸 해낸다.

왜 인간은 무섭다고 했을까

동화집 『누가 올까?』(이반디, 사계절, 2021)에 실린 「여우 목도리」 역시 귀엽고 사랑스러운 아기 여우를 등장시켜 인간을 돌아보게 만든다. 의사 고야 씨는 아내의 생일선물로 점찍어 둔 은빛 여우 목도리를 퇴근 후 사러 갈 계획이다. 근데 갑자기 전화가 울리며 한 어린아이가 동생이 아프니 어서 자기 집에 왕진을 와 달라고 부탁한다. 어쩔 수 없이 고야 씨는 아이가 불러 준 주소대로 산 중턱의 집을 찾아간다. 그런데 작은 판잣집에서 문을 열고 나온 건 어린 여우. 고야 씨는 여우의 간청에 물약을 꺼내 동생 여우에게 먹인다. 동생이 낫자 몹시 기뻐한 어린 여우는 부드럽고 탐스러운 자신의 꼬리를 보답이라며 내민다.

백화점에서 여우 목도리를 사려던 고야 씨는 어린 여우가 깊은 감사를 담아 바치는 선물에 잠시 할 말을 잃었다가 이내 사양한다. 고야 씨는 얼마나 당황스럽고 부끄러웠을까. 슈퍼마켓 육류 코너의 고기가 한때 누군가의 생명이었듯 백화점에 멋지게 진열된 목도리 역시 이처럼 애틋한 생명이었다니. 백화점 상품으로 전시됐던 여우 목도리와, 순수하고 고귀한 어린 여우가 보답하려던 꼬리털이 하나로 겹치면서 눈앞이 아득해진다.

게다가 어린 여우의 엄마는 며칠 전 먹을 걸 구하러 가서 돌아오지 않고 있다니 고야 씨는 어린 여우들의 곤란을 해결해 준 착한 사람이 아니라 곤란을 만들어낸 원흉이 될 노릇이다. "참 이상해요. 이렇게 친절한데, 왜 인간은 무섭다고 했을까요? 엄마가 오면 물어볼래요."라고 말하는 어린 여우의 천진함과, '엄마 여우는 돌아올까? 과연 올까?'라고 자문하며 부끄러움을 느끼는 고야 씨의 대비는 이 힘없는 존재들에게 인간이 정말로 무슨 잘못을 저지르고 있는지를 마음으로 알게 한다.

지금까지 살핀 두 편의 동시와 한 편의 동화는 모두 여우의 이야기이자 인간의 이야기다. 여우도 아니면서 닭을 잡아먹는 인간을 여우라 부르고, 여우의 털을 빼앗는 인간들을 여우로 만들어 버리거나 여우와 만나게 하는 상상력으로 인간을 돌아보게 한다. 인간의 이야기를 하려고 동물을 알레고리로 끌고 오는 지금까지 많은 아동문학 작품과 달리 동물 편에서 그들의 이야기를 적는다. 어린이의 둘도 없는 친구인 동물이 인간에게 착취당하기도 하는 현실이 그 이야기에 빠질 수 없는 게 당연하다.

비인간 존재를 돌보는 일에는 어린이의 몫도 있다

안미란의 동화 『그냥 씨의 동물 직업 상담소』(창비, 2022)

는 좀 더 활기차고 촘촘한 동물 이야기다. 작가는 데뷔작 『씨앗을 지키는 사람들』(창비, 2001)에서부터 종자 보존의 중요성과 유전자 조작 식물의 위험성을 말하며 생태 감수성을 드러냈다. 이어 동화집 『너만의 냄새』(창비, 2005)에 수록된 「사격장의 독구」에서는 인간에게 제대로 된 돌봄을 받지 못하는 개를, 『두 발 세 발 네 발』(봄볕, 2021)에서는 인간과 반려동물이 서로 돌보는 장면을 그렸다.

역시 농붙들이 능장하는 이 책의 고양이 그냥 씨는 어느 카페의 영업 담당이자 동물 직업 상담소 소장이다. 낮에는 햇볕 아래 매무새를 다듬다가 손님과 사진을 찍고, 저녁에는 동물들에게 일자리를 주선하는 그냥 씨의 '투잡'은 환상과 현실을 겹쳐 보여 준다. 그냥 씨는 삼림 파괴로 일본에서 건너온 곰 쿠마짱과 지구 온난화로 러시아에서 건너온 북극곰 폴라스키에게 알맞은 직업을 알선한다. 또한 그는 도시 한복판의 새에게 알 낳을 자리를 찾아 주는 부동산 소개업자, 공원의 너구리에게 안전하게 살 방법을 알려 주는 도시 생활 안내자, 아픈 동물을 병원에 데려가는 의료 코디네이터 역할까지 한다. 그냥 씨가 동분서주하며 동물들을 돕는 걸 보고 있으면 야생 동물이 처한 위기를 좀 더 절실하고 긴박하게 감각하게 된다. 거주지를 잃고 새 정착지에서 애쓰는 동물들의 상황은 이주민의 현실과도 겹친다. 타자에 대한 관심이 동물과 이주민에게로 동시에 확장되는 것이다.

인간 중심 질서를 근본적으로 반성하며 동물을 비롯한 모든 비인간 존재를 존중하고 기후 위기를 해결하는 일은 사실 어른의 몫이다. 어른들이나 잘할 일이지 별 책임도 없는 어린이에게 자꾸만 알리고 가르치려 드는 건 온당하지 못하다고 생각할 수도 있겠다. 하지만 동화집 『달팽이도 달린다』(황지영, 사계절, 2022)를 보면 어린이에게는 또 어린이의 몫이 있다는 사실을 알게 된다. 반려동물이나 식물을 사 달라고 한 후 거들떠보지 않거나(「달팽이도 달린다」), 바닷가에서 새끼 복어를 잡아 살아 있는 장난감처럼 갖고 놀다 내팽개치는 (「복어의 집」) 일과 비슷한 경험은 누구에게나 한 번쯤 있다. 주인공이 바닷가에서 잡았다가 풀어 준 새끼 복어를 냉큼 다시 낚은 아이가 새로 잡은 사람이 주인이고 너희도 실컷 갖고 놀지 않았냐며 새끼 복어를 풀어 주지 않겠다고 버틸 때 사실 대꾸할 말이 없다. '그래, 나도 잘못했어. 하지만 우리, 더 이상 잘못은 말자.' 이야기하며 나아가는 수밖에는.

동물을 돌보는 일

요즘 반려동물이나 '동물권'에 대한 사회 인식이 변화하면서 아동문학에 등장하는 동물도 달라지고 있다. 무엇보다 길고양이나 유기견 이야기가 부쩍 늘었다. 동물을 돌보는 이야기는 우선 어린이의 일상에서 생명을 소중히 여기는 감수성을 기르고, 나아가 기후 위기를 인지하고 해결할 수 있는 태도와 연결될 수 있다. 근본적으로 돌봄은 반려동물뿐 아니라 인간과 세계 내 모든 존재의 존립에 필수적인 일이다. 어린이는 누구보다 돌봄이 필요한 존재이며, 지금 그리고 미래에 서로를 돌보는 존재로 성장해야 한다. 동물을 돌보는 이야기에서는 돌봄으로 구성되는 세계를 확인하고, 더 새로운 돌봄의 방식으로 구성되어야 할 세계를 꿈꿀 수 있다.

길고양이와 유기견을 돌보는 일

선안나의 『고양이 조문객』(봄봄, 2017)은 길고양이를 거두는 할머니의 생애를 비추며 생명을 돌보는 일의 장엄함에 대해 말한다. 이 책에는 1부 「막내 이야기」, 2부 「에옹이 이야기」 두 편의 이야기가 실려 있다. 1부에서는 할머니의 장례식장에 조문하러 온 막내아들과 길고양이들의 만남을, 2부에서는 길고양이들을 거둔 할머니의 삶을 보여 준다. 시간순으로 보자면 2부가 먼저이고 1부가 나중이다. 그러니 할머니가 살아 계시던 때를 담은 2부를 다 읽어도 책을 덮고 끝내지 않고 1부로 되돌아가 생각하게 된다. 2부의 끝이 1부의 시작과 맞물려 순환하는 구성이다.

이 구성은 할머니의 죽음을 삶과 연결시키는 동시에 할머니와 길고양이 사이에 생명의 고리를 만들어 낸다. 할머니의 일생은 결코 누추하지 않았다. 젊은 날 홀로 성심껏 자녀를 키우고 생애 마지막 순간까지 다른 생명을 돌보아 온 할머니의 일생은 누구보다 장엄했다. 할머니에게 구조되어 목숨을 건진 고양이 에옹이는 평소 할머니가 가장 좋아하던 함박꽃 봉오리를 영정 앞에 바치며 조문한다. 할머니가 베풀어 주신 은혜에 감사하고, 자기가 못 갚은 은혜는 하늘에 계신 고양이 하느님이 털 하나까지 헤아려 갚아 주실 거라고. 그러니 꽃구름 타고 꽃길로 가시라고.

약한 생명을 돌보아 온 할머니의 삶에 바쳐지는 한 송이 헌화와 헌사가 장례식장에 늘어선 화환보다 더욱 값지다. 시공간의 틈새로 고양이 조문객의 행렬이 장례식장을 찾아오는 2부 마지막 장면은 할머니의 지극한 삶이 불러일으킨 기적을 환상적이면서도 감동적으로 전한다.

김중미의 『꽃섬 고양이』(창비, 2018)에 실린 4편의 동화도 모두 길고양이와 유기견 이야기다. 이 이야기들에서 사람과 동물은 서로 보살피고 돌본다. 수록작 「꽃섬 고양이」에서, 사업에 실패하고 노숙자가 된 최 씨가 술에 취해 한겨울 무료 급식소 앞에서 잠들었을 때 길고양이 노랑이는 최 씨를 깨워 얼어붙은 몸을 움직이게 한다. 실의를 차츰 극복한 최 씨는 무료 급식소의 자원봉사자가 되어 노랑이 밥을 챙겨 주다가 급식소 앞에 길고양이 급식소를 만든다.

최 씨는 당부한다. "노랑아, 앞으로도 내게 힘이 돼 줄 거지? 내가 흔들릴 때마다 잡아 줘. 나도 널 도와줄게. 우리 같이 도우며 살자꾸나." 최 씨의 간절한 바람은 고작 길고양이 한 마리에게 삶을 의탁하는 연약함이 아니다. 최 씨가 만들어 준 길고양이 급식소와 보금자리 덕분에 노랑이는 새끼 고양이 순복이와, 순복이의 새끼들까지 키워 낸다. 노랑이는 차에 치일 뻔한 순복이를 구하느라 다리 하나를 잃으면서도 꿋꿋하게 다른 생명을 돌본다. 그러니 최 씨와 노랑이가 서로 돌보는 행위는 가장 약한 존재끼리 연대해 삶을 지키는 일이다.

첫 작품인 『괭이부리말 아이들』(창비, 2001)에서부터 가장 낮고 외진 자리에 있는 어린이와 청소년을 이야기해 온 김중미의 목소리는 이 책에서도 여전하다. 길고양이와 유기견 또한 인간의 이기심과 폭력성이 만들어 낸 흉악하고 헐벗은 거리에서 목숨을 부지하며 살아가는 약한 존재들이다. 거리의 동물들은 인간에게 버림받고 핍박받는 약자인 동시에 인간 사회의 약자를 떠올리게 한다. 그러나 이들은 약자성이나 피해자성에 마냥 머무르지 않는다. 작가의 다른 작품들에서처럼 서로 돌보고 연대하는 힘으로 혐오와 폭력을 헤치며 새 삶을 꾸려 나간다.

어린이와 동물, 그리고 돌봄

윤슬빛의 『오늘의 햇살』(문학과지성사, 2022)에 실린 세 편의 단편동화 「안녕 고라니」, 「작별 인사」, 「냥이와 오리」는 어린이의 삶을 동물과 연관된 사건에 포개어 보여 주며 돌봄의 의미를 깊고 넓게 비춘다. 「안녕 고라니」는 수로에 빠진 아기 고라니를 구조해 돌보는 이야기다. 엄마와 떨어져 산으로 돌아가지 못한 아기 고라니는 동화나 동시에서 종종 만나 왔지만 이 동화는 어린이들의 삶과 연결시켜 새로운 이야기로 들려준다.

학교가 끝나자마자 미유는 언니인 소유, 한동네에 사는 은하 언니와 함께 엄마가 마당 창고에서 보살피는 중인 아기 고라니를 보러 달려간다. 고라니에게 우유를 먹이는 걸 지켜보던 은하가 비가 그친 후 고라니를 뒷산으로 돌려보내야겠다고 하자 미유와 소유 자매는 거세게 반발한다.

"우리가 가족이 돼 주면 되잖아. 새로운 가족이 생기는 건 좋은 거라고 엄마가 그랬잖아."

"맞아. 엄마 고라니보다 우리가 훨씬 더 잘 돌봐 줄 수 있어. 진짜야."

소유 언니랑 내가 억지로 우기며 고집을 부리자 은하 언니가 옆에서 작게 중얼거렸다.

"음, 그건 좀 아닌 것 같은데…… 그래도 진짜 엄마가 키워야지."

은하 언니가 무심히 뱉은 그 말에 소유 언니가 갑자기 벌떡 일어났다.

"야! 진짜 엄마 아니어도 잘 키울 수 있거든? 새끼가 없어졌으면 찾아야지. 비가 아무리 많이 와도 찾아야지! 여태 코빼기도 안 보이잖아. 지금까지 안 오면 버린 거 아니야?"

——「안녕 고라니」, 『오늘의 햇살』, 22쪽

아기 고라니는 엄마 고라니가 키워야 한다고 주장하는 은하에게는 병원에서 오래 투병 중인 엄마가 있다. 한편 미유가 엄마라고 부르는 사람은 사실 미유의 고모이고, 소유는 미유의 사촌 언니다. 즉 고라니를 계속 키울지에 대한 어린이들의 서로 다른 생각은 각자의 삶과 연결되어 있었다. 입원 중인 엄마와 하루빨리 함께 살고 싶은 은하와, 새 가족의 안정적인 돌봄을 받는 미유의 각기 다른 마음.

아기 고라니와 어린이의 두 존재는 '돌봄'이라는 하나의 의미에 이어져 있었다. 엄마와 아이, 어미와 새끼의 관계가 돌봄이라는 한 테두리 안에 묶이면서 돌봄은 모든 존재의 일이 된다. 특히, 돌봄 없이는 살 수 없는 존재인 어린이와 아기 동물에게 돌봄이 어떤 의미인지를 간절하고 애틋하게 돌아보게 한다.

「작별 인사」, 「냥이와 오리」 또한 어린이와 동물의 삶을 겹쳐 보이며 돌봄을 말한다. 엄마가 돌아가신 후 은하는 한동안 집밖을 나가지 않다가 열대어를 분양받으러 시외에 가려는 소유와 동행해 주려고 첫 외출에 나선다. 주인이 버리듯 두고 간 열대어는 병들어 아픈 상태였다. 열대어를 두고 은하는 엄마의 말을 떠올린다.

"살아 있는 건 다 무게가 있단다. 작든 크든 말이야. 그러니까 살아 있는 걸 키울 땐 항상 신중해야 해. 책임감이 필요한 일이니까."

—「작별 인사」, 같은 책, 54쪽

은하는 병든 열대어를 돌보기로 다짐하며 스스로를 돌볼 힘을 찾는다. 서로 돌보았기에 스스로를 돌보는 일이 가능했다.

「냥이와 오리」는 고양이에게 각인되어 고양이를 어미처럼 따르는 아기 오리를 통해 진호의 이야기를 들려준다. 할머니와 사는 진호는 자기가 할머니의 짐이 된다는 죄책감을 오리에게 투사해 늙은 고양이 곁에 붙어 있는 오리를 나무라고 미워한다. 그러던 중 진호는 할머니의 입원으로 혼자 지내게 되고, 자기의 끼니를 챙기는 이웃들의 돌봄 속에서 죄책감으로부터 놓여난다.

은하 아빠가 "진호는 밥 많이 먹고 뒷밭에 거름 푸는 것 좀 도와주고 가라. 엉? 혼자 하려니 너무 힘들어."라고 당부하는 장면은 상호 돌봄의 연쇄를 상상하게 한다. 나를 돌봐준 이에게 돌봄을 되돌려 갚아야 하는 것만은 아니다. 돌봄은 어른이 어린이를, 어린이가 어른을, 어린이가 어린이를, 인간이 동물을, 동물이 인간을 돌보는 여러 개의 고리가 겹치며 비로소 모든 존재가 넉넉하고 튼튼하게 살아갈 수 있는 관계의 구조이다. 동물이라는 존재가 오늘날 아동문학의 가장 앞선 자리에서 가리키는 방향이겠다.

어린이와 닮은 동물, 동물을 닮은 어린이

어린이와 동물은 닮은 데가 있다. 예전 아동문학은 귀엽고 천진한 특징을 가장 닮은 점으로 본 것 같다. 현실의 때가 묻은 어른과 대비되는 순전한 어린이, 해악을 동반한 문명과 대비되는 순수한 자연으로서의 동물. 이에 비해 오늘날 아동문학은 어린이와 동물의 유사성을 소수자성에서 찾는다. 어른에게 억압받는 어린이와 인간에게 착취당하는 동물은 소수자라는 지위에서 동일하다.

『나는 마음대로 나지』(강인송, 주니어김영사, 2022)에는 교장 선생님 앞에서도 눈치 보거나 주눅 들지 않고 자기 의견을 말하는 어린이 '나지'가 등장한다. 그런데 '나지'가 자기 의견을 굽히지 않고 실행한 건 희한하게도 학교 토끼장을 어른들 몰래 넓히는 일이었다. 왜 하필 토끼장인지에 대한 이유를 바로 어린이와 동물의 소수자성에서 찾을 수 있다. 인간 입장에서가 아니라 토끼 입장에서 정말로 살기 좋은 환경을 만들려고 애쓰는 일은 어른이 정한 규칙을 넘어서는 일과 맞물린다. 『아테나와 아레스』(신현, 문학과지성사, 2021)에서도 경주마가 되지 못하면 도살장에 가야 하는 말의 운명을 벗어나는 일이, 자기만의 길을 찾아 가는 어린이 주인공의 내일과 겹친다.

어린이와 동물에게서 새롭게 발견한 두 존재의 유사성은

앞으로도 계속 만나 볼 수 있을 것 같다. 아동문학은 어린이의 소수자성에 바탕하고 이를 궁리하는 문학이기 때문이다. 특히 이 시대의 화두인 돌봄이 어린이와 동물을 하나로 이어 보며 사회적 약자들을 지탱할 돌봄의 방식을 계속 탐색해 나가게 할 것 같다.

나가며

 저는 '아동문학주의자'였습니다. '어린이 독자'보다는 '아동문학'이 우선이었습니다. 아동문학을 해야겠다고 마음먹은 25여 년 전에는 대개 교사나 양육자 등 어린이 가까이 있는 분들이 아동문학 장에서 활동했는데 저는 그저 아동문학에 매혹됐기 때문입니다. 아동문학의 문학적 특성이 좋았지, 어린이 독자가 읽는 문학이라는 자각은 그다지 없었습니다. 이후에도 동시인으로, 평론가로, '아동문학주의자'의 정체성을 지키는 게 조촐한 미학성에 만족하는 듯 보이는 아동문학 장에서 균형을 잡는 일이라고 여겼습니다.

 하지만 어린이가 읽을 시를 쓰고, 어린이가 읽는 문학 작품에 대한 비평을 쓰는 일의 한가운데는 늘 어린이가 있음을 알게 됐습니다. 창작이든 비평이든 아동문학을 하려면 반드시 어린이라는 존재에 대한 성찰이 요청됐습니다. 어린이에 대한 성찰이란 어린이 독자의 반응을 예측하고 그에 부합하

려 애쓰는 게 아닙니다. 그건 '어른인 나는 타자인 어린이를
어떻게 만날 수 있는지, 작품 안에서 어떻게 재현할 수 있는
지'에 대한 철학적, 미학적 질문이었습니다.

아마도 아동문학을 하는 한 끊임없이, 끝까지 계속될 어
려운 질문이지만 다행히 아동문학 장 안에서는 오래도록 함
께 고민해 온 일이었습니다. 방정환부터 이원수, 이오덕을
지나 오늘날 아동문학이 다시 꽃피기 시작한 1990년대 말부
터 현재까지, 어린이의 타자성, 약자성, 소수자성은 줄곧 공
유되어 왔습니다. 어린이를 어른과 동등한 존재로 존중하며
주체성과 자율성을 보장해야 한다는 생각은 지난 100년간
아동문학을 하는 이들에게 헌법 같은 원칙이자 신념이었습
니다. 지금 우리 사회에서 어린이 담론의 변화를 만들어 가
는 어른들이 아동문학 평론가, 작가, 편집자 등 아동문학을
배경으로 하고 있다는 사실은 결코 우연이 아닙니다.

저 역시 어린이 담론을 문학 장 안에서만 아니라 바깥으
로 알리고 싶단 생각이 들던 차에 마침 이 책에 대한 기획
을 제안받았습니다. 《릿터》(2021년 6/7월호~2022년 4/5월호)
와 《경향신문》(2022년 3월 14일 자~2023년 7월 24일 자)에 연재
하며 문학 장 바깥에서 어린이 담론을 말하는 새로운 문법을
조금씩 찾아 갔습니다. 우리끼리여서 어쩌면 구태의연했던
문법에서 벗어나는 과정은 어린이 담론을 처음부터 다시 구
성하게 했습니다. 아동문학의 어린이 담론은 여전히 소중하

지만 오늘날 변화해야 할 지점이 보였습니다.

아동문학이 강조해 온 어린이의 주체성과 성장은 오늘날 어린이의 현실에서는 오롯한 답이 되기엔 부족합니다. 어른인 타자와 대립하는 주체, 자기 완성으로서의 성장이라는 주제에서 한 걸음 나아가야 합니다. 인간 주체 중심이던 문명을 반성하며 기후 위기 해결을 고심하는 세계에서는 어린이에게도 주체와 타자의 관계 정립이 새로이 이야기돼야 합니다. 자기 완성과 자아 독립을 상소하는 성상 서사가 삭자 노생의 자기 개발 서사와 정말 다른지도 성찰해야 할 것입니다. 체제와 권위를 기계적으로 전복하던 과거와는 다른 주체성, 제도에 포섭되지 않고 제도를 만들어 내는 성장을 여러 어른 독자와 함께 고민하고 싶어집니다.

어린이 곁에 서는 어른의 몫이 쉽지는 않습니다. 어린이를 억압해서도 안 되고 좋은 어른이 되고 싶다고 그저 어린이 편을 들어 주는 노릇만 해서도 안 됩니다. 하지만 우리는 어린이의 자율성을 보장해야 할 영역은 지나치게 통제하면서 정작 어린이의 성장을 돌보아야 할 영역은 모르거나, 외면하거나, 수행하지 못하는 것 같습니다. 어른에게 주어진 책임과 의무를 방기하지 않으며 어린이가 주체적으로 성장하도록 곁에 있어 주는 방식은 어떠해야 할까요.

'아동문학주의자'였던 저는 또다시 문학에서 길을 찾을 수밖에 없겠습니다. 문학의 언어는 작가와 독자 사이에서 자율성을 지니며 독자의 자율성 또한 보장한다고 생각합니다. 아동문학의 자율성이 어린이 독자의 자율성을 마련해 준다고 믿으면 좀 더 편안한 마음으로 아동문학을 만들어 나갈 수 있을 듯합니다. 어린이에게 하고 싶은 이야기를 두고 혹 실수하거나 실패할 수 있겠지만 함께 궁리하는 어른이 많을수록 든든해집니다.

어린이 곁에 서고픈 어른을 위한
도서 목록

1부 내 옆의 어린이와 내 안의 어린이

◆ **내 옆의 어린이와 내 안의 어린이가 만나다**

동화 · 필리퍼 피어스 글, 수잔 아인칙 그림, 김석희 옮김, 『한밤중 톰의
　정원에서』(시공주니어, 1999)

· C. S. 루이스 글, 폴린 베인즈 그림, 햇살과나무꾼 옮김, 『사자와 마
　녀와 옷장』(시공주니어, 2001)

· J. K. 롤링, 강동혁 옮김, '해리 포터' 시리즈(문학수첩, 2019)

◆ **어린이는 부모를 포기하지 않았다**

동화 · 공지희, 『영모가 사라졌다』(비룡소, 2003)

· 로알드 달, 김난령 옮김, 『마틸다』(시공주니어, 2000)

· 미하엘 엔데, 유혜자 옮김, 『마법의 설탕 두 조각』(한길사, 2001)

· 아스트리드 린드그렌, 햇살과나무꾼 옮김, 『내 이름은 삐삐 롱스타
　킹』(시공주니어, 2000)

· 휘스 카위어, 김영진 옮김, 『엄청나게 시끄러운 폴레케 이야기』(비
　룡소, 2011)

청소년소설 · 이희영, 『페인트』(창비, 2019)

◆ **가족이 필요한 진짜 이유**

동화 · 구드룬 멥스, 김라합 옮김, 『일요일의 아이』(비룡소, 2006) (절판)

· 마거릿 마이, 햇살과나무꾼 옮김, 『바니의 유령』(비룡소, 2007) (절판)

· E. L. 코닉스버그, 이보미 옮김, 『신비로운 그녀, 아버지의 딸』(문학
　과지성사, 2016) (절판)

◆ 우리가 몰랐던 할머니

동시 ・ 김개미, 「나란 할머니」, 『미지의 아이』(문학동네, 2021)

그림책 ・ 구돌, 『일곱 할머니와 놀이터』(비룡소, 2022)

・ 김동수, 『잘 가, 안녕』(보림, 2016)

・ 오미경 글, 이명애 그림, 『물개할망』(모래알, 2020)

・ 유지연, 『엄마의 초상화』(이야기꽃, 2014)

・ 정희선, 『막두』(이야기꽃, 2019)

・ 재클린 우드슨 글, 허드슨 탤봇 그림, 최순희 옮김, 『엄마가 수놓은 길』(주니어RHK, 2022)

・ 패트리샤 폴라코, 김서정 옮김, 『할머니의 조각보』(미래아이, 2018)

동화 ・ 김다노, 『비밀 소원』(사계절, 2020)

・ 전수경, 『우주로 가는 계단』(창비, 2019)

・ 수지 모건스턴 글, 세르주 블로크 그림, 최윤정 옮김, 『어느 할머니 이야기』(비룡소, 2005)

・ 페터 헤르틀링, 박양규 옮김, 『할머니』(비룡소, 1999) (절판)

◆ 심부름 가는 길

그림책 ・ 윤석중 시, 이영경 그림, 『넉 점 반』(창비, 2004)

・ 쓰쓰이 요리코 글, 하야시 아키코 그림, 『이슬이의 첫 심부름』(한림출판사, 1991)

・ 에런 프리시 글, 로베르토 인노첸티 그림, 『로베르토 인노첸티의 빨간 모자』(사계절, 2013)

동화 ・ 권정생, 『또야 너구리의 심부름』(창비, 2002)

◆ 어린이의 말과 글

어린이시 ・ 전국 초등 국어 교과 가평 모임(글보라) 편, 『오이는 다시 오이꽃이 되고 싶어 할까?』(삶말, 2020)

동화 ・ 신소영, 『단어의 여왕』(비룡소, 2022)

・ 샤론 크리치, 신현림 옮김, 『아주 특별한 시 수업』(비룡소, 2009)

・ 비벌리 클리어리, 선우미정 옮김, 『헨쇼 선생님께』(보림, 2009)

・ 엘리자베스 아체베도, 황유원 옮김, 『시인 X』(비룡소, 2020)

2부 지금 이곳의 어린이는

◆ **성, 어떻게 이야기할까**

그래픽 노블 · 릴리 윌리엄스·카렌 슈니먼 지음, 김지은 옮김, 『너와 나의 빨강』
(비룡소, 2022)

· 도나 조 나폴리 글, 데이비드 위즈너 그림, 심연희 옮김, 『인어 소
녀』(보물창고, 2018)

동화 · 이은정, 『안녕, 그림자』(창비, 2011)

청소년소설 · 김중미, 『너를 위한 증언』(낮은산, 2022)

· 이금이, 『유진과 유진』(밤티, 2020(개정판))

· 캐서린 애킨스, 유제분·이찬녕 옮김, 『제쓰가 집에 돌아왔을 때』
(문학과지성사, 2009) (절판)

· 티에리 르냉, 조현실 옮김, 『운하의 소녀』(비룡소, 2002)

◆ **완벽하지 않은 채로 완벽해**

그림책 · 황인찬 글, 이명애 그림, 『내가 예쁘다고?』(봄별, 2022)

· 시빌 들라크루아 지음, 이세진 옮김, 『키다리 말고 엘리즈』(책읽는
곰, 2022)

청소년소설 · 김혜정, 『다이어트 학교』(자음과모음, 2012)

· 리사 핍스, 강나은 옮김, 『스타피시』(아르테, 2022)

· 미카엘 올리비에, 조현실 옮김, 『뚱보, 내 인생』(바람의 아이들,
2004)

· 조 코터 릴, 이은주 옮김, 『뚱뚱한 게 잘못일까』(봄별, 2021)

◆ **학교에서 발견하는 마음**

동화 · 루이스 쌔커, 김영선 옮김, 『웨이싸이드 학교 별난 아이들』(창비,
2006)

· _____, 『웨이싸이드 학교가 무너지고 있어』(창비, 2008)

· 오카다 준, 박종진 옮김, 『신기한 시간표』(보림, 2004)

· _____, 양선하 옮김, 『밤의 초등학교에서』(국민서관, 2013)

· 에드몬도 데 아미치스, 이현경 옮김, 『사랑의 학교』 1, 2(창비,
1997)

◆ 어린이 회장 선거와 정치적 상상력

동화
- 강인송, 『소곤소곤 회장』(비룡소, 2021)
- 송미경, 『어쩌다 부회장』, '떠드는 아이들 시리즈'(스콜라, 2017)
- 주애령, 『승리의 비밀』(바람의아이들, 2020)
- 진형민, 『기호 3번 안석뽕』(창비, 2013)

◆ 어린이에게 밥은 먹여야지

그림책
- 안녕달, 『수박 수영장』(창비, 2015)
- 채인선 글, 이억배 그림, 『손 큰 할머니의 만두 만들기』(재미마주, 1998)
- 가코 사토시, 아기장수의날개 옮김, 『까마귀네 빵집』(고슴도치, 2002)
- 구도 노리코, 우당탕탕 야옹이 시리즈(책읽는곰)
- _____, 삐악삐악 시리즈(책읽는곰)
- 나카가와 리에코 글, 오무라 유리코 그림, 『구리와 구라의 빵 만들기』(한림출판사, 1995)
- 아카바 수에키치, 양미화 옮김, 『아주 아주 큰 고구마』(창비, 2007)
- 이와무라 카즈오, 박지석 옮김, 『14마리의 아침밥』, 14마리 그림책 시리즈(진선아이, 2022)
- 질 바클렘, 이연향 옮김, 『봄 이야기』, 찔레꽃 울타리 시리즈(마루벌, 1994) (절판)

동화
- 지안, 『오늘부터 배프! 베프!』(문학동네, 2021)
- 이은정, 『소나기밥 공주』(창비, 2009)

◆ 일 등이 아니더라도 좋아하는 걸 멈추지 마

그래픽 노블
- 빅토리아 제이미슨, 노은정 옮김, 『롤러 걸』(비룡소, 2016)

그림책
- 나혜, 『슛!』(창비, 2021)
- 이수지, 『선』(비룡소, 2017)
- 이은지, 『코숭이 무술』(후즈갓마이테일, 2018)
- 베로니카 카라텔로, 하시시박 옮김, 『첨벙!』(미디어창비, 2019)
- 조 갬블, 남빛 옮김, 『야, 그거 내 공이야!』(후즈갓마이테일, 2018)

동화
- 유우석, 『축구왕 이채연』(창비, 2019)
- 은소홀, 『5번 레인』(문학동네, 2020)

• 이현, 『플레이 볼』(한겨레아이들, 2016)

3부 슬픔에 대한 어린이의 질문들

◆ **우리는 슬픔에서 자란다**
동화 • 진형민, 『사랑이 훅!』(창비, 2018)
청소년 소설 • 이현, 『호수의 일』(창비, 2022)

◆ **여름에 일어나는 기이하고 으스스한 일들**
동화 • 김수빈, 『여름이 반짝』(문학동네, 2015)
      • 유모토 가즈미, 이선희 옮김, 『여름이 준 선물』(푸른숲주니어, 2005)
      • 케이트 디카밀로, 김경미 옮김, 『이상하게 파란 여름』(비룡소, 2016)

◆ **없음의 감각**
그림책 • 키티 크라우더, 이주희 옮김, 『나와 없어』(논장, 2022)
동화 • 구드룬 멥스, 문성원 옮김, 『작별 인사』(시공주니어, 2019)
      • 신시아 라일런트, 햇살과나무꾼 옮김, 『그리운 메이 아줌마』(사계절, 2017)
      • 아스트리드 린드그렌, 『사자왕 형제의 모험』(창비, 2015)

◆ **떠난 이를 기억하기 위한 방법**
다큐멘터리 영화 • 이소현 감독, 「장기자랑」(2020)
동화 • 정은주, 『기소영의 친구들』(사계절, 2022)
에세이 • 유가영, 『바람이 되어 살아낼게』(다른, 2024)

◆ **어린이보다도 더 작은 세계**
동화 • 메리 노튼, 손영미 옮김, 『마루 밑 바로우어즈』(시공주니어, 2019)
      • 아스트리드 린드그렌, 김라합 옮김, 『엄지소년 닐스』(창비, 2000)
      • 필리퍼 피어스, 햇살과나무꾼 옮김, 『아주 작은 개 치키티토』(시공주니어, 2020)

◆ **전쟁은 어린이의 얼굴을 하지 않았다**

그림책 · 헤디 프리드 글, 스티나 비르센 그림, 유재향 옮김, 『나의 개 보드리』(우리학교, 2019)

· 권윤덕, 『꽃할머니』(사계절, 2010)

· 권정생 시, 김환영 그림, 『강냉이』(사계절, 2018)

· 김정선, 『숨바꼭질』(사계절, 2018)

· 이억배, 『비무장 지대에 봄이 오면』(사계절, 2010)

· 변기자 글, 정승각 그림, 박종진 옮김, 『춘희는 아기란다』(사계절, 2016)

· 야오홍, 전수정 옮김, 『경극이 사라진 날』(사계절, 2011)

· 하마다 케이코, 박종진 옮김, 『평화란 어떤 걸까?』(사계절, 2011)

동화 · 권정생, 『몽실 언니』(창비, 2012)

· 구드룬 파우제방, 김경연 옮김, 『나무 위의 아이들』(비룡소, 1999)

· _____, 함미라 옮김, 『핵 폭발 뒤 최후의 아이들』(보물창고, 2016)

· _____, 박종대 옮김, 『살아남는다는 것!』(봄볕, 2022)

· 귀진 외즈튀르크, 이난아 옮김, 『전쟁에서 도망친 나무』(한울림어린이, 2022)

· 치으뎀 세제르, 이난아 옮김, 『난민 소녀 주주』(한울림어린이, 2021)

인터뷰집 · 스베틀라나 알렉시예비치, 연진희 옮김, 『마지막 목격자들』(글항아리, 2016)

◆ **폭력으로부터 자유로울 권리**

동화 · 채인선, 『내 짝꿍 최영대』(재미마주, 1997)

· 문선이, 『양파의 왕따 일기』(주니어파랑새, 2001)

청소년 소설 · 이꽃님, 『죽이고 싶은 아이』(우리학교, 2021)

· 조우리 외, 『하면 좀 어떤 사이』(낮은 산, 2023)

· 황영미, 『체리새우: 비밀글입니다』(문학동네, 2019)

· 제이슨 레이놀즈, 황석희 옮김, 『롱 웨이 다운』(밝은세상, 2019)

그래픽 노블 · 제이슨 레이놀즈 글, 대니카 노프고로도프 그림, 전하림 옮김, 『롱 웨이 다운』(에프, 2022)

4부 이야기에서 이야기로

♦ **자기 예언이 되는 이야기**

동화 · 케이트 디카밀로, 송재호 옮김, 『내 친구 윈딕시』(시공주니어, 2004)

· _____, 김경미 옮김, 『생쥐 기사 데스페로』(비룡소, 2004)

· _____, 『에드워드 툴레인의 신기한 여행』(비룡소, 2009)

· _____, 노은정 옮김, 『초능력 다람쥐 율리시스』(비룡소, 2014)

· _____, 김경미 옮김, 『비어트리스의 예언』(비룡소, 2021)

피노키오와 마틸다

영화 · 기예르모 델 토로 감독, 「피노키오」(2022)

· 대니 드비토 감독, 「마틸다」(1997)

· 매튜 워처스 감독, 「로알드 달의 뮤지컬 마틸다」(2022)

동화 · 카를로 콜로디, 이현경 옮김, 『삐노끼오의 모험』 1, 2(창비, 1998)

· 로알드 달, 김난령 옮김, 『마틸다』(시공주니어, 2000)

♦ **다시 쓰는 공주의 법칙**

그림책 · 로버트 문치 글, 마이클 마첸코 그림, 김태희 옮김, 『종이 봉지 공주』(비룡소, 1998)

동화 · 이금이, 『망나니 공주처럼』(사계절, 2019)

· 나타샤 패런트 저, 리디아 코리 그림, 김지은 옮김, 『여덟 공주와 마법 거울』(사계절, 2022)

· 리베카 솔닛 글, 홍한별 옮김, 『해방자 신데렐라』(반비, 2021)

· 바바라 G. 워커, 박혜란 옮김, 『흑설공주 이야기』(뜨인돌, 2002)

· 조지 맥도널드, 이경혜 옮김, 『가벼운 공주』(문학과지성사, 2008)

· _____, 최순희 옮김, 『공주와 고블린』(시공주니어, 2014)

♦ **잠들어야 하는 밤**

동시 · 정유경, 「까만 밤」, 『까만 밤』(창비, 2013)

그림책 · 타카노 후미코, 고향옥 옮김, 『요 이불 베개에게』(한림출판사, 2010)

· 샬로트 졸로토 글, 스테파노 비탈레 그림, 김경연 옮김, 『잠자는 책』(풀빛, 2002)

- _____, 『바람이 멈출 때』(풀빛, 2020)
- 레이 브래드버리 글, 리오 딜런 · 다이앤 딜런 그림, 『밤을 켜는 아이』(국민서관, 2005)
- 홍순미, 『한밤의 선물』(봄봄, 2015)

◆ **놀이이자 위로인 책**

그림책
- 주애령, 『하얀 밤의 고양이』(노란상상, 2022)
- 레미 쿠르종, 이성엽 옮김, 『아무것도 없는 책』(주니어RHK, 2021)

동화
- 이경혜, 『책 읽는 고양이 서꿍치』(문학과지성사, 2022)

에세이
- 다니엘 페나크, 이정임 옮김, 『소설처럼』(문학과 지성사, 2018)

5부 어린이라는 소수자

◆ **어린이다움에 대하여**

동화
- 김우경, 『수일이와 수일이』(우리교육, 2001)
- 마크 트웨인, 이희재 옮김, 『왕자와 거지』(시공주니어, 2002)
- 에리히 캐스트너, 김서정 옮김, 『로테와 루이제』(시공주니어, 2000)

◆ **유년동화라는 장르**

동화
- 유은실, 『나도 편식할 거야』(사계절, 2011)
- ____, 『나도 예민할 거야』(사계절, 2013)
- ____, 『나는 기억할 거야』(사계절, 2013)
- ____, 『나는 망설일 거야』(사계절, 2022)
- ____, 『나는 따로 할 거야』(사계절, 2022)

◆ **우리가 다르다는 가능성**

그림책
- 루시드 폴 글, 이수지 그림, 『물이 되는 꿈』(청어람아이, 2020)

동화
- 공진하, 『도토리 사용 설명서』(한겨레아이들, 2014)
- 김혜온, 『바람을 가르다』(샘터, 2017)

에세이
- 비장애형제 자조모임 '나는', 『'나는' 괜찮지 않아도 괜찮아』(한울림스페셜, 2021)

◆ 귀여워도, 안 귀여워도

동화
- 이반디, 『꼬마 너구리 요요』(창비, 2018)

◆ 닭의 눈, 여우의 눈, 인간의 눈

동시
- 김은영, 「여우 아파트」, 『삐딱삐딱 5교시 삐뚤빼뚤 내 글씨』(문학동네, 2014)
- 이상교, 「털가죽 옷」, 『예쁘다고 말해 줘』(문학동네, 2014)
- 김미혜, 『아기 까치의 우산』(창비, 2005)
- ____, 『안 괜찮아, 야 옹』(창비, 2015)
- ____, 『꼬리를 내게 줘』(창비, 2021)

동화
- 김태호, 『네모 돼지』(창비, 2015)
- 안미란, 『씨앗을 지키는 사람들』(창비, 2001)
- ____, 『너만의 냄새』(창비, 2005)
- ____, 『두 발 세 발 네 발』(봄별, 2021)
- ____, 『그냥 씨의 동물 직업 상담소』(창비, 2022)
- 이반디, 『누가 올까?』(사계절, 2021)
- 황지영, 『달팽이도 달린다』(사계절, 2022)

◆ 동물을 돌보는 일

동화
- 강인송, 『나는 마음대로 나지』(주니어김영사, 2022)
- 김중미, 『꽃섬 고양이』(창비, 2018)
- 선안나, 『고양이 조문객』(봄봄, 2017)
- 신현, 『아테나와 아레스』(문학과지성사, 2021)
- 윤슬, 『오늘의 햇살』(문학과지성사, 2022)

추천의 글

    아동문학에서의 시와 동화, 고전과 새로운 실험, 사실주의 문학과 판타지, 젠더를 비롯한 삶의 다양성과 그 문학적 그물들을 이처럼 촘촘하게 엮어 통찰하는 글이다. 시와 평론이라는 극단의 언어를 가로지르며 어린이 곁을 걸어온 김유진 평론가이기에 해낼 수 있었다. 어린이책과 아동문학에 대해 알고 싶고 어린이를 이해하고 싶다면, 이 책 안에 당신의 궁금증을 더 깊게 이끄는 질문이 담겨 있다고 알려드리고 싶다. 어린이가 그러하듯이, 아동문학은 질문하는 문학이니까.

김지은(아동문학 평론가, 서울예대 교수)

구체적인 어린이

어린이책을 읽으며
다정한 어른이 되는 법

1판 1쇄 펴냄 2024년 5월 5일
1판 3쇄 펴냄 2024년 7월 8일

지은이 김유진
발행인 박근섭, 박상준
펴낸곳 ㈜민음사

출판등록 1966. 5. 19 (제16-490호)
서울특별시 강남구 도산대로1길 62(신사동) 강남출판문화센터 5층
대표전화 02-515-2000
팩시밀리 02-515-2007

© 김유진, 2024. Printed in Seoul, Korea
ISBN 978-89-374-5662-6 03800